Gail Jones

The Death of Noah Glass

诺亚·格拉斯之死

[澳大利亚] 盖尔·琼斯 著
李尧 译

作家出版社

（京权）图字：01-2020-5756

图书在版编目（CIP）数据

诺亚·格拉斯之死／（澳大利亚）盖尔·琼斯著；李尧译. -- 北京：作家出版社，2021.1

ISBN 978 - 7 - 5212 - 1135 - 1

Ⅰ.①诺…　Ⅱ.①盖…　②李…　Ⅲ.①长篇小说 - 澳大利亚 - 现代　Ⅳ.①I611.45

中国版本图书馆 CIP 数据核字（2020）第 194701 号

The death of Noah Glass By Gail Jones
Copyright © 2018 by Gail Jones
Published by arrangement with The Text Publishing Company, through The Grayhawk Agency Ltd.
Simplified Chinese edition copyright:
2021 THE WRITERS PUBLISHING HOUSE
All rights reserved.

诺亚·格拉斯之死

作　　者：（澳大利亚）盖尔·琼斯
译　　者：李 尧
责任编辑：赵 超
装帧设计：吴元瑛
出版发行：作家出版社有限公司
社　　址：北京农展馆南里 10 号　　邮　　编：100125
电话传真：86 - 10 - 65067186（发行中心及邮购部）
　　　　　86 - 10 - 65004079（总编室）
E - mail: zuojia@zuojia. net. cn
http: // www. zuojiachubanshe. com
印　　刷：北京中科印刷有限公司
成品尺寸：142×210
字　　数：234 千
印　　张：9.75
版　　次：2021 年 1 月第 1 版
印　　次：2021 年 1 月第 1 次印刷
ISBN　978 - 7 - 5212 - 1135 - 1
定　　价：45.00 元

祝贺作家出版社出版由李尧教授翻译的盖尔·琼斯的《诺亚·格拉斯之死》(*The death of Noah Glass*)。这是一本值得中国人民和世界各地说中文的人分享的好书。

《诺亚·格拉斯之死》获得 2019 年澳大利亚总理文学奖。被誉为"精心制作的、细节丰富的叙事"。它包含了这样的乐趣，比如在阿雷佐展出的皮耶罗·德拉·弗朗切斯卡(Piero della Francesca)著名的壁画，与西西里黑手党相关的悬案。和艺术品相关的犯罪发生在世界各地，古代艺术品和当代艺术品概莫能外。盖尔·琼斯讲述的这个与艺术品犯罪有关的故事既引人入胜，又充满了对不同文化之间微妙差异和共性的深刻理解。

澳大利亚大使馆支持澳大利亚和中国之间的伙伴关系，这种关系使得分享我们两国的文学成果成为可能。自 2008 年以来，使馆每年都会邀请诸如理查德·弗拉纳根(Richard Flanagan)、亚历克西斯·赖特(Alexis Wright)和汤姆·肯尼利(Tom Keneally)这样的澳大利亚重要作家来华参加澳大利亚文学周。澳大利亚作家与中国知名作家"对话"是我们的旗舰文化外交活动。我很高兴地说，盖尔·琼斯是 2008 年最初的参与者。

澳大利亚大使馆还乐于支持中国作家赴澳大利亚旅游。每一本书和每一位作家都是分享各自国家的一个独特的窗口，为国际读者提供了宝贵的见解。正如盖尔·琼斯在她自己的《前言》中所言，她的书既考虑了文化，也考虑了国家。她经常把人物放在跨文化的情境中。这是作者对身份探索和塑造的一部分。

澳大利亚悉尼大学名誉文学博士李尧教授是中国最杰出的澳大利亚文学翻译家。他翻译的作品包括亚历克西斯·赖特（Alexis Wright）、汤姆·肯尼利（Tom Keneally）和诺贝尔奖得主帕特里克·怀特（Patrick White）等的重要著作。专业文学翻译家具有不可多得的、重要的技能。通过像李尧教授这样众多的高水平的翻译家，澳大利亚和中国读者可以共享我们的文学巨匠怀特的作品，也可以听到盖尔·琼斯这样年轻的声音，这是非常有益的。

我再一次祝贺作家出版社将这本书介绍给新的重要的读者。我向你们推荐这本书。

澳大利亚驻华大使　傅关汉

2020 年 6 月 9 日

中文版序言

盖尔·琼斯

能把《诺亚·格拉斯之死》介绍给中国读者，我深感荣幸。

这是一部以非传统的方式撰写的小说。小说从诺亚·格拉斯葬礼那一天开始，回述他去世前六个星期发生的事情。再由近及远，讲述他童年的故事。小说还将故事向前推进了六周，描绘了他两个早已成年的子女马丁和伊薇失去父亲的悲伤经历。所以这是一本不同寻常的故事交叉、结构重叠的书，一本拿时间的概念"大做文章"的书。这本书提出这样一个问题：什么是人的"一生"？我们如何与父母和兄弟姐妹相处（或未能相处）？我们的生活能形成某种模式吗？

这部小说最初定名为《诺亚的时代》（*Noah's Time*）。开篇即为一个时间上的悖论：两个老人参加父亲的葬礼。这位父亲年轻时在瑞士阿尔卑斯山的一次滑雪事故中丧生。因为冰封雪冻，尸体得以保存，许多年后才被人发现。举行葬礼时，两个儿子已是垂暮之年的老人。这个发人深思的寓言开启了对家庭生活的思考——过去如何延续到现在。

诺亚是一位艺术史专家，专门研究意大利画家皮耶罗·德拉·弗朗切斯卡（1416/1417—1492）的作品。小说的开头，诺亚从西西里回来不久，被人发现溺水身亡，漂浮在游泳池里。作

1

为子女的马丁和伊薇痛失亲人的同时，却又面临父亲参与艺术品盗窃的指控。小说就此叠加了另外一个层面的情节——犯罪调查，使得故事跌宕起伏，扑朔迷离。2012年，我在西西里岛的巴勒莫待了一段时间。1969年，黑手党从圣劳伦斯大教堂偷走卡拉瓦乔的一幅名画。这件事引起我的兴趣，触发我的灵感。被盗艺术品交易、城市暴力、艺术的意义及其价值等问题交织在一起，为我创作这部小说搭建起重要的框架。

有两个问题一直困扰着我。一是图像和文字的关系。什么样的东西文字能表述而图像不能？什么样的东西图像能描绘而文字不能？这部小说就图像的意义提出许多问题——在电影、绘画、广告、素描、壁画中图像究竟起到什么作用。小说中的一个角色是爱看电影的盲人。这便形成小说蕴含的另一个悖论：我们如何看世界？而最重要的是，《诺亚·格拉斯之死》揭示了艺术对人的慰藉。在悲伤和失落中，艺术帮助我们认识自己，帮助我们看清自己，在一片黑暗中提醒我们美丽和奇迹。

另一个困扰我的问题是跨文化体验。我在自己写的书里，都试图通过角色换位，让人们面对其他文化和国家来思考身份问题。我们受到差异和差异性的挑战，这对小说家来说是一件很有趣的事情。跨文化友谊和经历使我们变得复杂。我在自己创作的每一本书里，都试图尊重并探索这一理念。

最后，我在这部小说里抒写了"爱"——它的困难和它的真相。诺亚独自抚养马丁和伊薇长大成人，这个曾经温馨的家庭因为失去母亲而饱受磨难。小说开头，兄妹二人关系疏远，但最终还是走到一起，并开始理解父亲深沉的爱，以及共同的经历如何造就了他们。我们常常发现，即使在最亲近的人身上，也会有不为我们所知的东西。我希望这本书的结尾能把生命联系在一起，讲述我们的复杂性和爱的神秘。

译者前言

　　盖尔·琼斯（Gail Jones, 1955—　　）：澳大利亚当代著名作家，目前就职于西悉尼大学社会与写作研究中心，教授文学、电影与文化。她经常描绘跨越大洲的世界，并参考其他文化形式，从电影、音乐到视觉艺术无所不包。这就使得她的作品充满深邃的思想，瑰丽的色彩。有评论称她"有一种抒情和创造优美意象的天赋"。

　　到目前为止，盖尔·琼斯出版了两部短篇小说集、七部长篇小说。她的第一部长篇小说《黑镜子》（*Black Mirror*）获得 2003 年凯博奖和 2003 年西澳大利亚州总理图书奖——最佳小说奖。第二部长篇小说《六十盏灯》（*Sixty Lights*）入围 2004 年布克奖初选和 2005 年迈尔斯·弗兰克林奖年度小说奖，2004 年获得西澳大利亚州总理图书奖。《梦语》（*Dream of Speaking*）同时进入 2007年迈尔斯·弗兰克林奖、新南威尔士州最佳小说奖和凯博奖复选名单。《抱歉》（*Sorry*）、《五次钟声》（*Five Bells*）亦在西方文坛引起广泛关注。最新力作《诺亚·格拉斯之死》（*The Death of Noah Glass*）获 2019 年澳大利亚总理文学奖。

　　在这部小说里，盖尔·琼斯讲述了一个发人深省的故事：艺术史专家诺亚·格拉斯前往西西里研究意大利画家皮耶罗·德拉·弗朗切斯卡（1416/1417—1492）的作品。刚到不久就与巴勒莫大学

3

的同事朵拉·卡塞利开始了一段刻骨铭心的恋情。朵拉的父亲和三个兄弟都死于黑手党之手，朵拉的生活也始终笼罩在被黑手党迫害的阴影之中。这就为她和诺亚美好的"黄昏恋"平添了几分凄楚和悲凉。诺亚·格拉斯从西西里回来后不久，邻居发现他死于心脏病，漂浮在悉尼公寓的游泳池里。他的两个孩子——聪明绝顶而又无所事事的伊薇和备受尊敬的悉尼艺术家马丁——因为父亲去世心痛欲绝。而更让人无比震惊的是，就在葬礼结束的第二天，马丁和伊薇被叫到警察局，接受侦探弗兰克·马龙的讯问。马龙告诉他们，意大利的卡拉比涅里文化遗产局正在调查他们的父亲是否参与了一起艺术品失窃案。这件艺术品是文森佐·拉古萨创作于19世纪的一座雕塑。面对这一让人无法接受的指控，马丁决定立刻去西西里追寻父亲的足迹，弄清真相，还父亲的清白，却被卷入一个隐藏着罪恶和秘密的巨大漩涡，险些命丧巴勒莫。伊薇则在这场灾难中重新审视了自己与家人的关系，不再沉迷于对父亲的哀悼，而是在帮助盲人本杰明"看"电影的时候，打开了一个新的世界。

然而，这一切只是小说的"表象"。盖尔·琼斯真正想告诉我们的是"文化"在学者诺亚·格拉斯之死中扮演的角色。这是一部专注于视觉文化的小说，隐藏在故事背后的有壁画、绘画、电影、海报，也有通过照相机、Skype、望远镜乃至显微镜看到的图像。盖尔·琼斯对传统艺术和图像学，对图像的理解框架以及世俗和大众文化，尤其对电影有着浓厚的兴趣。她曾在大学教授过一段时间的电影，对故事如何以图像序列的方式讲述有颇多研究。盖尔·琼斯通过小说《诺亚·格拉斯之死》提出这样一个观点：视觉文化无处不在，它构成了我们的情感，而且在某种意义上，也给我们带来了虚假的身份和认同。小说中最终成为伊薇恋人的盲人本杰明是个电影迷。他的兴趣是想象看不到的东西。小说主人公诺亚·格拉斯对皮耶罗的作品有着不同寻常的理解。儿子马丁则是一位对法国艺术家、20世纪实验艺术先锋马塞尔·杜尚和意大利未来主义感兴趣的当代艺术家。这就使得这部小说有很多不同种类的艺术文化。作为叙述引擎，它的中心，则是"艺术盗窃"。《诺亚·格拉斯之死》不但因此而成为一部高雅文化融合的佳作，读者还能在字里行间看到从侦探到谋杀、悬疑小说的体裁元素。盖尔·琼斯说："我认为自己是一个有思想的小说家，并且一直认为小说应该是思考的机器，同时也是表达感情的机器。"《诺亚·格拉斯之死》无疑是这部机器创造的成功范例，是以澳大利亚和意大利为背景，将欧洲艺术传统贯穿其间的一部充满悲伤和神秘的优秀小说。

值得一提的是，盖尔·琼斯是一位对中国文化怀有美好感情的作家。她曾经多次到访中国，其长篇小说《抱歉》《六十盏灯》早在 2008 年即由上海文艺出版社出版，她本人成为"上海写作计划"特邀作家之一，与中国文学艺术界结下不解之缘。《世界文学》2012 年第六期刊发了她的《五次钟声》部分章节。2017 年 5 月，盖尔·琼斯应邀出席中国作家协会在广州召开的"第四届中澳作家论坛"。她在"论坛"上说："我对中国文化的想象始于西澳大利亚州西北部。小时候我在布鲁姆小城附近生活过几年。在那里，目睹并体验了不同的语言、食物和风俗，并且长久以来一直被亚洲本土多元文化深深吸引着。以至于觉得自己的'白人身份'反倒是一种异常，在文化上也很无趣。

"'唐人街'位于布鲁姆市中心。尽管那里也有一些殖民时期风格的建筑和白人经营的商铺，但是只有挂着'唐记''荣记'和'方记'这类招牌的中国商店才最吸引我。除此之外，阳光电影院也是一个充满想象的地方。孩子们在这里无忧无虑，天真烂漫：他们生性自由，珍爱这些独特的异国风情，还追求不同体验带来的快乐。我并不是想感伤童年时代或者描述那段时光，我感兴趣的是流动而富有活力的想象力为何能够在这里产生，以及这些想象力又如何在与其他事物的种种邂逅中形成。中国面条、中文、烟火以及中国人的面容等中国元素，在成人的生活或写作中也许早已司空见惯，但对于我这个小孩子来说，却对我如何理解文化产生了深远的影响。我时常想，这样复杂的文化环境或许正是我成为一名作家的基础，这样想来也是件浪漫的事。当然我们都知道，在写作时我们作者的身份似乎是固定的，但实际上却是临时的，随意的，不断变化的；而语言本身则像阵阵清风不时地吹打着我们……"①

愿盖尔·琼斯在这"阵阵清风"中写出更多更好的作品。

2019 年 11 月 17 日写于北京

---

① 以上一段引自盖尔·琼斯：《流动与静止》（广东作家网：2017 年 5 月 10 日）。

渐渐地更沉。渐渐更轻松。

保罗·策兰[1]

---

① 保罗·策兰（Paul Celan，1920—1970）：生于一个讲德语的犹太家庭，以《死亡赋格》一诗震动战后德语诗坛，之后出版多部诗集，成为继里尔克之后最有影响的德语诗人。"渐渐地更沉。渐渐更轻松"引自王家新、芮虎所译的《保罗·策兰诗文选》之《发生了什么？》。原译为："……只有你和我。/ 心和心。/ 感觉更沉重。/ 渐渐地更沉。渐渐更轻松。"——译注（本书注释均为译注。）

目　次

contents

第 一 部

1

夏日黎明珊瑚色的曙光中，马丁·格拉斯想起一个故事。早已年过七旬的两兄弟参加他们四十二岁的父亲的葬礼。这位父亲年轻时越野滑雪失踪。许多年后，因为天气不合时令地变暖，冰冻的尸体得见天日。明亮的阳光照在死者身上，冰雪消融，滑落下来，他变成一具可怕的、令人难以置信的、万分惊讶的僵尸。发现他的那个徒步旅行者虽然惊骇不已，但也觉得自己很幸运。那具尸体或许会像慢慢浮出水面的游泳的人，先是鼻子露头，然后是坚硬如皮革般的面颊，最后整个潮湿的脸面，眼睛紧闭，暴露于夏蒙尼①的天空之下。

马丁想象着那老哥俩辨认父亲时，看着那个宛如年轻时候的自己的死人，一定满脸困惑。那具尸体好像一尊雕像，皮肤坚硬。因为存放的时间太久，很难把他和人联系到一起。他犹如陷入沼泽的人，看起来活像一截木头。父亲的衣服样式很老，也许看起来还眼熟。也许他的儿子们又看到那条很特别的围巾，红色，很暖和。也许认出一条皮带、一顶羊毛帽子，或者记忆中的一副手套，很久以前，套在指关节灵活的手上。也许他们凝望着这些"细枝末节"，就是为了不看那张脸。也许他们中的某一个脑海里

---

① 夏蒙尼（Chamonix）：法国小镇，是阿尔卑斯山脉的典型山城。

闪过颇为不敬、稍纵即逝的念头：木乃伊。然后突然想到，这种不敬会招来灾祸甚至死亡。在陌生人的注视之下，他们低头看着早已死去、让人无法相信的父亲，一直沉默无语，至少形式上表现出失去亲人的痛苦。他们俩一定已经感觉到时间的无情。葬礼三个星期后，年纪轻一点的兄弟撒手人寰。几个月后，哥哥也一命归西。

尽管好多年没想过这种事情，这个故事却唤醒了马丁。三张相似的面孔，为时光与红尘懊恼。一次事故造成的痛苦，已然不可理解。要为一个偶然事件支付"利息"更不可思议。每个人都期待看到老父亲的脸，也许站在他临终所卧的床前，也许在先人面前琢磨自己也必将走上不归路。这种次序颠倒深深地吸引了他。马丁半睡半醒躺在床上，看到自己像那个冰人一样，死于非命时面对雪白的墙壁。

星期三。举行葬礼的日子。今天他必须找到结婚时穿的礼服，事先做好准备。他必须克服自己那种危险的情绪，必须有点男子汉气概，顶天立地，不要失控，或者哭泣。马丁踢开被单，从窗户那边转了个身，在床上躺着，从宿醉中挣扎出来。他虽然总是减肥，此刻还是觉得身体笨重。他用一双手搓着脸，然后揉了揉僵硬的脖子，又搔了搔开始谢顶的灰白的头发，摸了摸脑壳，很惊讶记忆力衰退得这么厉害。他心想，虽然自己才四十三岁，但脑子里一定已经磨出许多窟窿。他几乎每天都能从身上发现早期老年痴呆或者叫不上名堂的生化功能障碍的症状。许多东西在他脑海里不再清晰，熟人变得模模糊糊，连书名也想不起来。那仿佛是一种迟滞的、被贬低了的感觉。在这个世界，他变得更加渺小。现在，随着父亲离世，一种恐惧或者屈辱潜入内心，就像走进一个黑暗的房间，摸索着去找开关，却发现没电了。

浴室里，刮脸的时候，他几乎认不出自己，不由得喊了一声自个儿的名字。在外面的世界，他反倒如鱼得水：一位经常在报纸上露脸儿的艺术家。那些精明的、有生意眼光的收藏家的座上客。和那些光鲜亮丽、故弄玄虚的富豪保持联系。他呈直角朝镜子抬起仿佛戴了面具的脸。显然，这是没有父母管教的单身汉做事的样子。一刀刮下去便变了模样，仿佛刮掉一层皮。他弹了一下刀片，剃须膏的沫子溅得到处都是。马丁用手臂背面擦了擦，打开水龙头，剃须膏的泡沫转着圈儿，流走了。他知道，这一天不会有什么好事儿。那会是最终演变成某种情绪和象征的充满是是非非的一天。

听见电话铃响，他吓了一跳，好像那铃声触碰了他的神经。他本来不想接，可估计是伊薇打来的，和他落实一些事情。

"情况怎么样啊？"他问道。

"我吵醒你了吗？你还记得吗？"

"不。是。当然记得。"

"找到那套礼服了吗？"

"还没找到呢。不过我知道在哪儿搁着呢。他妈的，伊薇……"

马丁停了一下。他当然不是骂妹妹，或者发脾气。头天晚上她看到他喝多了酒，自艾自怜的熊样。看到他在人行道上跌跌撞撞，像个被人欺负了的孩子大声号哭。父亲诺亚之死仿佛是对他个人的侮辱。他觉得一种少年人的耻辱攥住他的心。

"还是十点半吗？"

"是的，这样一来我们会有足够的时间。"

马丁等伊薇把谈话继续下去。可是她好半天没有说话，他不解其意。

"你还好吗？马丁。"

她看到过他那副两眼通红、满脸悲伤的可怜样。他凝望着的似乎不是"人工炮制"过的父亲——为了不腐败，多存放些日子——而是一个四仰八叉躺在那儿的陌生人，如死灰一般。人们说死人像睡着了一样，其实并非如此。他们的父亲冰冷如石，早已远行。嘴微微张着。马丁永远都不会告诉伊薇官方给父亲"验明正身"时的情况。那时他也阵阵反胃，直犯恶心。空气里弥漫着一股难闻的气味和死亡的气息。有一个人站在旁边，出于职业习惯神情冷漠，一言不发，也不曾拍拍他的肩膀。还有一个人，是个呆板拘谨的小职员，递给他一张表，让他签名。此刻，伊薇在打电话，想弄清楚哥哥找没找到礼服。他讨厌妹妹打电话问这事儿，让他觉得他的痛苦既乱无头绪又平庸陈腐。

"别着急。一会儿见。"

马丁挂了电话。毫无疑问，她一定以为他为自己的行为羞愧。他在那家餐厅丢尽了脸面。她是个冷静务实的人。两手捧着哥哥的脸，吻着他湿漉漉的额头，说："我们会熬过去的，马丁。一定会，一定！"她叫了一辆出租车，拉着他的手，把哭哭啼啼的马丁搀扶到屋子里，让他靠墙站着，用自己的身体顶着他，摸索着开灯。她费了好大力气，才把他弄到没有铺开的床上，让他躺在皱皱巴巴的床单上，一边轻声责骂——天哪，马丁——一边脱掉他的臭鞋、臭袜子。他勉强跟她开玩笑说，牛仔穿着靴子走上不归路。让她快走。他们俩的角色本来应该调换一下。那时候，他应该更坚强才对。

厨房里，马丁差点儿被女儿那个芭比娃娃的玩具小屋绊倒。这个小屋是女儿周末来看望他时落在这儿的。小屋共有三层，屋子里的东西都是紫红色的。小小的桌子、椅子、挂着薄如蝉翼的帷幔的四柱床一览无余。烤箱里还有一只正烤着的极小的鸡。在和安吉拉的争论中，他占了上风。安吉拉很生气，认为这是他们那个家积怨已久的表现。马丁像个老学究，给她普及了半天大众文化的知识。大谈微缩景观多么棒，历数孩子们在玩耍中出于本能会学到多少知识。虽然她说"不"，但他还是不由分说买了下来，希望以此保护妮娜对一个塑料玩具的热爱。他喜欢看她伸出小手，在一个个房间里摸索，把家具一会儿推到这儿，一会儿推到那儿，用一根食指重新装饰小屋。她和别的小孩儿一样，怀着喜悦集中精力做一件事情的时候，总是一脸愁容。

正如他从来没有真正了解安吉拉一样，他也从来没有了解过妮娜。女人犹如外星人，总是用晦涩难懂的语言和你沟通。有的事情他看不出有什么可乐，她们却乐不可支。或者用一些他不太明白的评述战胜他。女人和男人犹如火星和金星——是这样的关系吗？这个"公式"拥有陈词滥调天然的表现力，赋予它所描绘的任何一样东西以喜剧色彩。有一次，安吉拉怒气冲冲，想找一个新鲜的比喻骂他，就管他叫火星人。当然是为了气他。可是，直到那时，婚姻双方都太温顺而缺乏智慧。尽管思想上已然分道扬镳，眉头紧皱，被命运击败。

马丁低下头，脸和那幢小房子处于同一个高度，然后放下整个身子，蜷缩在地板上，往芭比娃娃的房间里瞅，就像寻找文艺复兴初期美术作品中长廊里的圣人。屋子地板像棋盘。他想到了那些把人物置于几何图形中的早期作品，比如皮耶罗①的《鞭打基督》②。他看着玩具房子墙壁里面的摆设，凭线条的连接和透视图测算它内在的含义。马丁本来可以在那儿继续睡觉，就像孩子们抱着玩具进入梦乡，但最终还是站起身来。他需要阿司匹林和浓咖啡让自己强壮起来，做好迎接妹妹的准备。

他怀着一种悲凉，心里想：这个早晨我已经看到属于我的风

---

① 皮耶罗·德拉·弗朗切斯卡（Piero della Francesca 1416/1417—1492）：意大利文艺复兴早期的画家，也是著名的数学家和几何学家。壁画《真十字架的传说》是他的代表作之一。

② 《鞭打基督》：皮耶罗·德拉·弗朗切斯卡的木板蛋彩画，58 厘米 ×81.5 厘米。

景——一座被丢弃的玩具娃娃的房子。他想念女儿，想念父亲。自嘲是他面对消极情绪时的杀手锏。

火葬场的小礼拜堂看起来像个煤仓。上面安着不规则的彩色玻璃窗。那是一幢黯然无神的建筑，除了建在这里送别死者，派不上别的用场。葬礼还没有开始，前来吊唁的人就已经没精打采。夏季的炎热让人们汗流浃背，给这个不合时宜的活动平添了几分不爽。马丁和伊薇，作为他的儿女，心力交瘁，往事的回忆更让他们备受折磨。兄妹俩都认为对方没有足够的勇气面对丧父之痛。这场仪式对于他们会是一个考验。

葬礼上他们坐在一起，靠得很近，像一对久别重逢的恋人。伊薇把整个身体都靠在哥哥身上，哥哥又靠在妹妹身上，仿佛他们两个人的身体可以弥补突然失去的那一个。失去亲人的痛苦把他们搞得筋疲力尽，几乎坐都坐不直了。

参加葬礼的有二十多个人。安吉拉也来了。不过离他们比较远，戴着太阳镜。大多数人都是父亲的朋友。他们也行走于美术史研究那个不乏舒适的圈子里。势利小人，马丁想。心猿意马又占了上风。有一两位年轻学者。有一个很吸引人的年轻女人，戴着时髦的宽边眼镜。两个和她年龄相仿的男人站在她身边，似乎和她平分秋色。那女人黑头发，黑眼睛，大概是意大利人。马丁纳闷，她是谁？会不会和他在这里见面，并且在父亲花环装饰的棺材旁边轻柔地说几句悄悄话？悲伤的氛围使他看起来更具一种悲悲戚戚的魅力。

他就这样，即使从一个男子汉和艺术家的角度看，都尽力保持这种魅力，直到牧师开始致悼词。听到父亲的名字，他又焦躁不安。马丁觉得一片荒原在内心展开，悼词中的每一个字都让他热泪盈眶。伊薇神情恍惚，默默地哭泣。她耷拉着肩膀，唤起哥哥心底的怜悯。他最担心的是自己缺乏尊严。他或许会忍不住号啕大哭，或许会像在餐厅里那样失态。他坐在那儿双拳紧握，想象着一系列可能发生的大错：倒在小礼拜堂的过道，忍不住哭泣，大张着嘴巴却什么话都说不出来。

棺材上放着两个花环。淡紫色的玫瑰花、满天星和绿叶。也许是塑料的。救生圈，他冷冷地想，病态的智慧让他感到一丝欣慰。他还是努力振作起来，一动不动地坐着。

为了回忆过去的时光，伊薇选了一首苏格兰赞美诗：

> 与我同在，夜幕迅速降临。
> 黑得更深，主与我同在。

那一丝淡淡的慰藉，只是记忆。马丁想起七岁时和父母亲一起在教堂的情景，他站在他俩中间。就在那一年，母亲去世。她穿一条白色棉布长裙，或者是亚麻布长裙，反正像纸一样，发出窸窸窣窣的响声。母亲手里拿着一本赞美诗集，放得很低，好让儿子也能看见那些诗句。她用大拇指按住打开的书页，诗集散发着一股霉味儿。父母亲像两根柱子并排站在他的两边。周围那嗡嗡的声音营造出一种似乎是心满意足的气氛。

马丁记不得那天伊薇是否也在教堂。她差不多四岁了，应该可以和他们一起到教堂做礼拜。她一定在，站在他身边，嫩声嫩气、含糊不清地唱"与我同在"。

这种沉闷、单调的星期天的礼拜，他经历过很多次。可是只有这一次片刻之间留下的慰藉泛上心头。那一刻，他也许碰到了母亲的裙子。父亲的手或者母亲的手温柔地放到他头上，或者轻声细语地对他说了什么。他越发紧紧地靠在母亲身上。

棺材在金色帷幔后面滑动，那是让人心碎的时刻。伊薇选择了阿尔比诺尼[①]的 G 小调慢板，作为"插曲"播放。他们的父亲非常喜欢这首乐曲。他对音乐的品位偏保守、老套。可是此刻，在这个闷热的小礼拜堂，音乐的声浪好像在大教堂里一样升腾。管风琴的低音发出轰鸣，弦乐器的琴弦颤动着，像脉搏一样跳动。什么东西——是演奏的节拍？——像身体的节律包容了他们、控制了他们。阿尔比诺尼的乐曲听起来从来没有这样充满感情色彩。别人也听到了这种色彩。马丁从他们脸上看到了这一点：那种悸动着的悲伤，那种被压抑的情绪。

伊薇和马丁目送父亲滑向远方。淡紫色的玫瑰轻轻摇曳，大厅里的灯明灭不定或者渐渐变暗。音乐在抽泣声中一遍遍播放。一切都"顺理成章"，他平静地、勇敢地坚持到葬礼结束。马丁拥抱妹妹，不去看她那张沾满泪水、痛苦忧伤的脸。

伊薇和马丁站在大门旁边凉风习习的坡道上，和要离去的送葬者一一握手。他们听到亲友们对父亲的赞扬，看到他们发自内心的悲伤、彬彬有礼的举止。有的前来送葬的人向兄妹俩介绍他们自己，大多数人只是跟着队伍缓缓走过。马丁看到那个漂亮女人一直在哭泣，心里生出几分感激。她有气无力地和他握了握手，没有目光的接触。父亲先前大学里工作的一位同事也来了，喉结颤动着，嘴唇翕动着，嘟囔了几句这种场合人们常说的表示安慰的话。马丁强忍着，没有打呵欠。还有一位自称是他过去的学生的人。一个个陌生人走了过去。一位远房亲戚——一个九十多岁的老太太一把鼻涕一把泪地说他们的父亲是个"可爱的男孩儿"。

马丁有点心不在焉。

"可爱，"他重复了一遍，"是的，我父亲是个可爱的男孩儿。"

说出这样的话真是荒唐可笑。一个身穿散发着樟脑味儿的礼服

---

① 阿尔比诺尼（Albinoni，1671—1751）：意大利作曲家。

的人扶着老太太走下台阶，嘎吱嘎吱地踩着沙砾小路向远方走去。

家里没有安排夜晚守灵，没有闲聊，没有热乎乎的白兰地酒或者浸了水的火腿三明治。不会再煞费苦心地回忆往事，也不会再有并非发自内心的探访和慰问。人群散尽之后，牧师钻进他那辆已经很旧的达特桑牌轿车，乐呵呵地挥手告别。马丁和伊薇打电话叫了一辆出租汽车，很快就来到那家酒馆，开始一本正经地喝酒。现在，他们是友好相处的兄妹。现在，一件大事已然完成，他们觉得像逃学的孩子。

马丁寻找和妹妹聊天的话题。他曾经想过跟她说芭比娃娃小屋的事。告诉她玩具小屋怎么就让他想到那幅意大利名画。可是那很容易让人家觉得他做作、自命不凡。说起来，这也真是一则只有他自己心知肚明的"丑闻"：他整个上午都心不在焉，只想这事儿，就连举行葬礼的时候也在想——也许可以安装一套视频设备，或者用紫红色和棋盘图案以及准确的透视角度画一幅画。可是他没有说这些，而是喋喋不休地列举了葬礼上那些不如人意的小失误。为了显示他尚有控制能力，他又点了两杯酒。

伊薇大部分时间保持沉默。又一个宛如外星人的女人。自从她搬到墨尔本，他们相互之间成了陌生人。他只知道她在一家书店里工作，住在一幢公寓里。马丁为自己对妹妹的生活知之甚少而惭愧。他暗下决心，这次一定要弄清楚她有什么计划，有没有伴侣，需不需要帮助，或者钱。看到她穿的衣服很便宜，不好看，乌黑的卷发已经出现银丝，他心里隐隐作痛。

这次，是伊薇喝多了。她大口大口地喝着，跌跌撞撞，葡萄酒顺着下巴颏儿往下淌。扭歪的脸显示这一整天她痛苦挣扎的心路历程。回家之后，马丁把她扶到长沙发上躺下，把她的腿放好，自己拖着脚去厨房弄咖啡。诺亚有一次郑重其事地说："我们家的人喝酒太凶了。"他的口气既严厉，又不无得意和指责。那时候，他们感觉到一种无奈，无须负责，为共同的弱点庆幸。

他们错过了午饭，不过马丁不觉得饿。现在是下午晚些时候，吃晚饭或者睡觉都太早。屋外，太阳的金辉犹如火葬场金色的帷幕。压抑不住的生活的喧嚣在城市回响。他原谅那水泥建造的高楼大厦，滚滚的车流，吠叫的狗，闪烁着微光的树木，繁忙的大街上起伏的人声。他喜欢这一切，悉尼内西区的混乱和欢乐。大家都说：生活在继续。

现在，他手里端着咖啡，站在妹妹身边。她已经睡着，发出女人特有的那种细弱的鼾声。她看起来精疲力竭，眼皮子呈淡蓝色，皮肤苍白，几粒雀斑更加触目。她瘦了许多，简直像一堆骨头。从昨天起就这样。脸有点扭曲，贴着沙发垫子，压出几条褶子。那两个法国兄弟看父亲的时候一定也是这个样子。他们一定看到了这种瘦弱与不可毁灭的结合。他要告诉伊薇那两兄弟的故事。小时候，他们俩无所不谈。但是，现在不是时候——死一般的寂静，那么多想要回避的问题。还是等眼下的事情处理完再说。他拿着纸和铅笔在书桌旁边坐下，潦潦草草画了几幅草图，高兴地发现，自己还很机灵，完好无损，干起活来依然得心应手。

马丁抬起头，发现灯的半径之外一片漆黑。那仿佛是夜的嘴唇，他随时都会掉进黑乎乎的大嘴。不再沉湎于艺术的遐想，他又意识到此刻自己孤零零一个人坐在书桌旁边，想起为母亲举行葬礼后那个夜晚，父亲坐在厨房餐桌旁边喝雪梨酒的样子。那一定是孩提时代的他不应该看到的一幕。棕黄色的瓶子，低垂的头，悲伤的凝视。台灯投下一束椭圆形的光，只把他罩在其中，宛如一幅充满悲情的画儿，动人又不无夸张。可以叫作《孤独的鳏夫》或者《悲伤者的肖像》。可是这个记忆还有许多别的东西。这些东西掌控他，瓦解他。那仿佛是关闭童年的扳手，又是释放痛苦的闸门。父亲过去就是这样，现在轮到他。马丁和诺亚的沉着、自持一定不相上下。

大约八点钟，他推开椅子站起身来，蹑手蹑脚走过没有开灯的房间，生怕把妹妹吵醒。他用手机照亮。一个个房间被无边的寂静与黑暗笼罩。白日里的喧嚣和金色的光辉都已经消逝。周围都是平平常常的东西，家具什物变成一个个黑色的方块，影影绰绰。夜仿佛一个恢复了知觉的孩子，用呢喃细语和他说话。墙上的挂钟可能是一张面孔，就寝时飘来热牛奶的香味。钥匙、橱柜、窗户和绘画都有自己的秘密。枕头上休息的脑袋，衣挂上的衣服有一种奇怪的威慑力。他在抽象派的空想之上，平添了外面隐隐约约传来的声音：刮擦声，风渐起的啸吟。黑暗中的房子重新造就了他。这里什么也不曾发生，他听着妹妹的鼾声。

马丁没有开厨房的灯，打开冰箱门。冰箱小门里闪着柠檬色亮光的什么东西陷入黑暗之中。他不由得停了一下。他看见半空的架子上放着已经不能吃的剩饭。他看到不合格的生活、浪费和放纵。他像个傻瓜似的站在那儿，低头凝视落在鞋上面楔形的灯光。

是的，他想，我父亲是个可爱的男孩儿。

电冰箱像一个软弱无力的动物，发出嗡嗡声。那一小片灯光之外，是可怕的、无边的夜色。马丁觉得一股浪涛——是浪涛吗？——拽着他往下沉。他扭曲着身体，倒在地板上，发出一阵呻吟。心痛、悲伤从胸中流出，然后抽泣起来。

2

伊薇醒来以后才发现，她几乎睡了十三个小时。

她仿佛落入醉酒哀悼的空洞，在那里发现一种灭绝痛苦的办法，让她获得心灵的平静。早晨六点钟。十三个小时什么都不想，那是多么惬意的慰藉。

马丁一定还睡着。伊薇在长沙发边儿上坐了一两分钟，屋子里不熟悉的陈设又让她多坐了一会儿。她浑身僵硬，站起来，光着脚，踮着脚去了一趟卫生间，然后走进厨房。冰箱的门还开着，地板上汪着一摊水。一股放坏了的食物的气味，或者鱼肉之类的什么东西解冻的气味飘溢而出。她弯腰把地上的脏水擦干净，为自己做了点家务感到一丝宽慰。然后弄了一杯咖啡。咖啡壶是十几岁的时候，父亲给他们的。父亲坚持认为，咖啡壶是文明生活的必备之品。伊薇在壶里灌满水，用小勺把研磨好的咖啡放到过滤器里，盖好盖子，放到炉灶上，用小火煮着。煮咖啡这个小小的仪式成了父辈留给她的遗产。自然是人死之后，别人做的总结。诺亚盖棺论定之后，他的生活变成一个倒叙的故事。他已经变成周围的事物、言谈话语以及对父亲种种记忆的核心。就像上帝，她不无讥诮地想。死亡无处不在。父亲永恒不朽，存在于她双手每一个微小的动作中——在她揭开壶盖查看的时候，在她小心翼

14

翼倒咖啡的时候。

关于葬礼：他会同意她选的乐曲。安吉拉怎么只和她说话，不和马丁说？马丁怎么没有哭，或者没有像在餐厅里那样失态？事实上，他看起来很像诺亚。在送别逝者的典礼上，他沉默无语，甚至心事重重，好像他把生活"转化为"艺术的训练在公共场合也可以很方便地派上用场。送葬的人走了之后，马丁看起来好像一下子老了许多。她仿佛看到他老年之后的样子。头发灰白，弯腰曲背，行动迟缓，步履蹒跚，一望而知膝盖患关节炎。他很自负，一定痛恨被自己的亲妹妹想象成这个样子。

好像听到她的召唤，马丁出现了，斜倚厨房的门框。她的感觉是对的。哥哥一副未老先衰的样子，衣冠不整，摇摇晃晃。这两天他一直喝酒，没怎么吃东西，憔悴得一阵风就能吹倒。

"我也是，"他说，"一勺糖，不要奶。"

说完就走到客厅，一屁股坐在垫子乱扔的长沙发上。他似乎还没有睡醒，不想问"早上好，睡得怎么样？"之类的问题。他们好像合租房屋的大学生，只求舒服，马马虎虎，习惯于按最简单的指示行事。

伊薇看着自己瘦削的手腕，关了煤气。她不想生气，但会等待时机。和哥哥打交道的时候，她要尽力变得宽容。她把咖啡小心翼翼地倒进两个小杯，在一摞碟子后面找到一个托盘，还有几块干巴巴的饼干。她看着自个儿那双忙个不停的手，整个人也忙忙叨叨起来。

马丁蜷缩在长沙发上，凝视的目光落在两脚之间。和妹妹一样，他还穿着昨天的衣服。虽然没穿外套，但依然系着黑领带，松松垮垮，歪在一边。大清早看起来那么不合时宜、可怜巴巴。马丁就是这副德行——那么健忘，居然戴着领带睡觉。她看见他没有刮脸，想起自己也是蓬头垢面。

"谁是德·索绪尔①？"他突然问。

"语言学家或者岩石水成论者？"她一直就喜欢他对她的这种测试。这是他们的交流方式。她头脑灵活，足以应付他的好奇、装腔作势和突然爆发的沮丧。

"真该死！难道就没有你不知道的事情吗？我说的是和阿尔卑斯山有关的人。"

"那就是岩石水成论者。一位 18 世纪的科学家。登上了勃朗峰②。他认为，阿尔卑斯山是由海洋形成的。所以，他是岩石水成论者。"

伊薇把咖啡递给哥哥，又在他膝盖上放了两块饼干。他们默默地喝着。马丁大口大口嚼着饼干。伊薇纳闷，他怎么会问起这个德·索绪尔。但心里明白，最好别问为什么。她希望，他问关于那位语言学家的问题。

"警察要找我们谈一谈，"马丁说，"葬礼前一天，他们来了一个电话留言。"

"你怎么没告诉我？"他这种漫不经心而又刻意隐瞒让伊薇颇为不悦。"谈什么？法医不是说，心脏病突发，'自然原因'吗？他们不就是因为这个原因才把遗体交给我们的吗？"

就像第一次听到父亲的死讯一样，她浑身冰冷。诺亚是从意大利度假回来的。他说，他发现了新理论，有了一些新想法。他给她打电话说："来看看我吧。我想你了。来悉尼见我。见面之后再详细谈。"仅仅一个星期前，她还在电话里听到父亲的声音。

马丁抬起头，看了她一眼。"他们什么也没说。只是让我们葬

---

① 德·索绪尔（Ferdinand de Saussure, 1857—1913）：瑞士语言学家。祖籍法国。现代语言学理论的奠基者。

② 勃朗峰（Mont Blanc）：阿尔卑斯山脉最高峰。位于法国的上萨瓦省和意大利的瓦莱达奥斯塔的交界处。勃朗峰海拔 4810 米，是西欧的最高峰。

礼之后去一趟。是位侦探，或者什么玩意儿。我们今天就去。"

伊薇想从他脸上看到更多的信息，但是什么也没有。他和她一样，对即将发生的事情一无所知。忧伤把兄妹俩搞得心力憔悴，还沉浸于麻木了他们的那个冰点以下的世界。对他们而言，需要应对的日常工作，几乎没有什么真实性。

墙那边，从邻居家传来沉闷的咚咚声。他们相互对视了一眼，像两个孩子都想起了鬼。

马丁勉强做出一个微笑。"我敢保证，没什么事。例行公事罢了。也许要再签一些文件。"

他张开双臂，伊薇接受了哥哥的拥抱。*Abbracci*①，她心里想。马丁穿着他参加葬礼时穿的那身散发着旧衣服味儿的礼服，紧紧地拥抱着妹妹。

"例行公事。"他又说了一遍。

他们就这样待了一会儿，听着早晨的声音。这时候，伊薇才注意到屋子里的情景：妮娜的玩具扔得到处都是。桌子上放着一摞素描画稿，没有洗过的杯盘碗盏，旧报纸，空瓶子。窗台下面摆着一盆已经枯死的绿植，干枯的叶子依然挺立着。墙上挂着画家朋友们的画。她猜测，大多数都是互相交换的礼物。墙角立着一把吉他。那些画的风格和主题都有天壤之别。一幅超现实主义肖像画旁边是几张极简抽象派艺术家用红色颜料涂抹的作品。一幅风景画——澳大利亚中部的风景——一定是 50 年代的作品。一幅马丁的画像。她以前怎么没有注意到这幅画？画幅很大，怪异得足可以去参加比赛获奖。阿奇博尔德奖②。伊薇不明白，马丁

---

① Abbracci：意大利语"拥抱"的意思。
② 阿奇博尔德奖（the Archibald）：得名于澳大利亚新闻记者 J.F. 阿奇博尔德，于 1921 年正式设立。该奖用于表彰以肖像画形式绘制的美术、科学以及政界知名人士的肖像画绘画艺术家。

怎么能和自己这样一幅特大号的画像共居一室？橘黄色的眼睛凝视着他，粗犷凌厉的笔锋勾勒出他的面孔。自恋，她对自己说。马丁是个自恋狂。

"该吃饭了。"她说。

马丁松开手臂。"是的，照顾好我，妈妈。"他呻吟着说。

伊薇紧握拳头，像小时候那样，在他胳膊上打了一拳。他不知道这个玩笑让她多么难过。

伊薇心里想，我们刚刚经历了为父亲举行葬礼的痛苦，哥哥还是原来的样子，生活马马虎虎，浑浑噩噩，以自我为中心。他还是那个自命不凡的、不成熟的年轻人，沽名钓誉，挑战父亲的权威。他们俩——父亲和儿子——那么像，在自我肯定中彼此相爱。他们的关系就像一个纠结不清的方程式。他们像镜子，从彼此脸上看到自己的表情，也看到对女人的趣味，对食物的爱好，对所有意大利的东西、故事、神话以及圣人的赞美。他们怎样谈论人性的弱点（高傲地），怎样吃东西（无所不吃），怎样走路（晃来晃去），就像滑稽戏里的艺术家向前探着身子，就像和迎面吹来的风搏斗。

伊薇抬起头看着哥哥。她不应该再这样想。她仿佛从哥哥身上看到爸爸。如果想让诺亚安息，就得把他们俩分开。如果她想继续生活下去，并且让自己强大，就得单独去爱马丁。她理解自己内心深处的感受。那是一种怨气，马丁得到的爱更多。她有点惊讶，第一次把这种想法说出来：马丁得到的爱更多。她手颤抖着，拢了拢蓬乱的头发，像拍打一个宠物一样拍了拍脑袋，让自己振作起来，端着盘子回到厨房，扮演妈妈的角色。

"鸡蛋在这儿呢。"他喊道。

是在那儿。伊薇在一个小煎锅里用黄油煎了四个鸡蛋。两个人坐在一起吃了起来。只有盐，别的什么也没有。他怎么能把日子过成这个样子？她看了看哥哥的脸。他正心不在焉地凝望着油腻腻的盘子。

"如果去见那位侦探，就得做点准备。"伊薇说。现在是她的责任，打破威胁他们俩的慵懒和麻木。"我先回宾馆洗个澡，换换衣服。抓紧时间，很快就回来，步行到城里。"

这是他们共同的爱好。在这个困惑迷茫的时刻，她努力寻找他们之间可靠的联系。

她又想起葬礼的情景。最艰难的是唱圣歌的时刻。她的心飞到棺材里的父亲身边，不得不停下来，直到那颗心又回到自个儿的肚子里。她甚至不再假装和别人一起合唱。但歌词在她这个无神论者的思想中展开，追随许多年前诺亚在她心田开下的犁沟。她是一个不领情的女儿，拒绝父亲的信仰。但是无法拒绝"容忍"这个词包含的美，也无法拒绝别人的圣会。那些人唱歌时十分认真，努力保持调子的一致。每个人都在心里暗自希望自己的灵魂得到某种程度的提升。有的人对歌词的寓意深信不疑，有的人则为了让自己变得更加坚强，抵御那金黄色的帷幕和滑入烈火中的逝者带来的震撼。有的人以穿透人心的纯洁，纵情歌唱。她既听到他们的真诚与奉献，又听到他们的自鸣得意。马丁也在唱，这让她既惊讶，又困惑不解。

伊薇关上房门，走出公寓，又一次感觉到悉尼早晨仿佛刚刚苏醒的美丽。她在墨尔本住了五年，很喜欢那个地方，忘记这里的天空常常雷电交加，天空下回荡的流行音乐和悠长历史留下野蛮的痕迹。远处，车水马龙，大街上有人慢跑，锻炼身体。一户人家阳台上的门砰的一声关上。这些"音符"仿佛是更自信的生活的鸣响。

她快步走着，绕过一个椭圆形的公园。这里充满活力，伊薇心想，人们都那么开朗。她压根儿就不属于这座城市。狗友好地聚在一起，跳着高好像要够什么东西。鸟儿的鸣啭在耳边回荡。无花果树浓荫密布。水雾蒙蒙，预示着即将下雨。到处都是生机勃勃。车流滚滚，人们开始了新的一天的工作。远处，悉尼港波光粼粼。

也许这也是一种忧伤，她想。无处不在的快乐，凸显了她被排除在外的感觉。

3

　　直到上午十点左右，马丁才想起和德·索绪尔有关的一些事情：他发明了天空蓝度测定仪——一个不大的饼形图，测量天空的蓝度。他在一个圆圈里画了一片片深浅不同的蓝色，都是用仔细稀释过的普鲁士颜料画出来的，天空本身成了科学计算的对象。天空有多蓝？今天是这个蓝。第二十七号，比二十六号稍微深一点，比二十八号稍微浅一点。读夏蒙尼那两兄弟的故事时，他一定看到过德·索绪尔这个名字。或者是读天空蓝度测定仪的时候，发现了那两兄弟的故事。也许二者毫无关系。只是碰巧一位色彩画家和那位已故的父亲正好在同一个地区，现在突然想起这件事纯属巧合。马丁向窗外瞥了一眼。欧洲人的知识尽是水分。没有什么普鲁士色彩。天空蔚蓝。一种完全不同的色彩。它的蓝不是接近灰色或者黑色，灰白或者铅灰，而是包含着金黄色的元素。

　　马丁和伊薇在南方天空的映衬下，步行到中心警察局。水气蒙蒙，走起来很吃力。宿醉之后又吃了鸡蛋，两个人直反胃。但是都觉得运动可以放松一下，现在身体的状况需要走路。安吉拉无意中说出，她在练习"静坐冥想"时，马丁说坐着不动就是等死。

　　他真是个浑蛋，趾高气扬。他心里想，她离开他就对了。

她一直无法理解的是，为什么马丁总在画室里踱来踱去；为什么他喜欢打开收音机，调到播放80年代流行音乐的电台，一个人跳舞；为什么他愿意步行，而且一走就是好几个小时，没有目标，没有解释。他现在觉得暖和了，甚至热了，仿佛驱散了父亲尸体的寒气。城市道路上，公共汽车穿街而过，排放的尾气让他感觉到自己肺的存在和急促的呼吸。有一会儿，他握住伊薇的手——在乔治大街的一个十字路口，一辆轿车突然转弯向他们驶来。伊薇紧紧抓住那只手，吃了一惊，突然之间对哥哥充满感激之情。他们应该多聊聊，或者一起旅行，一起搞一个项目或者别的什么。

蔚蓝色离开天空。雨云向东方滚滚而来，淡淡的绿色镶嵌其中，预示风雨将至。马丁抬起头望着天空，心想赶上一场暴雨才好。

他们走捷径来到中国城，大步走过狄克逊大街。大街两边都是红门面、金字招牌、相互竞争的饭店，还有水泥浇筑的狮子、菜肴广告。形如庙宇的建筑和牌楼上方彩旗飘飘。这时，两个人都已经走得汗流浃背，衣服贴在身上。伊薇从一个斜眼老太太那儿买了两瓶水。老太太把钞票举到眼前，好像要验证是否假钞。他们站在一个帆布广告牌下面喝水。广告牌宣传的是澳大利亚－中国新年。

中国味儿的悉尼。他喜欢那种不同形象的融合：汉字，拼音，龙旗，饭馆里的大玻璃鱼缸，五光十色的霓虹灯和大红灯笼交相辉映。这是一个文化相互交融、艺术相互联系的梦幻世界。

他们到警察局的时候，硕大的雨滴已经从天而降。硬币大小的黑色印迹出现在肩膀和伊薇连衣裙的紧身上衣上面。马丁一直就崇尚这种突然之间的变形。他或许会把这种意象融入他的皮耶罗－芭比风格的艺术品中。他或许会把父亲描绘成一个圣人，亮光闪闪的雨滴平添了神秘的色彩。或者他只是简单地赞美妹妹，她和他那么相像。

中国城飘扬的彩旗，圣洁的雨。此刻，他很难集中注意力。过去几天，父亲的死把他搞得焦头烂额。现在需要重新走进这个世界，让它再度变成创作的源泉。他必须记住美术创作是他生活的目标。诺亚知道这一点。正是诺亚教导他，如何集中注意力，如何制作美术图案。诺亚知道那些人物相互之间每天都在进行的斗争。我们选择我们之所见，然后通过这种选择将其变化成为自我。"坚持就是胜利。"马丁牢记这一点。诺亚坐在他旁边的一张藤椅里，摸着他的手背，用非常亲切的口气第一次和他说这话的时候，他还是个"瘾君子"。这是父亲真正的成就——帮助儿子活了下来。

坐在前台的一位年轻警察喊来侦探弗兰克·马龙。后来，马丁和伊薇一致认为他是个让人沮丧的家伙。那张食尸鬼一样的长脸，仿佛永远笼罩在暗影里。低沉的声音似乎预示他要揭开什么骇人的秘密。马丁和伊薇凝视着他。这张与众不同的脸让他们心里不安。马丁断定不会有什么好消息。他们握了握手。只寒暄了几句，侦探便转身把他们领进一间灰暗的办公室。屋子里没有任何装饰，只有墙壁正中挂着的一个大钟。钟面上的刻度都用罗马数字标明。下面还写着"格拉斯哥 1910 年"。钟镶嵌在橡木框子里。侦探那张脸再加上钟面上那几个字让马丁脑子里一片混乱。他瞥了一眼伊薇，知道她也有一种不祥的预感——这种"任意符号"的重叠。

"对于你们的损失，我深表遗憾。"侦探马龙说。他轻描淡写，提到"损失"就像是指丢了块表，或者丢了只猫。"和验尸官的调查无关。是另外一件事情。"

马龙停了一下，好像电视里的画面，俯身向前，两个胳膊肘放在桌子上，似乎提请他们注意。马丁的目光从他那张有点咄咄逼人的脸上移开。

"你们的父亲去世前三天，我们收到从意大利发来的一份报告。报告称，他们有一样东西被盗。这件东西属于意大利。"说到这里，仿佛出于警察生涯的严谨，他放慢速度，看了看手里的一页纸，"是从西西里来的。报告说，你们的父亲诺亚·格拉斯是一个画廊失窃案的嫌疑人，同时涉嫌倒卖一件被盗窃的国宝。"

侦探马龙抬起头，期待看到他们的反应。否认，或者至少对他提供的这一来自海外、让他们迷惑不解的信息表示某种程度的感谢。他那张灰白的、充满不祥之兆的脸又赫然出现在他们眼前。伊薇目无所视，马丁看着墙上的挂钟。

"你们能证实父亲在西西里待了十个星期，大约四个星期前回到悉尼吗？"

"你显然已经知道得一清二楚。"

"意大利警察局文化遗产保护处要求我们协助他们调查诺亚·格拉斯的案子。我们需要弄清楚，你们都知道些什么。希望二位能坦诚一点。"

诺亚·格拉斯的案子。有这样一个案子吗？

后来，还是伊薇先开口说话："谁也没有告诉我们有这事儿。你们是否怀疑他的死和这个案子有关？"

"完全是巧合，"马龙说，"起初，因为来自意大利的这份报告，确实怀疑他的死和这个案子有关。可是现在，如你们所知，验尸官的结论是自然死亡。"

他一副公事公办的样子，马丁听了怒不可遏。

"可是听你的话音儿，他还是有嫌疑？什么嫌疑？"马丁补充道，"诺亚被指控犯了偷盗罪？"

他喜欢自己掷地有声的声音。而且这个问题问得好，他想起用指控这个词。

"一座雕塑，半身像。19 世纪末期，一位名叫文森佐·拉古萨①的雕塑家的作品。"侦探从文件夹里拿出一张打印的纸，放到他们面前。在缎子般的光泽下，一个日本女人凝视着他们。日本人？肯定是欺诈。他们注意到她很漂亮。

马丁哼了哼鼻子。"显然搞错了。我父亲的研究领域是 15 世纪文艺复兴初期的美术作品，主要是佛罗伦萨画派。他对 19 世纪的美术毫无兴趣，雕塑更不在其研究范围之内。为了写美术史方面的文章，他经常去意大利。就是这样，就是这样。他们应该去找别人兴师问罪。"

侦探马龙说："可是……"

马丁和伊薇等待着。

"可是，楼上那些家伙喜欢这种国际协查的要求。这让他们觉得自己很了不起。有些成天坐办公室的家伙更希望借机去巴勒莫②游山玩水，领着老婆去度假，喝葡萄酒。倘若是人们通常说的强行入室罪——某位郊区受害者，被偷了手机或者电视机，他们才不在意呢！"

马丁和伊薇注意到侦探马龙试图博得他们俩的欢心，不惜对同事揶揄、怀疑，甚至表现出对自己职业的不忠。

"你们的父亲在巴勒莫做什么呢？"

马丁本来想说"研究"，但是突然觉得没有把握，心里想，为什么意大利人有那么多重要的盗窃案不破，却在意一件 19 世纪普普通通的艺术品的下落。这事听起来很蹊跷，像是某种借口，或者别的什么阴谋。父亲是公正清廉的典范。他不会犯罪。绝对不会。

---

① 文森佐·拉古萨（Vincenzo Ragusa，1841—1927）：意大利雕塑家。

② 巴勒莫（Palermo）：西西里的首府，位于北部沿海地区，世界上最伟大的阿拉伯城市之一。城中曾有成百上千的清真寺，一度是繁荣的科学与知识中心。

"这是一个错误，"伊薇轻声说，"为什么要我们来接受这种盘问，葬礼昨天才举行。"

马丁从她的声音中听到毫不掩饰的不满。她没错。这种麻木不仁实在太可恨了。一定是什么人留下个烂摊子，或者做瓦尔特·米提①该死的白日梦。西西里一位小官吏需要把某个人的名字和一件丢失的艺术品联系到一起。需知那是一个非法交易、走私国宝的世界。可是诺亚的正直廉洁无人知晓。办公室里的强光让他懊恼。明亮的阳光下，他们都呈现出一种淡蓝，就像血管的颜色，怪怪的。马丁看着自己的胳膊腕子，觉得皮肤那么丑陋。

十分钟后，侦探弗兰克·马龙送他们走的时候，递上一张名片。"无论想起什么事，都给我打个电话。"兄妹俩没有给他留下什么深刻印象，这让他很是厌倦，扬了扬皮肤黝黑的马脸，朝出口努了努嘴。

对于性质如此严重的指控，这样的会见实在太简短了。难道法律程序就是这样运转的吗？都是暗示，没有废话，紧急程序的暗示？说话讲究策略，严格遵守规则。然而，哪怕只是把"侦探"这个词和父亲联系起来，都是对他的亵渎。

没有伞，他们浑身被雨水淋湿。马丁的头发贴在头顶，一张圆脸闪着水光。伊薇身上湿漉漉的、沾着泥污，疲惫不堪，显得很紧张。已经是一团糟了，马丁想，她没必要太在意。他们钻进一家咖啡馆，点了两份拿铁咖啡。

阿拉伯咖啡的香气让人心安。觉得肚子饿，马丁又点了两大份"全天早餐"：甜豆、煎鸡蛋、煮熟的番茄、牛油果、培根、蘑菇，旁边还放着一摞摇摇欲坠的、摆成金字塔似的面包片。这一堆绝对谈不上优雅的食物着实把伊薇吓了一跳。马丁看着她用叉

---

① 瓦尔特·米提（Walter Mitty）：电影《白日梦想家》里的主人公。

子挑起鸡蛋放到他的盘子里。四个鸡蛋。一上午吃了六个。他端详着她那张脸。

"我想，警察不相信这是巧合。"

"简直是疯了，就像一部惊悚悬疑小说。"马丁说。

伊薇还是默不作声。

"悬疑小说，你还记得吗？意大利侦探小说。黄色封面[①]。说的都是蓄谋已久的罪行，隐藏很深的罪魁祸首，诸如此类的案子。发生在那不勒斯[②]后街小巷的故事。"

"天哪，马丁！我们在说父亲的事情呢！"

"我们从前住的那个地方旁边有个书报亭。书报亭的女主人就卖这种书。不知道那个书报亭还在不在那儿。那个女人目光很凶，下巴颏儿长了个瘊子。"

伊薇叹了口气，慢慢吞吞吃着盘子里的食物。

"不过……"他补充说，看到她似乎很受伤害。他对她的心情判断有误。伊薇错过了这个"不过"。她虽然擦干了脸，但头发上还有细小的水珠，涨红的脸充满忧伤。风雨声放大了飞驰而过的汽车发出的响声。车轮噗嗤噗嗤地响着，汽车驶下山，再驶上山，一直驶向澳新军团桥[③]。

"吃吧。"他催促着，不知道该说什么才好。过了一会儿才补充道："侦探马龙？"

她微笑着点点头，嘴里塞满了面包。他们又成了"共谋者"，哥哥和妹妹，用同样的眼睛看世界。

"格拉斯哥，1910？"

---

① 20世纪四五十年代在意大利流行的惊悚悬疑小说多采用黄色封面，故有此说。

② 那不勒斯（Naples）：意大利南部的第一大城市，坎帕尼亚大区以及那不勒斯省的首府，是意大利人口最稠密的地方。

③ 澳新军团桥（ANZAC BRIDGE）：澳大利亚最长的斜拉索桥，于1996年竣工，悉尼最引人注目的地标之一。

她忍不住笑了起来，连忙抬起手去捂嘴。可还是晚了半拍，细碎的面包渣喷了出来。两个人谁都说不清楚，为什么那个钟会让他们这样开心。

这就是马丁精神上的依靠。自己濒于崩溃的时候，希望妹妹能开心一点。希望妹妹能确认那些不合逻辑的东西，能注意他注意到的事情，能抚慰他心里的紧张不安。父亲的死对他造成毁灭性的打击，其程度超过他的想象。那是一个他无法用语言表达或者用形象描绘的空洞。他想问伊薇关于那个岩石水成论者德·索绪尔更多的情况。他想告诉她，因芭比娃娃和皮耶罗获得灵感，想要创作的作品。他想把自己的秘密告诉妹妹，而这些秘密绝对不可能告诉任何一个活着的人。

4

伊薇在宾馆又换了一次衣服，把湿乎乎的棉布裙子搭在椅背上晾干。她为什么不搬到马丁家住？住在马丁那儿本来是明智之举，既省钱，又能聊天，悲伤时还可以分享同一个空间。但是她知道，他们都需要时间疗伤。这个色彩柔和、有几件简单家具的小屋很适合她。空调哼哼唧唧，散发着一股霉味儿，但是屋子俯瞰大街。她可以斜倚在窗台上，想象自己无处可去又无处不在。这种被压缩了的存在感和她的悲哀倒很相称。在这里，她可以感觉必须感觉到的东西：走进小屋，随手把包扔到一个角落，把围巾挂在镜子上——就像按照传统举行什么仪式时那样。伊薇不愿意看到自己的影象出现在镜子里。尸体和镜子。这里没有尸体，但是如果有一个钟，她会让它停下。如果有黑纱，她会戴到胳膊上。没有人为父亲的离世增加高贵的色彩，只有火葬场的告别。没有他所希望的葬礼，送他远行的只有一儿一女。而且两个人若即若离，说起话来夹枪带棒。现在又是警察、盗贼和那些几乎让人无法忍受的荒诞不经的说法。死者并没有站起来，基督教教义纯粹是谎言。她想象信徒们对她的嘲弄，甚至在她独自一人举行这些不值一提的仪式的时候。

和不信神的儿女不同，诺亚信奉宗教，期待水晶般的来世。

他喜欢用宗教话题激励他们——大多数都是关于灵魂的超越与坚守的说教。试图用表示虔诚的圣诞贺卡——总是经典的耶稣诞生之地的图片——感染他们。对亵渎神明之举绝不原谅，对谩骂和不义之财绝不宽容。他起初属于卫理公会派，后来成了圣公会的信徒。但是一些不幸的事情、简朴的东西依然存在。他把不安全感归咎于孩提时代发生的那些自己也说不清道不明的事件。

他们——她和诺亚——喜欢开些深情款款、毫无恶意的玩笑。相互之间无须做任何解释。可是为了保持彼此的尊严和相互之间的关系，两个人也会争吵、揶揄。为了表示情感，他们固执己见，还有点暴躁。别人眼里的不和，在他们却是爱的表示。

暖暖的雨还在下，变成蒙蒙雨雾。伊薇从窗口看到一棵很高的无花果树，穹窿形的树冠，墨绿色的树叶低垂在下午的细雨中。马路闪着银光，车辆稀少，好像在窗玻璃那边悄无声息地飘浮而过。马丁和她约好晚上一起吃饭，还说好不喝酒。

伊薇坐在小屋双人床上，默默地想父亲被指控为罪犯的事。警方说他偷了一件艺术品，这真让人难以置信。诺亚谴责艺术品市场的铜臭味，连儿子马丁作品的标价都让他大为震惊。他一直坚持艺术的非物质性，认为艺术不应该是明码标价的东西。所以，当她反对宗教的象征意义和约定俗成的清规戒律时，他叹了一口气，说她没有看到事物的本质。他说，所谓本质就是马厩顶上的喜鹊——一个容易犯错误的躯体炫示自己。神秘莫测的东西变得清晰可见。某人一动不动地站在那里窥视那个静止的、只有一个形象的世界，琢磨琢磨这儿，琢磨琢磨那儿。还有那个三脚架。她开玩笑说，他变得多么不可思议，就像他研究的那些人物。

诺亚住的那幢公寓位于俯瞰海港的伊丽莎白湾。房间里摆满他到各地旅行带回来的纪念品、不常见的小玩意儿。新奇，但没有一样是值钱的东西。伊薇现在很想再去他的房间看看，感受一下他工作的氛围，看看他的论文、图书室、笔记，再去"邂逅"他珍爱的那些小玩意儿。尽管住在宾馆也很自在，现在她却觉得，应该回父亲的公寓住才对。她会把头枕在他那冰凉的枕头上，梦到他又活了过来。他的房间或许会给她以安慰，或许不会，可是他留下的踪迹至少会延缓、减弱他的死留给她的痛苦。越是这样想，主意越坚定。马丁有钥匙，晚饭时她就和他要过来。

伊薇锁上她在东圣基尔达的公寓，对书店老板说，要请几个星期的假离开墨尔本。然后，给几位朋友发短信告别，给那个可以称之为恋人的家伙留了个语焉不详的便条。那个男人不方便，或者很方便和别人结婚。所以，离开墨尔本并不是什么难事。她以少有的果断应对了这个震撼人心的噩耗。实际上，并不清楚到悉尼之后，应该做些什么。不过，她已经感觉到那种迟缓和肤浅。三年前，她放弃了大学里研究哲学的工作，现在，不想再和学术界的朋友恢复联系。而除了那个圈子，她在悉尼没有几个熟人。现在，父亲的葬礼已经结束。无论如何，想象之中，她已今非昔比、面目全非了。

伊薇脱掉凉鞋，爬上床，翻开随身带来的那本写俄国革命的历史书。她有个很特别的习惯，喜欢按字母顺序记革命者的名字。从 Abramovitch（阿布拉莫维奇）开始到 Zhukovsky（茹科夫斯基）和 Zof（佐夫）。有几个姓氏以字母 Z 开头的大人物真不错。总在嘴里"把玩"Z 倒是少有的事情。她心里想，英语世界忽略了以 Z 开头的姓名或者其他事物发音时的高雅和温婉真是一件憾事。她并不想成为一个四处奔波的旅行者，自然用不着考虑那些杂七杂八的事情，很快便沉下心来读书，忘记那些烦人的琐事，直到安吉拉发来一条短信，说妮娜想见见她最喜欢的姑妈。伊薇回答说，她明天过去，今天下午不想让任何人打搅，完全由她自个儿支配。

伊薇开始想另外一个"附表"——俄国"十二月党人"或者民粹主义者。她意识到自己沉溺于拟古主义的怪癖。这种喜欢用字母顺序排列事物并且因此而建立一种秩序的倾向完全是病态。什么地方什么人一定对这种倾向做过研究，发现一些不着边际的原因——也许是孩提时代思想的萌芽，也许因为一次意外的创伤，遗传基因失灵。可是在这个过程中，伊薇平静地消磨了时光，品味了这种古怪的方式学习的好处。她仿佛进入一种奉献或砥砺精神世界的状态，变得沉静、专注、封闭。

等到去见马丁的时候，伊薇已经做好准备。她站起身，用手指拢了拢头发。有新"字母表"武装，她几乎又精神饱满了。

马丁认认真真收拾了屋子，把已经枯死的那几盆花放到长沙发后面，把新买的花——洋桔梗，插到一个黑色塑料花瓶里，放到厨房餐桌上。伊薇看着那几朵花，心里想他有多久没有买花装饰屋子了？也许为安吉拉买过。为某个周年纪念日，或者别的什么庆祝活动买过。她看见那紫色和白色的花朵，错落有致地映衬着新买的石灰绿色台布。马丁还在花瓶旁边放了三个脐橙。由此可见哥哥的情趣与技巧。他懂得如何摆放东西，注意色彩与质地、纹理的搭配。他知道在血光堇青石花瓶旁边放三个色彩明亮的脐橙赏心悦目。

马丁伸出一只手。"来吧。"他说。意大利面在炉子上咕嘟着，沙拉色彩斑斓，放在餐具柜上，等着加调味汁。一瓶汽水已经打开，旁边放着两个平底玻璃杯。她看着他在炉灶旁边忙来忙去，尝面条的咸淡。衬衫上油渍点点，一望而知做饭的技艺平平。他挥舞着抹布，擦一个带柄的平底深锅。哥哥就这样手忙脚乱地做饭。跑来跑去，找不到欧芹，烦躁不安，却让妹妹一动不动坐在桌子旁边等着欣赏他的技艺。不过他的努力还是获得了成功。把微辣番茄汁通心粉盛到碗里，撒上帕尔马干酪①的时候，他高兴得满脸通红。两个人都把自己那份吃得干干净净，很高兴没有喝酒。收拾完盘子之后，马丁煮了两杯咖啡。他们都沉浸在一种茫然若失的平静中。伊薇想，最好的饭是随意、快捷。

"我们需要谈一谈。"他说。

"等一会儿，等一会儿再谈。我现在不行，马丁。现在不能谈诺亚的事。"

"所谓盗窃罪，你怎么想？"

"现在不想说。"

为什么他又惹得她重复了一遍刚才说过的话？他怎么就揣摩不透她心之所想？

"那么等会儿再说。"

"等会儿。"

他们呷着咖啡。伊薇等马丁继续说话。他好像一个大男孩儿，显得精力旺盛，又回到以往那个世界。

"我一直在想，"马丁说，"到一趟意大利，西西里。我想让你和我一起去。"

这么说，吃这顿饭就是为了这事，为了提出这个建议。伊薇心里虽然很满意，但态度很坚定：不。不过她没有这样说，而是问："为什么？"

"原因很简单。离开这儿。为老爹正名。吃意大利面。"

他脸上露出微笑，不过很谨慎。伊薇从他那副漫不经心的样子看出他想讨好她，劝说她。这当儿，她心里一直在想：和马丁一起旅行，那可是场灾难。你得顺着他的心情，对付他几乎和父亲一模一样的自负和不成熟。

"我没钱。"她说。

---

① 帕尔马干酪：用脱脂乳制成的坚硬的意大利干酪。

"没问题，我这儿有钱。你先考虑考虑，用不着现在就回答我。"马丁显得不再冷静，"你难道不想知道吗？诺亚在那儿做了什么？"

伊薇凝视着花瓶里的洋桔梗，无法回答。一想到去调查父亲的案子就透不过气来。尽管不愿意承认，也说不出个所以然，但她还是知道，面对灾难，与自己相比，马丁内心深处更加坚定有力。就在她焦躁不安、一片茫然的时候，马丁已经开始想象新的开始、新的生活。

"我想去他的公寓，在那儿住一段时间，你同意吗？我想清理一下……"

马丁举起那杯水，好像提议干杯。"清理吧。"他说。

那天晚上，她什么也没有同意。他们面对面默默地站在一起，许多重要的事情都没有说破，就像雾弥漫在他们中间。马丁把父亲公寓的钥匙给了她。她已经在想第二天早晨叫辆出租汽车，重新安顿她的行李。

她回来的时候，宾馆的房间看起来了无生气，让人沮丧。白天明媚的阳光和无花果树的绿荫给这间小屋平添了几分温馨。可是到了晚上，那几样家具、装饰物让人觉得湿冷、压抑。镜子被盖上毫无道理。这里没有尸体。电视机从天花板上挂下来，像一只黑色的、没有生气的眼睛。伊薇用遥控器调台，眼盯着屏幕却视而不见。美国的犯罪片。一个特别漂亮的侦探在按部就班履行公务：正面冲突，相互争论，对着电话语速很快地说话。一辆汽车开到一幢赤褐色砂石建筑前面，身穿大衣的侦探们嘭嘭嘭地关着车门，下车后回转身，大步走进门廊。一具女人的尸体面朝下躺在地上。故意制造的紧张局势，喋喋不休的法律术语，混杂着警察们的威胁。

插播广告的时候，伊薇关了电视，淋浴之后在床上躺下。路灯惨白的光透过薄薄的窗帘照射到屋里，来往的车辆在细雨中发出嗖嗖的响声。她思绪万千，难以成眠。黑暗中，仿佛看见哥哥特意为她摆放在餐桌上的洋桔梗。已经枯死的几盆花被他藏了起来。下大功夫做饭招待她。这些关心之举都让她非常感动。

伊薇终于进入梦乡的时候，迷迷糊糊想起那个让人望而生畏、下巴上长了一个疣的意大利女人。她的 *malocchio*——邪眼，"框"在书报亭里，宛如旅游景点的画片。她从黄封面书籍筑成的"高墙"后面招呼路过的小孩儿。头顶有一根绳子，拴在两个木头楔子之间，上面挂满了黄颜色的杂志。她打开一本杂志，拍打着，大声吆喝，招徕顾客。孩子们都很害怕，紧张地手拉手，穿街而过。留在身后凝视的目光让他们心惊胆战。哦，那不勒斯。他们童年时代的 *malocchio* 生活在那不勒斯。

伊薇渐渐进入梦乡，睡得很沉，那里自然一片黑暗。

5

诺亚·格拉斯 1946 年生于西澳大利亚珀斯。

六十七年后，诺亚死于悉尼。他住的那幢公寓有一个十分干净的、蓝绿色的游泳池。他"衣冠楚楚"，面朝下死在那里，是被一个名叫艾琳·邓斯坦的人发现的。艾琳在十四号住了很长时间。那天早晨大约七点，她身穿宽松的条纹衬衫出来找她养的猫桑克赛。她解释说，桑克赛总是早早地就把她弄醒。可是那天，哪儿也找不到它。她声称，这事很蹊跷。

桑克赛两天后才找到。现在，那幢公寓楼的居民都不愿意再去游泳池游泳。大家都说，要先把水抽干，再消毒。艾琳·邓斯坦用一个捞树叶的漏勺捅了捅那具尸体，好像在开一个趣味不高的玩笑，或者恶作剧。可是那个已经淹死的人在静静的水面上只轻轻地动了动，就像花样游泳运动员，慢慢地转了个圈。她给警察局打电话，描绘死者的时候，兴奋激动胜过恐惧与不安。这个发现似乎赋予艾琳特别的权威，她眉飞色舞，越讲越添油加醋。讲述细节的时候，还用手指摸着衬衫。她至少暂时成了人们关注的中心，而被人关注是这个女人一生最大的愿望。

对于这位邻居，她知之甚少，连名字也叫不上来。也许他在哪个写字楼工作，总是独来独往。一个沉默寡言的家伙，从来不跟人打招呼，或者傍晚停下脚步和谁聊几句。

诺亚从八岁起，在西澳大利亚北部一座麻风病院度过四年的
时光。他知道，那样一段时光，那样一个地方，把他造就成一个
与众不同的人。但他很少提起过去的岁月，也不愿意回忆往事。

他的父亲是个医生传教士。他拒绝别人的忠告，坚持把妻子
和两个儿子带到麻风病院。他认为坚定的信仰和抗生素的突破可
以使妻儿老小免受其害。那是50年代，世界还在战后重建。约书
亚·格拉斯，作为一个从战场回来的战士，偿还了未公开的债务、
秘密报恩之后，总想做点什么。他认为世界既充满痛苦，又可以
得到救赎，尽管说起来有点晦涩难懂，但人还应该有更高的目标。
他工作的时候，坦白直率，冷漠，甚至专横。因为少言寡语，不
大容易被人爱戴。他的病人都是土著人。这个日渐衰弱的黑人群
体正在缓慢地消亡。持久的痛苦越发坚定了他的信念。他富于奉
献精神，工作吃苦耐劳，是个与众不同的人，但心底认为自己是
个精神堕落的人。

诺亚后来回想起来，觉得自己从来没有真正了解过父亲。而
了解的那一点点，又只能让他心里不安，困惑不解。父亲很少做
出想和你沟通的表示，鲜有柔情，表情粗暴。他清楚地记着父亲
那双手，蓝色的血管蚯蚓般凸起，长长的、患风湿病的手指，关
节肿大，因为在部队养成抽烟的习惯，熏得焦黄。他把僵硬的手
指分开放在桌子上或者《圣经》上。和他的手相比，父亲的手显
得那么大。无法直视父亲那张脸的时候，诺亚就凝视他那双瘦骨
嶙峋的大手。

直到许多年之后，自己有了孩子，诺亚才懂得了父母和儿女
之间会发生些什么事情，会有什么不曾预料的感情爆发出来。是
他错过了机会。后来，回首往事，他意识到，父亲的权力意味着，

他那一代许多人都错过了这样的机会。约书亚作为医生严格的医嘱，作为牧师不无悲凉之感的披风，战争年月的秘密，局促不安、闪烁其词的态度都使得他很难适应社交场合。性格上方方面面的弱点把他打造得沉默寡言、离群索居。诺亚知道，不只是他，母亲和弟弟詹姆斯也都感觉到与父亲之间的距离。但他总是设法逢迎讨好父亲，牺牲了和母亲更为亲密的关系。或许到了四十岁，他才明白了这一选择产生的影响和后果，渐渐懂得了自己情感上的缺失。母亲压低嗓门儿对他说些安慰话的时候，他轻视她的软弱，也看不起自己。

那个麻风病人隔离区大约有一百五十人。有的人健康状况相对而言好一点，就去干类似烤面包、屠宰、装运木材和洗衣的活儿。隔离区有个小花园，人们怀着一种很特别的骄傲，照料那些七零八落的蔬菜。他们还有一个由小提琴组成的"管弦乐队"，举行没有严格规则的板球比赛。有牧师从很远的地方来访时，做一个季度一次的弥撒。两位来自圣约翰上帝医院的修女负责管理隔离区的事务。诺亚刚来的时候，以为白皮肤和好身体会使他在这里获得优越的地位。可是从到那儿的那一刻起，他就觉得被忽略。自己毕竟只是个孩子。父亲因为辛勤劳动而被人尊敬、赞赏，他无足轻重。

一个人待在黑暗中的时候，诺亚很愤怒。弟弟詹姆斯和他同住一室。夜晚，他在闷热中辗转反侧，耳边传来弟弟均匀的呼吸声。窗外有人用他从来没有听到过的语言说话。鸟儿的叫声吓了他一跳。夜里什么东西在尖叫，波纹铁皮屋顶因为收缩发出啪啪啪的响声。狗好像一直在吠叫，尽管显然没有对象。那里没有电，不得不用病变证据计算日子，学习新的生存和行为方式。他只想逃离那个地方。日后，他将想起熄灭了的煤油灯留下的臭味，想起他面对墙壁蜷缩在床上，努力把自己封闭起来。

那些上了年纪、残疾更为严重的居民让诺亚惶恐不安。那一张张被病菌吞噬了的脸，缺了耳朵，没了鼻子，手像爪子，皮肤一片片结痂，都让他痛苦、害怕。有的老人瞎了眼，有的被截肢。有一个人没了两条小臂，腿像树桩。诺亚有意识地把目光移开，不理睬阴影之下、视野边缘坐着向他招呼的那些人。他的行为不无狡诈——把绳子绕在自己身上，好像告诉世人："不要过来。"掐一把，打一拳，欺负小弟弟，或者朝某个对他大声叫喊的陌生人吐唾沫。绝望是一种粗暴而富于创造性的情绪，诺亚身上有一种可怕的、因痛苦而生的力量。

其实做什么也没有意义。社区仅有的几个孩子都互不来往。他没有办法填补心中刚发现的空虚。有一次父亲胳膊下面夹着一只没有脑袋的鸡。鸡脖子上，鲜血还在滴答。父亲，一位医生，此刻的行为显得残忍、无法解释。诺亚把自己关在门外，十分生气，忍不住呕吐起来。无论发生什么事情，都会"串通一气"，让他警觉，使他反感。本能告诉诺亚，他永远都不可能适应这个地方。土地是橘红色，面包树鼓着大肚子，伸开大钉子一样的枝干，给人一种畸形的感觉。瘦骨嶙峋的癞皮狗四处游走，似乎就是为了占领地盘，引起别人的注意。那儿有两幢宿舍，一幢住男人，一幢住女人。还有几个瓦楞铁皮造的棚屋和储水池，装了檐板的医务室和几间小棚屋。这些建筑物那边是墓地和一排排木头十字架。再往远，是让人心悸的遥远的天际和融化在那天际的景物。

约书亚在医务室的阳台上看病——口腔疾病，药物治疗，给断肢接骨，忙忙碌碌，但心满意足。诺亚看着父亲像恋人或者新郎一样勇敢刚毅，挽起一个年轻女人瘫痪的手，轻轻地，一个一个地按摩其僵硬的手指。女人把脸转过去，知道这样的动作需要慈爱和柔情。可是诺亚心里还是充满了畏惧和厌恶。他无法想象抚摸除了妈妈之外的任何人。疾病似乎无处不在，铁锈色的饮用水，一群群趴在背上挥之不去的黑色苍蝇，洗涤槽里的蜘蛛，后门台阶下的蛇。他们被"流放"到这里不是为了崇高的事业，而是为了邪恶的惩罚。

这种孤独、与世隔绝让他害怕。他们一家人会死在这里，无人知晓。他们会消失在这橘红色的土地上，连寻找的人都没有。

刚来这儿的几个星期，诺亚和父亲争论不休。父亲好像很为儿子受苦而高兴。他把这种苦难看作精神的磨炼。母亲伊尼德身体虚弱，沉默寡言。直到后来，诺亚才意识到，母亲一直郁郁寡欢，缠绵病榻的那些日子是她对自己的考验。按照《圣经》的先例，这种考验没有什么与众不同之处。但是和他自己的经历相比更加孤单寂寞。几个月之后，母亲回到南方，和外祖母一起生活。好端端的一个家就此破碎。诺亚想念妈妈一声不响摸着他头顶时的那种爱，想念头发蓬乱时，妈妈朝手心吐口唾沫，顺着头发缝给他抹平。想念她颤巍巍的拥抱，想念她硬撑着爬起来给他们做饭。妈妈如果待下来，或许会成为他的"盟友"，两个人的力量加在一起就会击败父亲。詹姆斯比他小三岁，百无一用，只能惹人生气。

后来，诺亚常常为自己儿时的懦弱胆小羞愧。儿女长大成人之后，他很想给他们讲讲自己小时候在那遥远内地冒险的故事，但最终还是守口如瓶，把秘密埋藏在心底。事实上，他是个闷闷不乐、以自我为中心的孩子。他缺乏同胞之情，所以很难赞赏约书亚的工作，也不理解真正被"放逐"的不是他，而是周围那些受苦受难的人们。最重要的是，他后悔自己的自私和厌恶。那一切很难被忘记，或者否认。

有一件事情让他难忘，好像一道伤口，常常非常清晰地出现在眼前。有一次，一个男人鼻子流血。父亲不顾一切地把他和詹姆斯推到一边，告诉他们，病人打喷嚏和出血都很可怕，不过只要避开就相安无事。父亲这种想让他们消除疑虑的举动让他越发害怕。诺亚认为他一定把什么东西吸到肺里了，病菌像一支支很小的箭射进他的喉咙。他讨厌父亲，歇斯底里地求他把他送回南方，和妈妈、姥姥一起生活。约书亚气得浑身发抖，跨过泥地，举起手，朝儿子脸上打了一巴掌。一辈子，父亲只打过他这一次。那一刹那，诺亚看出约书亚比他更痛苦，心底竟然生出一丝快乐。那是父亲突然之间显现出来的爱。詹姆斯哭了起来。父亲好像惊呆了，大张着嘴巴，半晌说不出话来。父子俩心里都清楚，约书亚自己也不理解怎么会做出这样的事情。他不能道歉，也没法解释。

诺亚一直没有原谅父亲。他跑回棚屋，固执、骄傲，摔摔打打，吵吵闹闹，一杯接一杯地喝水，想把麻风病菌冲掉，把心里的恐惧冲掉。他想得到安慰，想让父亲表示出深深的懊悔，求他原谅。从那以后，诺亚只要发现喉咙长了疹子，就焦急不安。因为疹子铅灰色的斑块看起来像麻风病初期的症状。那既是对他错误的人性的揭示，又是人性的回归。

父亲坚定的信仰在诺亚心里渐渐有了意义。年纪尚小，不能完全不信奉宗教，也无法控制自己讨好别人的需要，诺亚最终只好顺从。他一点一滴地积攒着对宗教的信仰。十二岁的时候，他离开那个群体的栖息地，到珀斯上寄宿学校，再也没有回来。过去的四年里，诺亚变得注重实际，逆来顺受，在努力学习和凡事找一点"合理性"的过程中让自己平静下来。有时候，他也想和日渐疏远的父亲套近乎，希望能提个精明的问题，有意无意地显示一下自己的知识，博得他的欢心。但是父亲好像铁了心一样，态度粗鲁，傲慢自尊，情感缺失。

那是停火之后暂时的、依然有点紧张的和平。母亲回南方后几个星期，约书亚把两个儿子送到修女阿加莎和佩楚拉办的学校，虽然起初并不同意。上学后，诺亚少了几分孤独。学校里是另外一种生活。读书，唱歌，讲《圣经》和圣人的故事。组织起来参加半天的活动是巨大的解脱。到什么地方走走，在一张书桌旁边坐坐。在这个最简单的学校里，每一样东西都非常特别。黑板、粉笔、一张发白的世界地图。阿加莎嬷嬷用捐来的小提琴给他们上音乐课。有的乐器是她自己修理过的。她说，拉小提琴可以锻炼手指，不需要音乐知识，跟着调子拉就行。许多年后，诺亚在莱切①一条后街听到有人拉小提琴和手风琴，不由得打了个趔趄，好像在梦中看到阿加莎嬷嬷上音乐课。想起她把小提琴夹在下巴下面，手指放在琴弦上的样子。

诺亚在一堆落满尘土的书里，发现一本《世界最伟大的美术博物馆》。书上盖着墨尔本郊区一家图书馆的印章，已经模糊不清。现在这本书落到他的手里，出现在他惊讶的眼睛前，放在枕头边。那是他的宝贝，一扇通往世界各地的"夜视窗"。这本书标志着充满异国风情的景色来到他身边。另外的世界、另外的时代跃然纸上。他抚摸着光滑的纸，看着那一幅幅画的传奇，仿佛那就是自己未来的依靠。

修女中比较年轻的那位——他的老师，是佩楚拉嬷嬷。尽管约书亚警告他，天主教徒有多么狂热，诺亚发现，她并不像父亲描绘的那样可怕。她很聪明。诺亚说话的时候，她总是认真地听着，喜欢用外祖母常用的口头禅："哎呀！天哪！我的天哪！"这让她看起来仿佛可以穿越时空，像家人一样亲切。她偶然也会提起福音书②，不过不像父亲那样总是挂在嘴边，也不会以严厉的

---

① 莱切（Lecce）：法国城市。

② 福音书：指《圣经·新约》中的马太、马可、路加、约翰四福音书。

神学专制主义精神来讲述。她说，她来这儿工作，只是为了服务。她不认为土著人有罪，至少不会比别人更有罪。事实上，阿德莱德犯罪的人多了去了。说这话的时候，她眨着一只眼睛——她就是从那儿来的。诺亚不知道这话有什么更深的含义，但是她那副推心置腹的样子让他非常高兴。他高兴，一个成年人能给他特别的关注。

正是佩楚拉嬷嬷让他挨着那个名叫弗朗西斯的男孩儿坐，并且鼓励他们成为朋友。弗朗西斯的老家在霍尔斯克里克①。他除了皮肤上零零星星有点斑疹和损伤之外，看起来很健康。弗朗西斯蹒跚学步的时候就跟妈妈马吉来到这里，几乎就是在这个群体中长大的。马吉是那个群体中真正被彻底毁容的病人之一。

诺亚害怕看到马吉，可是偏偏经常看到她。她盘腿坐在外面，一声不响地观测周围的世界。她面目全非，脸上结痂，眼球突出。盯着诺亚看的时候，没有嘴唇的嘴微笑着，很高兴儿子又有了一个小伙伴。诺亚对她敬而远之，心里充满恐惧。他虽然逆来顺受，听话乖巧，但宗教并没有驱散内心深处的恐惧。噩梦中，他看到马吉张开血盆大口，打喷嚏，满是病菌的飞沫雨滴似的落到他身上，在他心里激起恐惧，生怕自己也成了那种人中的一员。他不想看到那个被上帝遗弃的女人，她那张破损的脸好像被砍了无数刀。

成年之后，想起这段往事，他发现他很爱弗朗西斯。不是喜欢而是爱。他总渴望和他待在一起。他们互相微笑，默然无语，但彼此心照不宣。现在，他的记忆已经渐渐远去，或者消失。那时候，他们一定像别的男孩子一样到处乱跑，打发时光。一定分享过一起做非同寻常的事情时的快乐。一起玩耍，说只有他们俩能听懂的话。詹姆斯像个尾巴似的跟着他们，一起来到小溪边，

---

① 霍尔斯克里克（Halls Creek）：位于西澳大利亚东北部的小镇。澳大利亚原住民聚居区之一。

用随身携带的折叠小刀割下树皮，再用绳子串起来做船。他还记得弗朗西斯教他们捕捉巨蜥和蛇。然后把猎物埋在炭火的余烬中，烤熟之后用大拇指剥掉木炭，吃干净、鲜美的肉。他还记得弗朗西斯手握板球拍弯下腰准备发球的样子。他记得，有这位朋友在身边，他就觉得自己勇敢，洁净，没有被污染。这是一种爱，毫无疑问可以激发人性中最美好的东西，得到承认，得到同样美好的回报。他们讲故事给对方听，但是他已经不记得那些细节。仿佛只是些难懂的东西，幻化成一种声调。诺亚给弗朗西斯讲南方城市的故事。他夸大其词，说那里的楼房像山一样高，车的洪流像一条条大河。

有一点他记得很清楚——他们俩都喜欢汽车。麻风病院有一辆战争年代留下的吉普车在飞扬的尘土中稀里哗啦地行驶。有时候，他们坐在破车高高的座位上；有时候，看司机耶利米手忙脚乱地修发动机。诺亚对弗朗西斯说，城里崭新的汽车多得排长队。不同颜色、不同大小的汽车在坚硬的公路上行驶。两个小男孩儿都迷上了汽车。后来，他俩都从打扮成圣诞老人的约书亚那里得到一辆玩具小汽车。好像是上帝给他们俩每人选的一件礼物。

有一段时间，诺亚觉得什么都可以告诉弗朗西斯。他的世界囿于麻风病人隔离区，对隔离区以外的事情一无所知。像天堂，诺亚说。珀斯像天堂。那儿的食物多得吃不了。那儿有一条河，河上都是天鹅。一群群天鹅起飞的时候，拍打着翅膀，发出雷鸣般的响声。有时候，它们遮住了太阳，整个城市变得一片漆黑。屋子里很凉快，摆满家具和塑料装饰品。城里有有轨电车，就像很长的汽车，人们听着铃声上下车。一个头戴金色锦缎帽子的人收钱。还有一个动物园，有印度大象。一条大街店铺林立。詹姆斯两手抱膝默默地坐在那儿，并不反驳哥哥。诺亚想，弗朗西斯对他的话一定深信不疑。

诺亚到寄宿学校之后，詹姆斯成了弗朗西斯最好的朋友。诺亚非常想念他们，但也松了一口气。隔着质地低劣的窗帘更容易想象那些年发生的事情：某个男人回转身对着墙壁撒出一股热尿，一团臊臭的气"冲天而起"，你看不太清楚。詹姆斯出于责任，按时给他写信，字迹工整，介绍他和弗朗西斯在他走后继续冒险的故事。现在，那仿佛是另外一个世界，远在一千五百英里之外。诺亚相信他是"胜利大逃亡"。尽管在噩梦面前束手无策，但他还是松了一口气。远离那个世界，大多数时候不曾受到任何污染。

他听说弗朗西斯靠自学，成了一位汽车修理工和电器修理工。80 年代，麻风病院解散，病人都迁移到海岸的德比。弗朗西斯也跟着去了那里。詹姆斯离开学校之后，在北方工作了一阵子，和弗朗西斯的友谊保持了一辈子。诺亚想和弗朗西斯联系，但一直没有付诸实施。佩楚拉嬷嬷后来回到阿德莱德。有一次，他想给她写信，可是提起笔来又不知道该说什么。有时候，他会想起她，感情很复杂。怀着这样一种复杂的情感，他也很难给父母写信。

十三岁那年，诺亚发现他孩提时代的经历所包含的意义之后，不再羞愧。他在电影《宾虚》①中看到主人公来到一个麻风病人隔离区，钻进洞里，在黑暗中找到母亲和妹妹。两个人身上都裹着破布。宾虚看到耶稣基督背着十字架走在去加略地的路上，十字架的影子从他家滑过。一场大暴雨过后，女人们都被治愈。她们一个个肤色红润，身上的破布化为乌有，充满了被救赎者的魅力。诺亚被电影迷住了，心里充满美好的感觉。他无法相信这一切：妇人们恢复了的美丽，男主人公泪水盈盈。小提琴演奏的乐曲声

① 《宾虚》（Ben-Hur）：改编自卢·华莱士同名长篇小说的电影，获 1960 年第三十二届奥斯卡金像奖最佳影片、最佳导演等奖项。

音渐渐增高，柔和的阳光照亮她们的救赎。查尔顿·赫斯顿①的侧面像充满贵族气派，皮肤闪着明亮、圣洁、可以抵御一切细菌的光。诺亚对著名的车赛并不特别感兴趣，只是一圈又一圈地飞驰，尽管每一圈都比上一圈更动人心魄。他更喜欢这部让人伤感、跌宕起伏的电影，雨水中流淌着神圣的血，传染病被遏制。

怀揣着这个故事，诺亚到了另外一个国家。现在，离开麻风病院，他把自己也想象成英雄。他也看见过一堆堆破布，而那实际上是裹着破布的麻风病人。他的恐惧和反感可以被改造成极好的故事。虽然他知道，那都是编的，但还是声称并无虚言。诺亚把他的羞愧重新结构为一个故事："就像《宾虚》那样。"他看到吉尔福德②语法学校的男孩子们听得全神贯注、深信不疑，眼睛瞪得就像看宽银幕立体电影，想象着山洞和血雨，就像弗朗西斯想象满天的天鹅。在他的故事里，弗朗西斯变成被他营救了的人。（"你真的碰过他吗？"）他是一个和他们一样的男孩儿，可是非常可怜，非常不幸。一个黑孩子，在洞里等人来救，在黄沙滚滚的风中眯着眼睛，在重重暗影下闷闷不乐，孤独，悲伤。诺亚对自己说，这是一些与有形和无形有关的东西。你从那些看得见摸得着的东西开始，很快就能想象出一幅图画，编造出一个故事。就像宗教，只是一种信仰。他像成年人一样，知道自己曾经多么艰难，把往日的孤独和内心的荒凉用这种方法封存起来。那部电影消除了他的疑虑。即使他对麻风病人隔离区的描述因为愤世嫉俗而说了假话，他也问心无愧。

在学校那个神经过敏、竞争激烈的环境里，诺亚出类拔萃。他个子很高，也很帅，内心深处怀着坚定的信念。老师们都认为

---

① 查尔顿·赫斯顿（Charlton Heston，1923—2008）：美国著名影星。电影《宾虚》的主演。

② 吉尔福德（Guilford）：英国东南部萨里郡的郡府。

他长大了会成为工程师或者医生，甚至外科医生或者著名科学家。他的数学和物理都非常棒，能心算。可是诺亚上大学学了艺术，最后居然混入那么一个全无阳刚之气、令人难堪的行当，写什么关于绘画方面的文章，让人大失所望。就这样，学校里的精英成了大伙的笑柄。就在朋友们赚大钱，买大房子，在矿业股票和房地产领域找到自己心仪的完美榜样，大展宏图时，他继续他的研究，先到剑桥——他们说，那是英国佬的地盘——后来又到了英格兰东南部一所名不见经传的大学。听说他结婚之后，人们又大吃一惊。因为大伙儿早已把他研究艺术当作同性恋者的确凿证据。这些情况，诺亚都是从詹姆斯的"报告"中得知的。詹姆斯退学之后，参加了当地一个乐队。他对哥哥忠心耿耿，每星期都给他写一封信。

有一天，一张形状像宗教卡片的纸片又回到他身边。诺亚发现这张纸片插在他童年时代最喜欢的那本《世界最伟大的美术博物馆》的封套里。这张巴掌大的卡片是当年那位吉普车司机耶利米给诺亚的。上面画着圣人拉撒路。这位患麻风病的圣人是个老头，身上长满疮，瘦弱的身躯倚在摇摇晃晃的拐杖上。两条温顺的、不知道什么品种的狗满怀同情舔他腿上的疮。这张卡片是那种老式版画，粉红、翠绿，有点刺眼。连那位圣人看起来也低俗艳丽，不乏宣传色彩，根本不值得收藏。他手上粘着卡片上老旧的灰尘，心里想，怎么会把这玩意儿当作纪念品保存起来？他把偶然找到的这张卡片攥在手心里，捏成一个硬硬的球。得了，就这样吧。从那一刻开始，诺亚不无喜悦地想，早年的生活已经彻底粉碎，随风而去。

"他是个好人，"艾琳·邓斯坦对搬来不久的邻居说，"不过总是独来独往。"

她担心游泳池就这样毁于一旦。如果传出去这里面淹死过人，她的房子就会落价。现在来了个年轻女人，声称是他的女儿。她担心，如果她搬过来，就会有别的年轻人出没于这座公寓大楼，聚会或者干别的什么傻事。那些来来往往的陌生人会吓到她的桑克赛。艾琳从来没有见过这个女人。显然没有人访问过她的老父亲。她穿着没有熨烫过的裙子，拖着一口破旧的箱子走上汽车道的时候，艾琳几乎没跟她说话。她看起来很不体面，犹如长庚星的残骸在寻找世界。

6

马丁一大早就跑到警察局。他想知道更多的细节，但是不愿意让伊薇在场。一个星期前，他看到验尸官的报告，结论很明确，父亲死于心脏病突发，心肌梗死。可是意大利官方的报告一到，这件事情就变得疑点重重。退一步说，父亲的死和一个案子牵扯到一起，本身看起来就异乎寻常。诺亚的喉咙有一片红肿，好像被人掐过，或者擦伤。医生出具的病历证明，那是慢性病的一种症状，尽管看似异常，但并非因为遇到什么不测，或者遭到什么人的袭击。还有些别的疑问：诺亚怎么会穿戴得整整齐齐，出现在游泳池里？他家的前门为什么敞开着？他血液里的酒精含量是高一点，但并未超标，体内也没有吸食过毒品的证据。如果他犯了罪，被揭露，也许会成为自杀的原因。然而，这种可能最终也被排除掉了。诺亚夜里心脏病发作，不慎掉到游泳池里。

马丁在寻找把诺亚称为嫌疑人的理由。也许父亲真的被卷入什么丑闻？调查是从巴勒莫开始的，所以和国际不法分子有关也未可知。所谓雕塑失窃也让人迷惑不解。如果真的出了什么事，诺亚应该告诉他，或者找他帮忙。可是见到那位侦探之前，马丁从来没有听过这位雕塑家——文森佐·拉古萨的大名。毫无疑问，他不是什么了不起的大艺术家。

马龙反复说，他想到意大利搜寻和这个案子有关的线索。也许他想借这次机会和太太到西西里旅行。他那张阴沉沉的脸让人觉得什么可能都会有。他太过自信，好像唱歌一样，用浑厚的男中音一本正经地说："文化遗产保护局警官。"马丁又一次握了握他的手，没有丝毫亲近之感。没有什么新消息。对他提出的问题，马龙虽然一一作答，但简单明了、态度傲慢。这位侦探似乎意识到，他是被人嘲笑的对象。他一定知道，自己那副尊容让人反感。这让他很敏感，说话办事警惕性很高。马丁心里想，也许警察的做派就是这样，满脸严肃，看起来刚直不阿。职业使然。

马丁来到前一天他和伊薇一起来的那家咖啡馆。女服务员认出他，嫣然一笑。他又要了一份玛其雅朵咖啡①，一份全天早餐。不过今天吃得没有什么兴致，妹妹不在，他需要和她谈谈父亲的事。咖啡馆的嘈杂声让人无法忍受。杯盘碗盏的碰撞声不绝于耳。马丁低头看着剩下的食物，不觉悲从中来。那种觉得自己一个人孤零零地留在这个世界的感觉，那种因为知道父亲有秘密瞒着他而产生的被抛弃的感觉让他心寒。马丁和诺亚的关系一直很亲密。他们俩都为共同度过的美好时光而骄傲。他们相互欣赏，一起去画廊，看电影，沿着海滩散步。马丁身上发生了那么多事情——婚姻失败，进戒毒所，对自身价值动摇——关键时刻，诺亚总是给他聪明的建议、有力的支持。

马丁担心，记忆会使他心理失去平衡。不知怎么搞的，这种想法让他精疲力竭。那些不足挂齿的往事的回忆占据了他的心头，似乎成了一种弱点，甚至有点婆婆妈妈。有一会儿，他真想说，他觉得父亲正给他理发。父亲的手指轻柔地摸着他的脖颈，银光闪闪的剪刀发出咔哒咔哒的响声。他把儿子的头发拢起来，轻轻地梳着，然后再披散下来。就像真正的理发师那样，把后面的头

---

① 玛其雅朵咖啡：一种只添加少量牛奶的意大利浓咖啡。

发抖松，梳好，再拢起，慢慢地一绺一绺地分开，剪得整整齐齐。马丁多么喜欢父亲手指抚摸头发的感觉。他用嘴吹着脖颈，弄干净头发渣，拍拍他的脑袋，宣布，理完了。

大约十三岁，马丁坚持到理发馆理发。他对自己说，斜倚在后背高高的椅子里，面对一面镜子，看着专业理发师工作，那是一种自尊。不过，他不得不承认，这次经历让他大失所望。那位真正的理发师掐着他的脖子，往前推着脑袋，把头发剪得短而又短。马丁气得两眼圆睁，朝收银台看了一眼。付钱的时候，连"谢谢"都没有说。不过这意味着他已经加入小伙子的行列，用不着再听爸爸挥舞剪刀时，哼哼唧唧，嘟嘟囔囔。这一点也很重要。从那以后，马丁再也没有让诺亚给他理发。尽管心里有一份渴望，很想再体验孩提时代对父亲的信任，再感觉父亲那双特别的手，那双充满爱意在儿子娇嫩的头皮上摸来摸去的手。遥远的记忆仿佛一记耳光，打得他眼花缭乱。怎么才能保护自己不受不知来自何方的、幻影般的袭击呢？

那位女服务员在桌子旁边转来转去，似乎想提个问题。马丁坐在那里旁若无人。他这副不理不睬的样子让她生气，终于一脸不高兴地说："吃完了吗？"马丁听见身后的意式咖啡机发出嘶嘶嘶的响声，心里生出几分慌张和歉疚，尽管毫无道理可言。他似乎想对她说，父亲的葬礼两天前才举行，希望因此而唤起她的怜悯和同情，希望她因羞愧而变得温顺。他自然没有说，只是留给她不算少的小费，溜之乎也。他很想有个标志——比方说，胳膊上戴黑纱——让世人给他应有的尊重，允许他时不时表现出一点近乎愚蠢的悲伤。

他给伊薇发了个短信，问她能不能去诺亚的公寓看她。伊薇回答，她正在等渡轮到北岸看望安吉拉和妮娜。"八点钟来吃晚饭。"她回答道，连名字也没有写。手机屏幕上闪烁着她冷冰冰的留言。

他的上一段"插曲"以肺炎、纳曲酮[1]和耻辱结束。此刻他又渴望那种被征服、被阴影轻轻击打的感觉。不过现在有妮娜和伊薇，有他做过的承诺，更不用说对父亲的承诺。对父亲的承诺。他加快脚步，脑子里一片混乱，连一点儿自信心也没有。他把自己想象成一个进行碰撞测试的人体模型。只是一个人形，没有头发，没有脸，猛地向前冲过去，然后像电影里的慢动作，冲撞，碎裂。小时候，他喜欢这种连续镜头：猛击，崩溃，感受人体破碎时那种令人愉悦的凶残。现在，他需要伊薇掌舵，仿佛看见她在海港，驶向明媚的太阳，苗条的身姿变成一个剪影。莱波雷洛歌剧院，颠簸的渡船，被炫目的阳光映照成黑色的人物。那是她离开的景象，暗示变幻无常。她的身影像鸟的影子一样从马丁身上掠过。没有什么东西碰到他，但他还是被黑暗笼罩，有几个人影不请自来。

马丁向海港走去。走这条路回家很远，但他想清醒清醒头脑。然而适得其反，在种种人物形象的驱使之下，他开始胡思乱想，把自己也想象成"碰撞测试"的人体模型。那里有真人大小、用于心肺复苏培训的模型，有商店橱窗里的服装模特，有可以充气的性爱玩偶。还有供艺术家研究的小型铰接式木头人体模型，有电影里眼睛和胸口亮光闪闪的机器人。有马塞尔·杜尚[2]的《走下楼梯的裸女》——画笔创作的、动态中的人物。这样条分缕析的结果使马丁的心情平静了许多。四周，到处都是没有头脑的人形玩偶。一个充斥着艺术品和仿真人体模型的虚拟的世界。他将画一个"假人"序列，把自己的画像挂在其中——在众多无名的面

---

① 纳曲酮：一种戒酒、戒毒的辅助药品。

② 马塞尔·杜尚（Marcel Duchamp, 1887—1968）：纽约达达主义团体的核心人物。出生于法国，1954 年入美国籍。他的出现改变了西方现代艺术的进程。

孔中，只有他有名有姓，与众不同。

马丁走在路上，突然意识到诺亚的死又激发了他绘画的热情。过去的一年，他已经落伍，只画了几幅草图、几张素描。马丁看着在他前面走的人和迎面而来的人，气宇轩昂，步履轻捷。各种不同型号的汽车引擎轰鸣，载着一个个血肉之躯满怀信心，向前驶去。走路，就是这样。仿佛在时间隧道穿行。他想起马雷^①、迈布里奇^②，想起信仰法西斯主义的未来派艺术家。他们之后，没有谁把这一点看得更透彻。他感觉到从东方吹来强劲的风。他用手指拢着被风吹乱的、日渐稀疏的头发。他喜欢色彩艳丽的调色板，就像 50 年代的电影。严谨的风格，就如那位"下楼梯的裸女"。抄近路走上一段台阶时，他心里想，这正是：走上楼梯的马丁·格拉斯。

将近一个小时，他几乎没有去想父亲——面朝下，四肢伸开，漂浮在水面上。童年时代的恐惧在喉咙里燃烧。就在昨天，他和伊薇好像沉迷于一个故事，一本专门写给他们、扰乱记忆的惊悚悬疑小说。侦探告诉他们的事情让人难堪，丢脸。更是对一个因健康状况不佳而倒下的、清白无辜的人的污蔑之词。大家都认为，人应该死在扶手椅或者床上，双目紧闭，冠冕堂皇地结束自己的生命。他漂浮在水面之上的躯体则是对这种观念的挑战。

马丁又闻到新烘焙的咖啡豆的香味。小时候，他喜欢闻铅笔屑。有一股辛辣的味道，还给人一种朦朦胧胧的志存高远的感觉。现在，他呼吸着父亲真正给予他的气味，越发拿定主意去父亲的家，父亲的工作室。他把悉尼展示的景色，把这座夏日之城丢到脑后，只想皮耶罗·德拉·弗朗切斯卡，想普鲁士蓝岩石水成论者，

---

① 马雷（Étienne-Jules Marey，1830—1904）：法国科学家、摄影与电影的开拓者。

② 迈布里奇（Eadweard J.Muybridge，1830—1904）：英国摄影师，因使用多个相机拍摄运动的物体而闻名于世。

想碰撞测试的人体模型。把色彩鲜艳的颜料挤出来，涂抹在画板上的时候，他甚至想到性爱的那一刻。他只需要一种力量，让自己不停地行走，不停地绘画，头脑相对而言保持清醒。不管伊薇是否同行，他都要去西西里。他要解开父亲去世的谜。

7

　　伊薇站在环形码头渡船的甲板上，想到应该"储藏"点东西，以供将来回忆。眼前是闪闪发光的港湾，不无怪诞的金灿灿的中午。大桥、渡船慢慢地旋转，就像在黄铜门轴上打开的一扇门。头顶是辽远的宝蓝色苍穹。看惯了墨尔本灰色的、给人以安全感的天空，这让你心灵震撼。周围东西的比例似乎都错了。太丰腴，太耀眼，不由得让人鼓掌喝彩。

　　然而……

　　在水面之上有一种安慰，粼粼碧波仿佛是古老情感留下的踪迹。那种飘忽不定的感觉就是人生的真实写照。她一直认为，人的思想就是一种漂流的感觉。我们并无多少特定的意向，更多的是不停的流动。也许是心中的焦虑让她构建一个模式，伊薇开始按字母顺序排列世界的大洋：亚得里亚海、爱琴海、安达曼海、南冰洋、阿拉伯海、北冰洋、大西洋、亚速海、波罗的海、白令海、俾斯麦海、黑海、加勒比海、里海、中国海、珊瑚海、死海……

　　透过渡船玻璃窗，她看见人们叽叽喳喳地聊天，对着手机和什么人说话，举起照相机拍照。她直盯盯地看着一个小孩儿，小家伙儿也直盯盯地看着她，还吐了吐舌头。伊薇也吐了吐舌头，小孩儿假装生气地皱了皱眉头，一头扎到妈妈怀里。她看到他很小，比婴儿大不了多少，心里想，小孩子都喜欢这种情感交流。他们做什么都由着性子来，有什么能力都是个未知数，有什么感觉不遮不掩。说哭就哭，说笑就笑，全无忠诚可言。现在男孩儿早把她忘了，揪扯着妈妈的外套，爬到她身上。

伊薇回转身，看到歌剧院，它的"鳍"没在水中，揉碎了白色的倒影。另外一艘渡轮在旁边轻轻颠簸，也离开码头，不过速度更快一点。别人也都站在甲板上，海风吹着他们的面颊。歌剧院似乎有一种特殊的魅力，能给人施催眠术，能牵动人们的目光转来转去。不管这座宏伟的建筑有什么象征意义，它与生俱来就有一种文化艺术内涵。此刻，她的心情变得轻松起来，努力克制想要招招手的冲动，尽管没有一个为她送行的熟人。她想出一句说给墨尔本朋友听的好玩的俏皮话：谴责这样的辉煌，声称自己对这座更冷峻的城市拥有主权是不可抗拒的，也是合乎道德的。

伊薇看见安吉拉和妮娜站在渡船停靠的木码头上，仿佛向她漂浮过来。阳光照耀着母女俩完全一样的淡黄色头发。安吉拉近视眼，没戴眼镜，目光散乱，为伊薇来访特意打扮了一番。她的衣着打扮总是波西米亚式风格——围巾松松垮垮搭在脖子上，银首饰，衣服都是用充满东方风情的面料做的。此刻她身穿橘黄色绣花无领长袖宽松上衣，灯笼裤。妮娜穿件连衣裙，裙子上印着柠檬图案。不知道是不是安吉拉有意为之，母女俩仿佛是那种黄封面故事书里一道亮丽的风景。别人或许都有点把自己打扮得优雅的诀窍，她却从来没有习得。伊薇意识到自己穿着皱皱巴巴的衬衫和牛仔裤，那样子一定很寒酸。妮娜拉着妈妈的手。伊薇满腔柔情像一阵疾风"吹"向妮娜可爱的小脸儿。当姑姑多好呀！这个孩子对她来说多么生动活泼啊！

她踏上码头，咯咯咯地笑着，弯腰抱起小侄女。妮娜搂住姑姑的脖子，使劲儿亲她的面颊。沉甸甸地抱着一个孩子，紧紧贴着她的小脸蛋儿，感受她甜甜的呼吸，真是一种浓得化不开的幸福。伊薇心里想，孩子们表现出来的快乐让人赞赏。一代又一代地恢复这种无忧无虑是对心灵的慰藉，仿佛未来已经变成现实。

安吉拉住在拉文德湾①一幢公寓。伊薇和侄女在地板上玩。妮娜用胶水把杂志上的图片粘成各种各样的组合。光滑的纸被胶水弄得皱皱巴巴，妮娜不停地用手掌把不听话的图片抚平。她虽然还是个很小的小孩儿，但和姑姑一样，喜欢秩序和整洁。她紧紧地抿着嘴唇，全神贯注地贴画片儿。贴好之后，两个人亲亲热热，用水彩笔画了半个小时。这当儿，安吉拉做沙拉。她们虽然默然无语，但心里都有一种满足感。到了睡午觉的时间，妮娜吻了吻伊薇的面颊，拿着她那个破破烂烂的玩具企鹅，规规矩矩地回自己的房间睡觉去了。她五岁了，是个很有自制力的、很懂事的小姑娘。

"你还没看到她古怪的一面儿呢！"安吉拉说，"完全是另外一个孩子。"

她们慢慢地呷着白葡萄酒，又开始像先前那样毫无顾忌地聊了起来。

"因为耳朵聋，人们就认为她不会哭，不会叫，"她补充道，"在这儿待上一阵子，你就知道了。"

这显然是邀请之意。她们曾经是好朋友，知己，像姐妹一样，亲密无间，家长里短无所不谈。安吉拉虽然没有明说，实际上希望她在悉尼住一段时间。伊薇眼睛里溢满泪水。"想到他一个人孤独地死去，我真受不了，安吉②。"

---

① 拉文德湾（Lavender Bay）：澳大利亚新南威尔士州悉尼北岸的一个海滨郊区。
② 安吉（Ange）：安吉拉的昵称。

她心里难过，说话语无伦次，痛苦中觉得自己那么平庸。安吉拉从桌子那面俯过身，握住她的手。

"住在那幢公寓大楼里一个烦人的老太婆告诉我，是她发现他的。穿得整整齐齐，面朝下漂浮在水上。真吓死我了。"

安吉拉捏着她的手指，沉默了一会儿才问："马丁怎么样？"

"马丁怎么样？"

"他怎么想这事儿？"

"说实话，我不大清楚。两天前，在餐厅，他的情况简直糟透了。拼命喝酒，醉成一摊泥，骂我，失声痛哭。我不得不把他拖回家。后来，葬礼上——你也看到了——他应付得还好。估计现在他还没有完全'进入情况'。"

"我们马丁总是反应迟钝，比人家慢半拍。"安吉拉说。

伊薇注意到"我们"这两个字，好像对于马丁，她们俩还有同等的权利。安吉拉是他的前妻，她是和他一起长大的妹妹。她感到一种占有欲，一种竞争意识。不过很明智地保持沉默。妮娜不在旁边，伊薇有点烦躁不安。如果她在，可以让她俩平静下来，可以分散她们的注意力。伊薇告诉安吉拉她和马丁到警察局的事。意大利的那个案子。侦探。巴勒莫的指控。

"简直是胡扯。"安吉拉说。

"我也这么说，"伊薇停了一下，喝了一口咖啡，"马丁想让我跟他一起去西西里。"

现在轮到安吉拉吃惊了。她一定想起当年她和马丁一起度过的假日，那时候他们那么快乐。

"我不会去的。"伊薇说，好像为了消除她的疑虑。安吉拉没有问为什么。

侄女醒来之后，她们一起沿着海滩散步。有一会儿，妮娜趴在伊薇背上，让她背着走。小家伙挺沉。伊薇觉得她的小手指搂着她的脖子，两条瘦弱的小腿松松地盘在她腰间，好像姑姑的背是个舒适的架子。伊薇把手背在后面，托着妮娜的小屁股，逗得小家伙咯咯咯地笑。她们仨又成了好朋友，尽管从上次见面已经过去好几个月。她一直担心妮娜会忘记她和姑姑之间的深情。

一阵狂风从海面刮起，天气瞬息大变。天低云暗，迷蒙的水雾在身边缭绕。狂风大作，她们急忙回家。妮娜不高兴，不过很快又笑了起来。她兴奋激动，发出轻微的、好像敲鼓一样的声音。安吉拉把她们领进家，在前门旁边的镜子跟前停下脚步，整理头发，对着镜子里的自己生气地说："好端端的一天又毁了。"手腕子上戴的一串手镯碰撞在一起，发出丁零零的响声。伊薇想起，她和马丁在一起生活的时候，总爱这样说话，语气坚定，不愿意被人驳倒。被毁掉的日子和毁掉别的什么东西的日子。一个人确实很难了解其他人之间关系的内幕。但她无形中站到哥哥马丁一边，尽管不相信他会清白无辜。

她们从二楼窗户望去，看见大海波涛汹涌，树木剧烈晃动。波浪越过海港不高的防波堤，把泡沫和沉渣推向草地，改变了小路的颜色。伊薇跪在窗口，和妮娜一样高。两个人看见一个骑自行车的男孩儿被风吹倒。一个男人急匆匆跑过去，把自行车扶起。男孩儿推着车子向前走，假装是个瘸子。这一幕"交通事故迷你剧"和那个被狂风吹倒的男孩儿，把妮娜看得目瞪口呆，心里想，他本来应该和她一样，老老实实待在家里。

这一幕有一种让人毛骨悚然的、水上运动的特点。伊薇心里想，冥冥之中也许是命运之神的探视。她在悲痛中失去了理智，而马丁的悲伤似乎比自己的悲伤更难以忍受。想起小时候，她从自行车上摔了下来。马丁跑过来帮她。他吓得脸色铁青，目瞪口呆。许多年，她都没想起这件事。现在，透过窗玻璃，她仿佛看见哥哥正在查看她擦破皮的膝盖，用自己的衬衫轻轻地按着伤口，把妹妹的头发从眼前撩开。他扶着她站起来，把她的胳膊搭在自己肩膀上，好像她是一名受了伤的战士。伊薇一瘸一拐地走着，有点夸张，似乎故意显示是他救了她。他朝她傻乎乎地笑了笑，让她放心。

"风大浪急，渡船一定很颠簸，"安吉拉劝说伊薇，"等一等再走吧。"

因为渡船颠簸，回到伊丽莎白港，伊薇还有点头晕恶心。她后悔不该约马丁吃饭。她需要独自休息一会儿。她愿意一个人在诺亚的房间里走一走，坐在他的扶手椅上，探究他的秘密。花园里，那个讨厌的女人用一个很大的塑料网小心翼翼地从游泳池里捞树叶。伊薇从她身边走过时，朝她点了点头，走进公寓，把那个世界关在身后。父亲不在，又一次让她从心底发冷。她对自己说，不只是因为父亲不在人世，而是那一大堆问题，那些意大利人，还有警察。破解重重谜团的证据都已丢失，就必须揭示个人的隐私。只有这样，在父亲还活在他们心中而不是已然安息的时候，她和马丁才能证实他的价值。

伊薇在柜橱里找到一瓶杜松子酒，倒了一杯，坐在昏暗的灯光下，慢慢呷着，四下张望。然后站起身，开始仔细观察，翻着桌子上的文件，拿起一个个小物件儿，拉开一个个抽屉。桌子上摆着两座圣像。她知道在他们家那也算半个"传家宝"：一片薄薄的金叶子上圣母和圣子紧贴着脸，慈爱真诚。另一座是满脸严肃的圣人，可能是杰罗姆。他是诺亚最崇敬的人。两个圣像上都涂着漆，头顶笼罩着光环，在繁星点点中闪烁着奇异的光。一张很早以前印制的威尼斯的地图挂在圣像上方。地图早已褪色，水迹斑斑，污渍点点。桌子上摆着父母70年代拍的照片。这张照片伊薇以前没有见过。正是这件朴实无华的旧物让她停下脚步。照片上的诺亚头发很长，咧嘴傻笑。母亲凯瑟琳按照那个时代流行的模式，画着眼影，像嬉皮士那样，长发从中间分开，脸上是一副温和、平静和超然物外的表情。

伊薇凝视着母亲的脸，想从中找到自己的影子。她的记忆只是停留在发现妈妈不在这里时的惊慌。她在这幢冰冷的公寓每一个房间里寻找，蹲在墙角等待，听着自己的呼吸，大气也不敢出，生怕寂静会把母亲唤回来。她不记得有谁哭泣，尽管马丁肯定哭过。只是这样等待，这样观看，这样充满疑虑地寻找。

他们很快就离开这幢房子，到伦敦住了几年，后来才又回到澳大利亚。母亲渐渐进入一种被完全抹掉的状态。伊薇只记得家里阴冷，暖气不足。她和马丁合住的卧室潮湿阴暗，他们经常爬到电暖器上取暖。吃烤面包片的时候，故意把面包屑拂到烤箱上，听嘶嘶嘶的响声。有一次，他们烧焦地毯的一角，只是为了闻羊毛烧焦的臭味，为了拿破坏什么柔软的、容易被损坏的东西取乐。诺亚知道之后非常不安。他说，照这么胡闹下去，他们俩能把这幢房子烧掉。两个小家伙淘气到极点。他担心，说不定哪天下班回家，会发现他们俩被烧成肉干儿。他把电暖器从他们住的房间拿走，结果自然是挨冻。打那以后，烧成肉干儿，成了他们之间的一句玩笑话。马丁用来警告伊薇不要厚脸皮，逗她玩儿。伊薇拿它当可笑的双关语：炒薯片儿。

她一直认为，忘记母亲是自己性格缺失。好像她没有注意，或者不太在乎这样的事情，尽管亲眼看到哥哥哭泣。可是她那时已经到了足以懂得家里发生了天塌下来的大事的年龄，应该明白，不能再恢复从前的温馨与平静。看到泪流满面的哥哥为缺乏自制力而羞愧，她爱莫能助。他可怜巴巴地哭着。伊薇除了实践"自我控制"之外，别无选择。她给他擦脸上的泪水，他直往后躲。

那时候，她就觉得自己比哥哥大。

那时候，伊薇就对排列产生了兴趣。后来她才知道，诺亚认为她是个天才的小专家。但对她而言，那只是让人心安的雕虫小技。根据时间或者离合诗①的写作方法，或者人物、事件的首字母，排列来自生活或书本杂乱无章的细节。她先是排列糖果、街道、连环漫画书里的人物，可是因为没有什么边界感，很快就转移到成年人的话题。后来在阿德莱德上学的时候，大伙儿都认为她是个没有母亲的、颇为新奇的英国女孩儿。但小伊薇那种疯狂而充满活力的天赋也让她和同学们格格不入。在大家眼里，她是个傲慢的、两眼闪闪发光的神童。十一岁那年，老师对诺亚说，她在班里是个"捣乱分子"。因为她总是自言自语，有时候大声念出她排列的那些玩意儿。别的女孩儿玩跳房子游戏的时候，她却在排列十二种以 S 开头的不同寻常的花儿。或者在图书馆找历史书上重复出现的国王的名字，或者按字母顺序排列不同种类的火成岩。她的选择没有逻辑关系，只是什么都想知道，并想将其置于自己的控制之下。

马丁很钦佩小妹妹这种怪癖，时不时让她给他的朋友表演。伊薇就给他们排列汽车的名字——因为男孩儿喜欢车——或者给航海节②列表。那些男孩虽然觉得她近乎疯狂，不可思议，但都对她倍加赞扬。而她认为这个世界充满了各种模式和内在的联系。地球本身被华丽的外衣装饰着，被公路网和城市，被航线和船运通道连接着。她，一个失去母亲的孩子，躺在床上，凝望着天花板，想到世界上——某个地方，所有地方——那么多活动正在进行，感到宽慰。她在脑海里捕捉那些稍纵即逝的词汇，在它

---

① 离合诗：一种诗歌的写作形式，每一行、每一段重复出现的首字母、音节或单词组成一个单词或信息。离合诗可以作为一种方法，帮助记忆检索。

② 节：航海用语，每小时 1 海里为 1 节。

们之间建立起一种联系。尽管她知道这种方法很笨，但她还是感到安心。那是一个合理的体系——字母表、网格、合乎逻辑的关系——所有这一切看起来都简洁明快，一目了然，不容置疑。

伊薇凝视着母亲的脸，心底又升起一种按字母表排序的冲动。任何东西都可以按字母排列。她为自己辩解，这种强烈的冲动并无害处。暮色中，母亲的照片仿佛一盏灯，闪着微光，对她发火。她从来都没有哀悼过母亲，想到这里觉得无地自容。她一直是个自我封闭、与众不同的孩子，特别依赖父亲和哥哥。没有女朋友，也不像她们那样一天到晚叽叽喳喳。她更像男孩儿，喜欢成人读物，不喜欢学校里的教科书。她十六岁被学校开除，二十二岁才上大学。从小没有得到母爱，长大后，变得孤僻。假如这位母亲、这位来自遥远过去的不熟悉的女人还活着，一定会把她当作陌生人。

伊薇在父母亲的照片前面站着，感受到一种失去双亲的痛。她去过父亲的几个房间，在这儿发现了母亲的照片。想按字母排序的冲动骤然烟消云散。她走到窗口，看见游泳池的边缘。那一片闪闪发光的梯形水域向绿树成荫的庭院延伸。微风吹过，掀起层层涟漪。她不愿意想父亲的事，就想妮娜在这里游泳的情景：潜入水底，又浮出水面，小胳膊小腿儿呈三角形湿淋淋地向渐渐褪去的银光举起来。想象或者不去想象并非易事。可是，面对父亲这座水的坟墓，每次离开和回来时都要走近这个承载死亡的"容器"，你该怎么办呢？她问自己。

马丁到来的时候，她还没想吃晚饭。她坦率地说，连买食物的事也忘了个精光。他看到她只是转来转去，并没有特别凝望什么。她觉得自己走了很远很远的路，现在依然在一片迷茫中慢慢地走着。他抱了抱她，去一家泰式餐厅买外卖。回来之后在厨房里忙来忙去，摆放杯盘碗盏，很少说话。他们默默地吃装在油腻腻的塑料餐盒里的饭菜，虽然许多话没有说出来，但心照不宣。

伊薇理解也赞赏他的自制力。他没有问安吉拉和妮娜的情况，没有问她在那幢公寓都看到了什么，也没再请求她和他一起去意大利。吃饭的时候，他把原本想说的话都收了回去，好像把注意力都集中到饭菜上面。这是诺亚死后他第一次回父亲的家，或许也陷入孤独的回忆。或许对那个游泳池也望而却步，心里清楚，必须努力克制自己不要胡思乱想。

马丁走向灯光照亮的门廊，向妹妹轻轻地道了晚安。伊薇很高兴他陪了她一晚上，没让她孤零零一个人待着，又为他的离去而欣慰。她看见他从游泳池旁边走过时，弯腰摘了一朵鸡蛋花，然后大步走过明亮的汽车道，消失在夜色中。

8

　　诺亚·格拉斯到伦敦之后，下决心重新塑造自我。"旧我"被污染。他在珀斯读了四年大学，雄心勃勃，想让自己成为一个人物。他用旧世界的理念和一代代人的智慧武装自己的头脑。他不是学者，也算不上聪明，但是背水一战使得他勤勉认真。他自命不凡，而且希望这种自命不凡能得到别人的认同。他发现自己无法忍受孤独的生活。澳大利亚或多或少有点野蛮，编织再多关于流放犯的故事也于事无补。在他的想象之中，英国是有抱负的文化人实现理想的圣地。这种"华丽的误判"让他把生活目标锁定在那里。他登上"马可尼号"，在茫茫大海航行，从舷窗凝望万顷碧波，在闷热的客舱里看书，等待即将到来的"启示"。

　　想象力的误差成了日后沮丧的根源。1971年1月，他到了伦敦，打算在剑桥大学9月份开学前找点活儿干。结果发现景色单调的大街令人郁闷，小酒馆里胖乎乎的家伙举止粗鲁，租来的卧室兼起居室更让他一阵阵绝望。内心深处盘旋而上的寒意像病毒一样扩散开来。身上那件平常舍不得穿的羊毛外套既不时尚，又不暖和。诺亚在国家美术馆转来转去，一丝不苟地做着笔记，一行一行地记下自己的心得体会，什么都不肯错过。然后，不得不无精打采地走过那条全无艺术可言的长路，回到小屋。一路上冻得瑟瑟发抖。天低云暗，街上到处都是垃圾。伦敦人都低着头，行色匆匆，好像那是一座忏悔者的城市。尽管报纸上说的都是卡尔纳比街①多么热闹，摇滚乐队、流行音乐多么时尚。可是在他眼里，一片萧瑟。他纳闷，在这座灰蒙蒙的城市，他们怎么能这样生活？有时候，他真想回澳大利亚，可那会很没面子，是承认失败。

最后，他在伯爵宫一个小酒吧找到一份工作。端着一杯杯晃晃荡荡的、温吞吞的啤酒，送到别的流落到这里的人们面前。那些人都众口一词，肆无忌惮地表达对这个地方的轻蔑。酒吧里太热，有点让人恶心。在这种氛围下，人们的脸看起来都一样：像癞蛤蟆一样虚肿，被酒精浸染得通红。诺亚觉得在这儿他可以装装相，也很安全。他系着领结，穿得整整齐齐，说话拿腔拿调，似乎有一种假想的团队精神在他背后猛击一掌，让自己学会忍耐、坚强。他很固执，独来独往。尽管诺亚讨厌这份工作，但毕竟是个容身之地，还可以为造就一个全新的诺亚·格拉斯积攒一点钱。他明白，于他而言，学会如何在索然无味的、冬天的伦敦生活不是什么了不起的成就。那时候，他不得不把一先令硬币塞进苏活区②煤气表的金属肚子里。硬币落底，发出丁零、丁零的响声，象征了他的悲伤和错位。日后，在完全不同的情景之下，硬币的丁零声还会让他想起初到伦敦那几个星期时痛彻心扉的苦闷。

诺亚担心自己变成宛如滑稽剧里百无一用的小丑，一个被锁在勃勃雄心的大门之外的人。可是，来伦敦几个月之后，在那个绿叶挂满枝头、充满希望的春天，他在国家美术馆找到自己的

---

① 卡尔纳比街（Carnaby Street）：伦敦20世纪60年代以出售时装著名的街道。
② 苏活区（Soho）：伦敦市中心一地区，以性用品商店和同性恋酒吧闻名，那里还有许多商店和餐馆售卖外国食品，尤其是中国和意大利食品。

"宿命"。他终于看到一幅撼动心灵的杰作，又激发出研究美术史的兴趣。那是皮耶罗·德拉·弗朗切斯卡 1470 年代创作的《耶稣诞生》。在这幅画前停留下来之前，他看过无数四方大脸的圣婴和昏昏欲睡的圣母，看过无数表现耶稣殉道的痛苦和耶稣升天的喜悦的图画。画面上，残垣断壁，权且充作马厩，五个相貌平平的天使唱赞歌。圣母身着蓝色长袍，跪在地上，漂亮，简朴。婴儿躺在她面前一块蓝布上面。小耶稣头顶没有王冠，四肢也不像别的婴儿那样胖乎乎的像香肠，更没有显示出什么特别的神性或者光辉。就是个张开双臂的、普普通通的小宝宝，充满人性之美。马厩顶上有一只喜鹊，背景是托斯卡纳区①。画家的家乡圣塞波尔克罗遥遥在望。画面上人物众多，有牛有羊。约瑟夫坐在那儿，一只脚放在膝盖上，显然一脸厌倦，就像一个喜欢挑刺儿的普通老人。对诺亚而言，这幅画似乎有一种罕见的卓越。当地的人物形象和来自远方的人物形象神秘地重合在一起。世俗的理念和神明的理念结合得天衣无缝。那以后作出的决定，使他更加理智。他意识到，他最喜欢的是那只喳喳叫的喜鹊，还有画家对那些寻常事物的描绘和那个放在地上，张开手臂要妈妈的、瘦弱的小宝宝。

　　诺亚走出去，呼吸了一口新鲜空气。特拉法加广场冷雨绵绵，他突然想到，应该去意大利。如果 9 月份能拿到剑桥大学的奖学金，哪天就可以到一趟圣塞波尔克罗。对于这位画家，他有话可说，也有许多事情可以调查了解。他觉得这样做很实际，不但合乎情理，也是被残存于潜意识中的童年时代遗留下来的东西吸引的结果。他无法清楚地表达自己为什么会突然之间做出这样的选择。不是出于学术研究的热情，而是浪漫之举。不曾深思熟虑，纯属心血来潮。他嗅着潮湿的羊毛、汽车尾气和香烟混合的气味。刚刚下过雨，大街上的积水反射出天空的亮光。他—— 一个在伦

---

① 托斯卡纳区（Tuscany）：意大利行政区名。

敦的外国人——独自站在那儿，浑身冰冷，但也有一种如释重负的感觉。那几乎是一种快乐。这种在美术馆看到一幅画而产生的快乐与喜悦很难再体会到。一年后，他碰到凯瑟琳，和她谈起那一刻发生的事情时，连自己都怀疑是不是实有其事，是不是那么笃定，那么坦率，哪怕只有一个下午。

凯瑟琳·怀特是从阿德莱德来的澳大利亚人，在剑桥大学格顿学院学习文学。对她，他只知道这么多。她说话柔声细语，聪明，内向，但也画浓重的眼线，穿迷你裙、齐膝盖的高腰靴子。诺亚觉得她很吸引人。他在聚会上见过她和她的英国男朋友，一个萎靡不振、无忧无虑的家伙，脖子上围着围巾，抽烟时脑袋稍稍向后仰着，就像电影里的人物。他也学习文学，在不怎么有名的刊物上发表过几首诗，用的都是稀奇古怪的笔名。诺亚看不起他。随着时间的流逝，他发现比起甲壳虫乐队，凯瑟琳更喜欢滚石乐队。比起奥斯汀，她更喜欢狄更斯。比起工党，她更喜欢保守党。她是圣公会教徒，家里的独生女，想当作家。她的研究生毕业论文和喜剧小说有关。

男朋友甩了她之后，诺亚约她出来。出乎意料，她答应了。好不容易硬着头皮听完一个演奏流行音乐的小乐队的表演，她把他带到她的房间。两个人做爱之后，凯瑟琳连哭带骂，指责前男友的不忠。诺亚被她搞得神魂颠倒。凯瑟琳哭泣的时候，他把她抱在怀里，几乎不敢相信自己的好运气。与此同时，担心很快就会失掉她。他把手放在她的大腿上，因为刚做完爱，凝脂般的肌肤温热、潮湿。他嗅着她散发出一股薰衣草味的秀发，体味她曼妙的身姿，心绪随着她的眼泪轻轻律动。他知道她很完美，尽管脑子里还想着别人。

他们六个月后结婚，那个詹姆斯当伴郎。凯瑟琳的父母——诺尔曼和玛格丽特从阿德莱德远道而来参加婚礼，而且出资让他们到意大利度蜜月。诺亚有生以来第一次感到幸福快乐。凯瑟琳看起来也心满意足。他还记得她没有穿鞋，只穿着黑色长袜从地毯上轻轻走过，手里挥动着几页刚刚打出来的故事。从她身后的窗户望过去，翁布里亚①连绵不断的山脉尽收眼底。她暂且放下毕业论文，集中精力写小说，把自己搞得很忙。回到剑桥之后，他们租了市郊一幢独立的小别墅。这幢房子不但屋顶漏雨，下水道也总出问题。凯瑟琳阅读诺亚的论文，纠正一些语法错误。他对她写的小说赞扬备至，还利用课余时间到当地酒吧里打工。

马丁来到这个世界完全是小两口计划之外的事情。起初他们觉得简直是灾难。俯下身轻轻地拍着儿子粉红色的小胳膊小腿，看着小家伙十分信任的凝视的目光，两个人都非常惊奇——婚姻会如此改变他们的生活。诺亚想起皮耶罗那幅《耶稣诞生》。还想起不知道从哪儿听到过的"名言警句"：让我们学会观察的是微小的而不是巨大的东西。在那曙色朦胧的早晨，他们躺在床上，温暖着彼此的身体，对着小宝宝呢喃细语，说些毫无意义的废话。诺亚轻轻地抠掉儿子头皮上黄色的痂，俯下身闻那个晃来晃去的小脑袋，终于认识到自己已经是个"大老爷们儿"。对于他们共同生活的任何疑虑烟消云散。仓促结合的婚姻已经被"具体化"。此刻，在他们俩之间蠕动、打嗝、尿床的小东西就证明了这一切。

为人父母改变了他们的时间观念。有时候倏忽而过，有时候停滞不前。疲倦不堪的夜晚，转瞬即逝的白天。他们承受睡眠不足的能力增强了。看到小宝宝就喜不自禁，游走于令人惊讶的得意与极度的疲惫之间。但他们都努力完成自己的学业，没有丝毫懈怠。两人都被马丁迷住了，发现他纯净得一眼看到底，而他们俩都看不清对方。

---

① 翁布里亚（Umbria）：意大利中部地区。

凯瑟琳第一个短篇小说出版后，诺亚买了一瓶基安蒂红葡萄酒，放在一个草篮子里，（"管它叫 *fiasco*。"他解释道，）然后举杯祝酒。

"为了更多的 *fiasco*！"凯瑟琳大声说。

这是又一段日后可以称之为转瞬即逝的快乐时光。那时候，他还能抓着她的手腕子，把她拉到面前，知道他们的精神和欲望可以互换。嘴对嘴，他的唇贴在她的脖子上。她的呼吸，像轻柔的羽毛钻进他的耳朵。尽管她抱怨，表示不满，他还是十分珍惜拥她入怀中时的那种甜蜜与美好。她不止一次宣称嫁错了人。虽然被直言不讳地告知，他并非如意郎君，只是一个替代品，他却依然崇拜她，爱她。

凯瑟琳继续写作，可是很少被人认可。等到伊薇出生的时候，她已经变得意气消沉。诺亚去医院看她。她哆哆嗦嗦把小女儿递给丈夫的时候，诺亚觉得妻子或许会把孩子失手掉到地上，或者扔到什么地方。小婴儿伸开两条小胳膊，哭叫着找妈妈的时候，她却只管摘睡袍上的绒毛。凯瑟琳终于回家之后，也没有多大变化，总是睡觉，和当初她的妈妈一样，让两个孩子自己照顾自己。

有一次下班回家，诺亚发现四岁的马丁给一岁的妹妹洗澡。伊薇大张着嘴喘气，冻得要死。

他吓了一跳。被身为人父的责任和显然无法走进内心的妻子吓了一跳，急忙朝正在水中扭动的婴儿冲过去。小家伙浑身青紫，差点儿淹死。儿子也吓得号啕大哭。后来，一个好心的大学生来家里帮忙。她叫莎丽，对"小保姆"这个称谓颇为满意，同意好好照顾两个孩子。

纵观自己的一生，他纳闷，现在处于哪个阶段？孩子们陷入危险，虽然得救，但他的焦虑却成为永恒。看到孩子们处于灾难的边缘心痛不已，这标志着他内心深处的转变。诺亚在一所地方大学谋得一份教职。一年一次带家人到意大利，成为大家期盼的美好时光。他们在餐厅吃饭，徒步登山，在湖里游泳，在到处都是残垣断壁却风景如画的地方四处闲逛、流连忘返。诺亚在阳光下做笔记的时候，凯瑟琳和孩子们站在石子小路上，或者伞松的阴凉下等待。他拉他们一起到画廊或者教堂里，讲壁画和别的绘画作品。在这个领域，他是绝对权威，妻儿老小都无法拒绝。他对皮耶罗的兴趣使得这位画家创造的人物形象成了他们家的"共同语言"，就像别人家一起谈论某个电视节目，或者愉快郊游的故事。

表面上看，这真是幸福的一家人。可是伊薇出生一年之后，诺尔曼和玛格丽特来访，就觉得这小两口不大对劲儿，悄悄地问诺亚怎么回事。诺亚没跟他们说孩子洗澡差点儿淹死的事，希望有莎丽帮忙能让二老放下心来。他们一起到佛罗伦萨度假。马丁初学意大利语就表现不俗，小妹妹那么可爱，都让姥姥姥爷十分高兴，对兄妹俩难免有点溺爱。凯瑟琳尽最大的努力让大伙儿都快乐起来。可是这年晚些时候听到詹姆斯在一场车祸里丧生的消息，她又变得极度消沉。诺亚把忧伤扔到一边，一心想让凯瑟琳快乐起来。可是她仿佛又从他的生活中溜走，变得遥不可及。于是，出于本能，他确信，只能把快乐寄托在孩子们的身上。他不无痛苦地意识到，自己没能让她快乐。是的，他娶了一个不可救药的、不幸的女人。凯瑟琳再也没有恢复到他最初看到的那个样子，尽管那时候她和别人在一起，对他十分冷漠，几乎无视他的存在。

三年之后，凯瑟琳死于宫颈癌。世界仿佛把他们紧紧包围起来。天好像塌了一样，诺亚默然无语，马丁哭得死去活来，伊薇藏到桌子下面、床下面，或者哪个黑暗的角落。诺亚从来没有想到会遭受这样毁灭性的打击。他觉得自己被命运之神抛弃，心力交瘁、疲惫不堪，更无法忍受马丁哭得昏天黑地、让人心碎的场景。如果那时候他疏忽了伊薇，是因为马丁。和他一样，马丁无法承受失去母亲的痛苦。看到凯瑟琳挂在衣帽架上的帽子，就足以让他们痛不欲生。闻到她喜欢的薰衣草的气味——她的手霜、香皂、衣柜和抽屉里放着薰衣草的花枝、茎叶——他们就无法自持。于是父亲和儿子开始设法抹掉她存在过的所有痕迹。伊薇年纪太小，不明白发生了什么事情，只是迷惑不解地看着他们生起一堆火，把一包包衣服、一堆堆照片扔到火里。诺亚和马丁都同意，暂且不提起她。这成了"父子协定"，精明而又具有可行性。就这样，他们俩同心协力，不经意间合谋抹掉了伊薇对妈妈的记忆。

圣诞节的时候，他们像以往一样，买了意大利节日糕点。诺亚和儿子面对面守着那个很大的、松软的蛋糕，泪水在眼里打转。两个人都没有胃口，只是尽量保持一种家庭仪式的表象。伊薇大口大口吃着，对爸爸哥哥的心情浑然不知，吃了还要吃。

失去女儿之后，诺尔曼和玛格丽特请求诺亚回澳大利亚。几年后，他携儿带女回到阿德莱德，在大学里教美术史，虽然这不是他的研究领域。现在离意大利很远，再去造访已经不那么容易。不过，在澳大利亚总算有了一个家——两个孩子和他们的外公外婆。而且这是他的城市，尽管寂寥、清冷。白光组成的网格让他不安，没有什么东西成为相互之间的联系。那是凯瑟琳的地盘，不是他的。走在北露台上，热风扑面而来。诺亚觉得自己好像困在另外一个星球上，在污浊的空气中几乎窒息。

大学的同事对诺亚很友好，也很帮忙。他一年开一门课，讲15世纪文艺复兴初期的美术作品。他骑着自行车走过公园的绿地，听凤头鹦鹉和食蜜鸟枝头唧啾，看阳光从树叶的缝隙照射下来，落在身上，把皮肤照得斑斑驳驳。他觉得已经走了一半人生路。低头看着紧握车把、长着雀斑的手，他知道自己能干，身体也强壮。脚蹬自行车踏板，两条腿带动全身，穿过一片片绿荫，向前驶去。坚持就是胜利，这是他的口号。可是他已经四十岁了，觉得这一辈子几乎要结束了。

那时候，他就知道，两个孩子天赋极高。马丁已经十五岁，人物肖像画得极好，显示出不凡的才能。伊薇记忆力强得让人难以置信。诺亚为了他们坚持着。只是为他们。是孩子们对生命的热爱和迸发的活力拯救了他。他对自己的父母亲知之甚少。结婚时，父亲只给他寄来一封短信表示祝贺，但也没有恢复联系。回澳大利亚之后，诺亚把他在阿德莱德的地址和电话号码告诉了他们，可是一直没有回音。父子之间那条鸿沟依然存在，谁也不想跨越。这种感情上的分离和父子之情相比多么不成比例。对于双方都是一种惩罚和缺失。有时候，诺亚会梦到父亲，就像梦到马吉一样。那时候，他便像孩提时代那样，从噩梦中惊醒。直到发现那只是虚幻的、已然消失的梦境，才如释重负。

有一天，诺亚在威廉国王大街碰到佩楚拉嬷嬷。她朝他走过来的时候，白色长袍轻轻拂动的衣襟、严肃而沉稳的神态，让他一眼就认了出来。他顿时觉得往日的生活像一根套索将他缠绕。这次邂逅相逢使他内心充满矛盾。他们站在路边聊了几句，然后一起到附近一家茶馆做了一次严肃认真的长谈。佩楚拉嬷嬷只比诺亚大十五岁。但他敞开胸怀，对她讲了麻风病人隔离区如何使他心理变态，恐惧如何放大了自己的重要性，变得非常自负，以致疏远了家庭。他还讲了他和弗朗西斯的友谊，讲他如何忽略了父母的存在。他告诉佩楚拉嬷嬷，他和凯瑟琳婚后的生活以及她和詹姆斯的死。讲述了一双天才的儿女以及他对他们的爱。不无羞涩地谈到他的绝望，更信心十足地谈到他的学识。最后，诺亚勇敢地承认自己一文不值。

他向她和盘托出之后，那生活看起来确实无价值、不足取。佩楚拉嬷嬷以"旁观者清"的姿态，提出预料之内的建议，提醒他记住耶稣基督的爱和祈祷的力量。鼓励他要克己忘我，听天由命。她补充道：时间的奥妙之一是疗伤。

诺亚被她那冷冰冰的"口号"吓得畏缩了。尽管很关心，她还是按照冷酷无情的脚本，把这个情景剧"演"下去。她变得一本正经，全然忘记他们相遇的地点和时间。

然后她问道："你那位画家呢？他叫什么名字来着？"

诺亚描述了国家美术馆那幅《耶稣诞生》。上次讲这幅画已经是好几年前的事情了。当时他试图以此劝说凯瑟琳。后来上课时，碰到学生太过无礼，毫不掩饰他们的厌倦时，他也讲过。现在，他在这里，给一个修女讲这幅画，宛如一个惊慌失措的圣人，刚刚活过来，改变了人生方向，就描述那个神圣的时刻。他满怀激情和众多人物永恒的呼唤讲那幅画，浑身上下犹如烈火燃烧，眼睛充血。在那个揭示真谛的时刻，他与过去交心，明白了艺术如何使孤独得以忍受。

9

　　和伊薇一起吃过从泰式餐厅买回来的饭菜之后，马丁回他坐落在亚历山大郊区的家。走过国王十字区、萨里山区的大街小巷，穿过沃特卢，他头脑清醒，也很机敏。天空晴朗，他想象着妹妹一个人待在父亲家里，抚摸他留下的东西，环顾四周，就像和他私下交流，体会和诺亚独处的感觉。他心烦意乱，还有点妒忌，担心她会不会从父亲家里拿走什么他喜欢的东西，据为己有。那是一种毫无道理的怨恨，源自于他们的沉默。她压根儿不想说话，他则觉得自己是个"入侵者"，无话可说。回家后，他到工作室用放在那儿的一个小便携式煤气炉煮了一杯咖啡，一直画到宛如黑曜石闪耀的夜晚。黎明，晨光熹微似乎使他目瞪口呆。他精疲力竭在床上躺下，满脑子都是挥之不去的人物形象。

　　和马丁吃完饭，伊薇觉得一种对性的渴望。她想步行到国王十字大街的酒吧找个男人。这种事儿，她至少十年没有干过。不过她没去，而是到诺亚看起来非常干净的浴室洗了个澡。躺在清澈见底的水里，她想起马丁关于德·索绪尔的问题，想起星图和天空渐渐改变的蓝色。低头看着自己的身体，她想起高锰酸钾。小时候洗澡，为了避免起疹子，父亲就往水里撒点高锰酸钾。黑色晶体融化开来，水变成淡紫色，然后变成紫红色。诺亚用手搅着洗澡水，让颜色变得均匀。她觉得很美，四肢在一片紫色中轻轻颤动。那种非常特别的记忆仍然让她吃惊。

伊薇擦干身子，穿上睡衣，在父亲的床上躺下，没有丝毫不得劲儿的感觉。往事的回忆和沐浴，让她心平气静，几乎立刻就进入了梦乡。

第 二 部

10

　　他的心好像要跳到嗓子眼儿里一样。飞机在巴勒莫机场降落的时候滑过锯齿形的山脉，向大海附近俯冲下来，让人心惊肉跳。飞机碰到强气流，像玩具一样，在空中上下颠簸。机翼下，山和海时而倾斜，时而升起。马丁跌跌撞撞走上碎石沥青路的时候，差点儿摔倒。机场大巴停在一个建筑工地中央。工地四周围着铁丝网，长着没有叶子的棕榈树。他把行李塞进巴士下面的行李箱里，司机站在不远处抽烟，嘴角挂着一丝坏笑，假装没有看见。驶往城里的长路上，他看着一闪而过的海岸，城边拔地而起的高层建筑。在旧城中心火车站，取下行李，手里拿着一张从网上下载的勉强看得清的地图找去旅馆的路。

　　从恺撒广场旁边走过时，交通混乱不堪，他差点儿送了命。这可不是个好兆头。一辆汽车的后视镜猛地撞了一下他的胳膊肘，他疼得要命，好像骨头断了一样。一张愤怒的脸从车窗探出，一串西西里脏话劈头盖脸骂将过来。马丁强忍着疼痛，走过喧闹的马克达大街，找到他从网上预定的那家小旅店。可是接待人员一口咬定压根儿就没说听过他这个人。柜台后面一个大个子朝他挥挥手，让他走开。从悉尼坐了二十四小时飞机，马丁累得简直要发疯。大堂里，一个男人朝他走过来，主动说可以给他提供一个住处——他和母亲一起住的地方有一间空房，地址在离巴拉罗市场①不远的一条小街。

"托马索·萨尔沃。"他介绍自己，但没有伸出手来。

冷冰冰的问候。马丁注意到他朝柜台后面那个人小心翼翼地点了点头。从哪儿来？准备待多久？来干什么？对最后一个问题，马丁回答道："旅游。"萨尔沃听了似乎很满意，但也仿佛在说，根本就不相信他。

在巴勒莫，马丁几乎立刻陷入泥淖，进退不得，好像被固定在玻璃下面，供人审视。他对自己说，他是沿着父亲的足迹往前走，但是举手投足，俨然是一个迷失在这个世界的人。胳膊肘肿得像个紫茄子，渐渐消散后，变成一片瘀青。他转了转脑袋，对着卧室衣柜上面疵斑点点的镜子，查看伤情。那斑斑驳驳的青紫可不是什么好兆头。天天下雨。下得很大，很冷。他从夏天细雨遮天的悉尼来到冬天冷雨蔽日的巴勒莫，穿着湿透的靴子，弯腰曲背探索这座城市。

从那所大学的美术史系开始调查似乎合情合理。他对接电话的女士说，他是一位失去亲人的儿子，来寻找父亲的足迹。他希望自己的遭遇被人同情，希望此行的使命被人认可。可是那个女人简慢无礼，一副公事公办的样子：是的，那个澳大利亚人，诺亚·格拉斯。是的，他在这儿工作过。她告诉马丁另外一个教美术史的老师的名字：安东尼奥·多蒂。她说，他是他父亲的朋友。显然，诺亚在巴勒莫曾经和多蒂一起住过，虽然时间很短。两个人还合作写过一篇论文。马丁对此人一无所知，但他或许可以解释为什么父亲来西西里访问，在这里发现了什么。多蒂一个星期，

---

① 巴拉罗市场（Ballaro Market）：巴勒莫最古老的阿拉伯市场。其名称的来历不确定，但可能来自北非的村庄，大多数阿拉伯商人在市场工作。

或者两个星期后回来上班。那个女人说，不要再打电话过来；多蒂先生回来之后，会联系他。

这当儿，因为没有伴儿，马丁就尽力和托马索·萨尔沃搞好关系。这个家伙很直率，目光里总是带着几分怀疑。但是能有机会"教育"一个傻乎乎的澳大利亚人他也挺开心。他年纪和马丁相仿，和母亲玛丽亚一起生活。玛丽亚个子不高，圆滚滚的，就像一个身穿黑衣的三角形，一天到晚，很少离开厨房。有一次，马丁用颇为规范、还算不错的意大利语赞扬她的厨艺时，她朝他点了点头，但从来没说过话。他听到过她和儿子争吵，不过一看到他走来就闭上嘴巴，好像张嘴说话就会释放出加害于她的什么东西。

马丁的房间在一楼，昏暗、狭窄，看得见马路对面一家妓院。从他的房间望过去，看得见女人们斜倚在窗口抽烟，或者探出身子，在晾衣绳上晒内衣内裤。距离近得让人很不舒服。西西里语、意大利语，或许还有阿尔巴尼亚语不绝于耳。有一次，一个女人喊他。他连忙藏到窗帘后面，招来一阵嘲笑。打那以后，他一直把薄薄的窗帘拉得严严实实，不想让人觉得好奇心太强，希望表现出某种尊重。

马丁发现托马索喜欢被人家提问。

"那些棕榈树，"他说，挺着胸，就像一个政治家，"被红象鼻虫吃了个精光。整个西西里都被毁了。"托马索呷了一口格拉巴酒①，停了一下，好让马丁明白形势多么严峻。"整个西西里。都是 turchi 干的，"他补充道，"那些从码头上来的 turchi，带来了红象鼻虫。"他朝厨房地板上使劲啐了一口。

过了好大一会儿，马丁才弄明白，他说的 turchi 是指黑人，通常指北非的黑人。自从来到这个地方，那些没有叶子的棕榈树

---

① 格拉巴酒：用酒渣酿制的一种白兰地。

一直让马丁困惑不解。现在总算有了一个解释，即使这种说法毫无道理，完全是捕风捉影。其实这种鼓着大肚子、枝叶全无、看起来好像死了一样的棕榈树哪儿都有。

巴勒莫旧城区中心看起来破破烂烂。房倒屋塌，断壁残垣，即使没有倒塌的房子也无人居住。要么用木板钉着门窗，要么年久失修。战争期间被炮弹炸毁的房子还挺立在一堆堆瓦砾中，砖头缝隙攀爬着蔓生植物，到处是垃圾和涂鸦。马丁暂住的那间屋子后面有一条小巷。小巷躺着一只肚子肿胀的死猫。眼睛凸出，脑袋似乎被什么人踩了一脚。每次抄近道从那儿走过时，他都尽量把头转过去，直到那令人作呕的"乱象"突然消失，才长长舒一口气。他住的那条大街尽头，有一座教堂——"*Sconsacrata*[①]。"托马索说。门用水泥封住，窗户用木板钉死。

城里有许多座废弃的教堂。马丁的心被古老的"东方三王教堂"撼动。厚重的大门涂抹得乱七八糟、损坏得面目全非。父亲一定发现这个让人悲伤的所在，纳闷教堂里会有什么样的壁画，漆黑的顶棚上会有什么样容易剥落的巴洛克风格的天顶画，什么样被祝福的圣像还孤零零地挂在那里，无人理会。马丁心里想，这么多窗户堵死、大门上锁的建筑物，一定让这座城市平添了神秘之感。

为了有点事做，为了有个目标，他在大街上走着，寻找 *le chiese sconsacrate*[②]。给那些教堂拍照，记下它们的名字，为编一份令人沮丧的目录做准备。他还拿定主意，等天晴了之后，来画速写。他寻思也许会以"废弃"为主题，画一幅画。

有一天，他走过阿罗若大街，穿过卡拉大街，朝港口的方向

---

① Sconsacrata：意大利语，"教堂。"

② le chiese sconsacrate：意大利语，"被亵渎的教堂。"

走去。回来的时候，遇上一场冰雹。电闪雷鸣，宛如埃特纳火山爆发。天空好像被什么武器打开，人行道滑得要命，他飞快地跑着，在冰上打滑，生怕摔倒。他停下脚步看海湾升起的一团云，对冰雹的威力颇为赞赏。在宛若点画的天空下系紧外套的帽兜。

迷恋斑驳之美，这话是诺亚说的吗？他想起肯特郡的那场冰雹。那时候他还小，激动不已，跑到外面体会冰雹从天而降的感觉，把冰粒收集到一起，在草坪上"画"出一个个网格。诺亚跑出来，拽着胳膊让他回家，可他就是不肯，两个人打了起来。诺亚抓住他的胳膊肘，使劲儿拉，无意中踢了一下，毁了他的网格。他哭了吗？小时候，他特别爱哭。诺亚把他拉回家，责骂了几句。不过到了晚上，父子俩又和好如初，诺亚给儿子讲完全用一个个点画出来的画。父亲从他们的冲突中吸取了教训，并找到一个艺术史上的例子。因为两个人刚打了一架，彼此说话、做事都小心翼翼。冰雹融化好久以后，他还记得"斑驳"那个字眼。

回到萨尔沃家的时候，他冻得脸色发青。玛丽亚可怜他，给他热了一杯红酒，从他不停颤抖的肩膀上帮他脱下湿透了的外套。她像个慈爱的老妈妈，朝他点点头，使劲抖了抖外套，水珠飞溅，然后挂在炉火旁边。她一直背对着他，似乎为自己充满爱意的举动不好意思。那一刻，诺亚被她的善良感动，纳闷自己都做了些什么，为什么要来这儿；为什么一直在老巴勒莫满目疮痍的巷子里转悠，对父亲在这里的行止一无所知。可他到底想知道什么？也许是什么愚蠢的想法驱使他，也许是为了向伊薇证明什么。在一个不经意的瞬间，伊薇责备他想逃避自己的痛苦与悲伤。马丁呷着热乎乎的红葡萄酒，有一种想给她写信的冲动。他们俩是在争吵中分手的。他说她没感情，她骂他以自我为中心，想找到掌控父亲的办法。她责问他，为什么不能让父亲安息？他认为，她尽管声称自己是无神论者，可是在这件事情上表现得太过迷信，还把这个想法告诉了她。他们在对父亲的哀悼中分手，互相指责，互相伤害。

电话打过来的时候，马丁几乎已经不再抱希望。整整两个星期，杳无音信。玛丽亚把电话听筒递过来的时候，他觉得过了好久好久。马丁第一次听到安东尼奥·多蒂的声音。会面地点定在马丁从来没有听说过的一条大街的一家咖啡馆。那天夜里他有点紧张，怎么也睡不着。他知道小巷对面正在做什么生意，对性的渴望又增加了心底的不安与躁动。他觉得——尽管很傻——宛如一个刚丧偶的鳏夫，一个或许再也不会和女人睡觉的男人。有一个半裸的女人曾经隔窗而望，对他说了句什么。他听不懂。托马索后来告诉他，那是西西里俚语，意思是"英俊"。她们对有可能成为嫖客的人就说这种话。他在脑子里念叨了好几遍这个词，不好意思大声说出来。

在那个细雨绵绵的早晨，马丁向那座他认为是"另外一个城市"的城市——富人区走去。他离开旧城的废墟，走上自由大街宽阔的林荫道，经过歌剧院，经过柱廊林立、屋顶竖立着几匹腾空而起的青铜骏马的波黎得亚玛音乐厅。旅游者从游船上走下来，或步行，或乘坐装饰得十分漂亮的马车到这个地区的商店：古奇、普拉达、劳力士。那是纪律严明、服务周到、干净整洁的国际富人区，精美的装潢，配得上大把大把花钱的人们购买奢侈品、纪念品。

湿淋淋的大街上，没遮没挡，一个老人正在拉着手风琴演奏《教父》的主题歌。十几岁时看过的银幕上的人物又出现在眼前：马龙·白兰度、阿尔·帕西诺、罗伯特·杜瓦尔，都筋疲力尽、打着背光、像化石一样，影影绰绰。说来也怪，想起老电影里的人物，会给人一种慰藉。在马丁看来，那是对自己内心世界的肯定。

身穿裘皮大衣、脚蹬高跟鞋的女人从豪华汽车里走出来。饭馆门口招徕生意的服务员手里举着仿照古代卷轴的塑料菜单。这些建筑物都是新的，装着空调。马丁已经习惯了破破烂烂的旧城和市场区的贫穷。这个地区很富，和旧城形成鲜明的对比。他匆匆忙忙朝地图上标明的地址走去，很不舒服，很不自在。

马丁收起雨伞，推开门，一眼看出那位手里拿着一本书，以读书人常见的不良姿势独自坐在那儿的人就是安东尼奥·多蒂。他五十出头，秃顶，从侧面看，像只猛禽。马丁立刻生出一种想画他的念头。他们不无尴尬地互致问候，点了两杯意式咖啡，有一搭没一搭地谈论坏天气、棕榈树和马丁此访准备待多长时间。过了一会儿，话锋一转，两个人好像都觉得是讨论诺亚的时候了。

"大学里的人说你父亲去世了。我为你的损失深表遗憾，"安东尼奥很正式地说，"他是个好人，你父亲。"

马丁喃喃着，不得不接受现在提到父亲的名字时新的表达方式。他给安东尼奥讲了父亲怎么死在游泳池以及对他盗窃的指控。

安东尼奥直起腰。"文森佐·拉古萨？我听说这事儿了。"他的声音听起来飘飘渺渺，解读不出什么内在的含义。

"你知道这位艺术家吗？"

"当然知道，一个著名的西西里人。不过不在我的研究范围，是个雕塑家。"

马丁等待着。

"他也不是你父亲感兴趣的画家。你可以和我的同事朵拉·卡塞利聊聊，她也认识你父亲。她对拉古萨颇有研究。"

他看起来不想再多说什么。也许只是行内的规矩，或者相互竞争的缘故。这些学者，各有各的领域。职业病。安东尼奥的沉默似乎暗示，换个环境，他或许能透露更多的秘密。他换了话题。

"等雨停了，你应该去蒙德罗海滩看看，"他说，"再去看看蒙雷阿莱大教堂①。"这种话都是对旅游者说的陈词滥调，连他听起来都对自己的建议感到厌烦。

马丁耳朵听着这几个地名，心里却只想着父亲。和那些电影明星一样，诺亚面色苍白，又出现在他的眼前。他也许就坐在这个位子上，呷着咖啡，和这个侧面看像猛禽一样的人大谈美术史。马丁想说：我不是旅游者，不是来看风景的。我是来寻找父亲的足迹，想弄明白他在巴勒莫都干了什么。实际上，他努力想弄清楚自己来这个地方的目的。与其说是为了调查事情真相，不如说是因为自私而困惑不解。与其说是出于对父亲的哀悼，不如说是因为自己性格上的缺陷。

马丁意识到，为了这次会见，他等了整整两个星期，却一无所获。

"我请你吃饭，"安东尼奥说，好像安慰马丁，"星期五，这个星期五，我们再聊聊。"

他在餐巾纸上潦潦草草写下一家餐馆的名字，站起身，拿起书和伞，扬长而去。

马丁环顾这家豪华的咖啡馆，觉得非常疲倦。闪闪发光的柜台，玻璃桌面。西西里蛋糕在一个冰冷的有机玻璃圆筒里一层一层地旋转。这一切都让他感到压抑。

他走进冷雨之中，回他的房间，回那座在他看来真实可信的城市。那个拉手风琴的老头不再演奏《教父》。他身穿外套，蜷缩在不停滴水的雨篷下面抽烟。马丁朝他点了点头，好像认识似的。然后，他听见身后有人大声吹口哨。天冷又下雨，这个人得具有多么强烈的乐观主义精神，多么轻松自在、无忧无虑，才能这样旁若无人地吹他的口哨！吹口哨是一种精神上的补偿，用以抵抗恶劣的天气、莫名的悲伤、暴虐的命运。或者是这个孩子对自己

---

① 蒙雷阿莱大教堂：位于今意大利西西里岛巴勒莫的卫星镇蒙雷阿莱。

身份的重申。他应该学会吹口哨。他生怕那人停下来，连头也没敢回。口哨声飘飘渺渺，渐渐远去。

马丁又感到冬天的寒冷，渴望明媚的阳光。想起还得等，一肚子不高兴。

11

来到西西里一个星期之内，诺亚·格拉斯在巴勒莫大学遇到朵拉·卡塞利。为了躲避热浪，寻找安东尼奥，他走过破旧的门廊，走进落满尘土的大厅。眼下，这个大厅成了美术史学者的接待室。她在那儿。那天是她的生日，也是他的生日。他们俩正好同岁。安东尼奥不知道从哪儿发现他们俩是同年同月同日生，坚持让他们俩在这一天见个面。同事们为纪念这个美好日子举行了午餐会。两人都被祝贺，都因那种过节般的轻松热闹的气氛倍受鼓舞。他们吃意式茄丁酱、海鲜，喝莫斯卡托红葡萄酒。他们频频举杯，感叹人生的短暂、艺术的长久。席间欢声笑语，一个令人难忘的时刻。晚宴快结束的时候，朵拉已经有点儿忘乎所以，无所顾忌了。诺亚看她哈哈大笑的时候，注意到安东尼奥的眼神，猜到他心之所想，不由得红了脸。他们一起步行回到系里。不过下午没有工作，大伙儿都喝多了酒，兴高采烈，更多地想起物质享受。

后来，朵拉邀请他去她的公寓，开玩笑说，他们年事已高，庆祝生日实在没有什么意思。他看她躺在床上，沐浴着下午的阳光打瞌睡，棕黄色的皮肤闪闪发光，因为做爱，面色红润。他想不起来，还有哪个生日比这个生日更快乐。

诺亚和朵拉之间迅速发展的亲密关系确立了日后两个人更加紧密的联系。他们之间好像有一根细细的灯丝，在她身上闪闪发光，或者他和她交换眼神、向她走近时，电压陡增，爆发出明亮的火花。有时候，他觉得她若即若离；有时候，又觉得她特别愿意依赖自己。这让他既困惑又兴奋。她光着脚踩到冰冷的瓷砖地板上，伸出手去够丢在一旁的内衣。结实的腿伸到裙子里，胳膊探到背后，拉拉链。在他看来，她穿衣服的速度快得惊人。她身材修长，优雅，拉了拉宽松的上衣，系上扣子，转过脸，又恢复了可以称之为严肃的孤独的神情。

正是朵拉给诺亚讲了文森佐和埃莉奥诺拉·拉古萨。她的起居室里挂着一幅相当不错的炭笔画的素描。上面画着一个年轻的日本女人。她的秀发盘在头顶，宽松的衣服，敞开领口，露出肩膀和胸口，恬静安谧，五官端正，眉清目秀。诺亚想，这幅画显然出自一位与画中人恋爱的画家之手。就他自己而言，他感受到多年来未曾有过的那种强烈的愿望。那是随着身体的愉悦而来的。他相信和他在一起的这个女人会使他活跃起来，会拯救他。

"这是一幅著名雕塑的草图，"朵拉对他说，"文森佐·拉古萨给妻子清原玉①画的画像。"她给他讲了这一段历史。

19世纪70年代，日本政府认为需要在艺术和科技领域学习外国的专业知识，于是从世界各地招聘老师来东京传授知识，给予指导和建议。巴勒莫的文森佐·拉古萨，那时候三十多岁，被选中教日本人雕塑。1876年，他来到明治时期的日本，在东京待了差不多六年，教授意大利艺术传统：青铜铸造，陶瓷结构的形式，木头雕刻的不同方法。他在东京有自己的工作室，搞了一系列人物雕塑，包括受天皇委托雕刻的一座拿破仑一世的塑像。

---

① 清原玉（Kiyohara Tama，1861—1939）：日本画家，在西西里巴勒莫度过一生中的大部分时光。少女时代名为清原多代。

在东京，他遇到了未来的妻子一家——父亲是制作漆器的专家，母亲是非常棒的绣女。1882 年，日本学校关闭后，他把妻子全家带到西西里。清原玉画油画。朵拉补充说，她是凭自己的实力成为杰出油画家的。和文森佐·拉古萨结婚后，她改名为埃莉奥诺拉。他们在巴勒莫成立了一个美术学校：工艺美术高中。后来，老夫妇俩回到日本，女儿清原玉留在巴勒莫，直到 1933 年，丈夫去世六年之后，她才回到老家，恢复了原来的名字。

"很浪漫，"朵拉说，"一个爱情故事，艺术故事，两个民族结合的故事。"

她研究的领域是卡拉瓦乔①，但是作为一种爱好，开始研究文森佐，后来又迷上了埃莉奥诺拉。这位女画家横跨于两个国家之上，生活在巴勒莫，忘记了日语，因为没有人听得懂她的母语。朵拉还说，她死后，骨灰一半留在东京，另外一半和亲爱的丈夫文森佐一起埋在巴勒莫。

这个故事让诺亚着迷，不过他并不指望他们的名字会陪伴他的余生，也不认为朵拉的研究会被他们打断。诺亚了解到，文森佐最初，在艺术的道路上蹒跚学步时，学习象牙雕刻——在美术馆用放大镜观看的那种与宗教仪式有关的小玩意儿。后来，他成了一名士兵，在为意大利统一而战的斗争中加入加里波第②的军队。拉古萨还是一位颇有鉴赏力的收藏家。诺亚同意去罗马看他的藏品。这些东西都珍藏在一个历史博物馆。他和朵拉一起去。两个人站在以前从来没有见过的作品前面，分享那些充满激情的故事。

---

① 米开朗基罗·梅里西·达·卡拉瓦乔（Michelangelo Merisi da Caravaggio，1571—1610）：意大利画家，通常被认为属于巴洛克画派，对巴洛克画派的形成有重要影响。
② 朱塞佩·加里波第（Giuseppe Garibaldi，1807—1882）：意大利将军，政治家，在意大利历史上发挥了重要作用。

那个夏天，总是阳光明媚。那个夏天，充满绵绵爱意。诺亚坠入爱河，凡是和朵拉·卡塞利有关的东西都变得迷人可爱、熠熠生辉。他想起小时候妈妈收藏了一块铀玻璃。那时候，人们还管铀玻璃叫"大萧条玻璃"①。这种玻璃都是黄绿色，在黑暗中可以发光。妈妈那块玻璃是一只天鹅。那么不同凡响，他特别喜欢。后来想起那只天鹅，那种颜色，想起他和它们那么偶然的联系，他就纳闷那只黄绿色的天鹅已经变成什么样子了？那个不值钱的小玩意儿放在妈妈的梳妆台上，"漂浮"在白色花边组成的茶杯垫上，似乎不可能吸引儿子的注意力。他们家搬到麻风病隔离区，居住于那个完全不同的世界时，天鹅不见了。那一次，他们丢掉许多东西，有的卖了，有的不知道暂存到哪儿了。

　　现在，在朵拉的城市，他理解了它的魅力。巴勒莫是一个非常复杂的地方，犹如一幅不同风格和多种民族的拼图。这里有非洲人、阿拉伯人，有不同年代的创造力混合在一起铸建的文明。诺亚特别喜欢旧城的港口区。灰暗、破旧的楼房，桅杆林立的渔船塞满弯弯曲曲的海湾。从海洋吹来的带咸味的狂风，席卷卡尔萨不规则的街道。朵拉指给他看一座没有屋顶的大教堂。1509 年建。不是因为炸弹炸掉了屋顶，而是压根儿就没有建造完。敞开的屋顶仰望蓝天，拱形的轮廓闪闪发光。诺亚心中生出一种莫名的感激。

　　他在西西里待的十个星期，大多数时间都是和朵拉一起度过的。这段时间里，有几个星期，学校放暑假。朵拉有足够的时间带着他游览这座城市。他们经常短途旅行，就像度蜜月。在蒙雷阿莱②大教堂，两个人一边悄悄说话，一边用双筒望远镜观看描

---

① 大萧条玻璃：一种透明的或彩色的半透明玻璃制品，在大萧条时期的美国和加拿大免费或低价出售。

② 蒙雷阿莱（Monreale）：西西里的一个小镇，该镇人口约 3 万，位于巴勒莫以南约 15 公里。

绘《旧约全书》的马赛克，找到了关于诺亚生平事迹的七个板块。教堂中殿南侧高处的阴影里，一个由许多小方块组成的老人闪着光，似乎向他们表示自己的存在。诺亚从他的方舟探出身子，伸开双臂欢迎衔着橄榄枝飞回来的鸽子。三个儿子和他们的妻子从方舟窗口向外面张望。两个被淹死的人仰面朝天，漂浮在水面上。其中一个裸露的胸脯上站着一只渡鸦，啄他身上的肉。

诺亚看到他头顶上方那幅马赛克所展示的灾难中的形态之美：一些人得救，而许多人淹死。有的人安然无恙，被水的浮力轻柔地托举着；有的人则在洪水中挣扎，优雅地沉入水中。他一直讨厌自己的名字。这个名字赋予他使命，仿佛他必须完成宗教的神召。朵拉站在他旁边，身穿一件淡蓝色棉布吊带裙，往后退了几步，撞到他的身上。她一直神情专注地看那幅画，忘了他就在身边。

"Scusami①。"他不由自主地道歉，无论什么事，总觉得错在自己。被淹死的和被救的。他只看到那几幅画。

"那儿，诺亚喝醉了。"她指着右面那幅画。

他把目光转过去。最后那幅画描绘喝醉了的诺亚赤身露体，侧身躺在床上睡觉。可怜的诺亚，背负着命运赋予他的沉重负担，他想，谁能责怪他。

他放下望远镜，转过脸看着她。拜占庭时代的黄金似乎在她的皮肤上闪耀。没有比眼下更复杂的时刻了，和诺亚同名让这种复杂翻了一番，她近在咫尺让他变得温顺，总想巧妙地赞赏她。她的皮肤，他对那皮肤的了解，她的身材，以及她对他的渴求，都比不上她优雅的气质和高贵的情感。

感觉到他的关注，朵拉也放下望远镜。"可怜的诺亚。"她对他说，嘴角露出一丝苦笑。

那个最后的夏天，火烤一样的阳光下，诺亚给朵拉讲他的经

---

① Scusami：意大利语，"对不起。"

历。小小的阳台俯瞰一户人家的院落。他们躺在帆布躺椅上，聊天，看书，闷热几乎是一种原始的攻击。下面，一棵柠檬树在阳光下微微闪光。枝头挂着举行婚礼时用的白色星星和绿色的果实。就像佩楚拉嬷嬷当年听他满怀伤感讲述自己的过往一样，此刻朵拉倾听他带着喜悦和盘托出生活中种种真相。他告诉她很后悔自己从前对父母亲敬而远之。他给她讲了弗朗西斯和宾虚的故事以及自己可悲的傲慢。他满怀柔情提起一双儿女，夸他们的聪明睿智，但也讲到他们经历的磨难和悲伤。他说，活到六十七岁，他才弄明白如何提升自己。他逐渐懂得了象征、兆头和奇迹，不再回想一生中一直存在的耻辱。起初，讶异之感只是加剧他的怀疑，但是还有人、画、谦卑的极限。渐渐地，他积累了一种建立在艺术基础上的智慧。

"我这是说教来了。"他说，知道自己听起来一定给人一种夸夸其谈的感觉。

她凑到他身边，飞快地吻了一下。"可不是嘛，你在对我说教呢。"

但是他被原谅。他以前从来没有说过这样的话，从来没有用这样肯定的语气肆无忌惮地发表议论。是朵拉·卡塞利使这一切成为可能。这是对个人信念的宣示。

朵拉更喜欢冷嘲热讽，说话更谨慎，声称自己是一只黄脚虫，不相信会有灯光照耀的时候，也不相信会有太阳照射到的地方。西西里人明白这一点，她对他说，明白黑暗不可抗拒的力量。她还说，儿时，她每个星期日看到的卡拉瓦乔所画的在圣洛伦佐小礼拜堂悬挂的《耶稣诞生图》让她懂得，阴影如何美化一张脸。那不是他最好的作品，她坚持认为，绝对不是。是我们的。那是我们的卡拉瓦乔。

这是一个谁都认为是因爱情而结合在一起的时刻。然而，他知道，朵拉和凯瑟琳一样，对他而言还是难以企及。她会退缩，他也许会失去她。他坠入爱河，她可没有陷得那么深，或者压根儿就没有爱。只是对他宽容，或者只是把他当作一个萍水相逢、让她觉得新奇的人。而生日巧合更是一件好玩儿的事。暮色渐浓，宛如梦中。他们又回到暗影重重的床上。诺亚想告诉朵拉那只黄绿色的天鹅。他说不清为什么此时此刻会想起那只天鹅。这和他们有什么关系？也许只是试图从过去的生活中找到什么东西，替代放大了的情感，或者暗示对自己作为一个"连续统一体"的希望。他喜欢过那块黄绿色的"大萧条玻璃"，甚至那个名字，他的名字。但是出于隐私的本能，诺亚改了主意。他没有提茶杯垫上那只天鹅，也没有描述当年那个穿短裤的小男孩儿，站在妈妈梳妆台上摆着的那块黄绿色的玻璃前面，羞怯地躲避着镜子里的自己。

12

在马丁看来，巴勒莫似乎到处都是南亚人。他们站在街角，冻得瑟瑟发抖，兜售便宜的中国伞。他们在市场租简陋的摊位，卖不值钱的小玩意儿和围巾。他们拿着大把的塑料打火机或者成套的明信片，在教堂周围和中心广场转来转去。他们在狭小的店铺里经营网吧。有的人买卖做得比较大，在但丁街开餐馆，或者在维奇利亚开一家小商店。马丁不由自主地觉得仿佛和他们有一种亲缘关系。他们一定也渴望阳光，思念南方。

他走进网吧，四个坐在一排电脑前面的印度人把目光齐刷刷地投到他的身上。马丁顿时觉得自己是个个子很高的"外人"。

"对不起。"他说。

他意识到这个网吧是为他们自己的社区和族群开设的。这里有电话亭，可以给还生活在热带地区的家人打国际长途。屋子里摆放着一排排过时的电脑，方方正正，就像意大利糕点，脏兮兮的键盘，早已落伍的系统。他说意大利语，可是一个高个子男人用英语回答。是的，可以用 Skype 视频。现在是巴勒莫时间上午九点半，悉尼时间晚上七点半。妮娜该是穿着睡衣等他的电话了。

欢快的铃声召唤来安吉拉的时候，妮娜立刻出现在眼前。她离屏幕太近，白皙的脸闪闪发光。他打手势向女儿问好，她也比比画画问候他。他们表演起哑剧，马丁假装刚从暴雨和冰雹中跑回家，吃意大利面条。逗得她哈哈大笑。几千英里之外的女儿在屏幕上发出怪诞的光，无声无息地大口吞咽着，一副风趣幽默的样子。她举起给他画的一幅画。那是她的自画像，环绕着花儿和星星，下面龙飞凤舞般地写着"妮娜"两个字。她把画贴在电脑屏幕上，她隐身在后面。他看到她微笑着的童稚世界在翻腾、扩大。她放下画，歪着头朝他做了个"对眼儿"。马丁也来了个"斗鸡眼儿"。他又做了个"鱼眼"，鼻子碰到屏幕上，看见她举起手掌，假装害怕，吓得直往后退。安吉拉终于俯身过来，说，够了！她问他情况如何，并没有想听到回答。不等马丁对女儿做第二个飞吻，她便切断信号。

马丁目光呆滞，从这次遥远的"会面"中回过神来，看见那个高个子朝他微笑。

"我也有个女儿，"他说，"也用 Skype 和她联系。"他轻轻拍了拍脑袋，提醒马丁："下次一定记住打开声音开关。"

马丁往后推了推椅子，看到屋子里别的人没有注意他，很是高兴。可是这位陌生人，这位父亲，想和他聊。

"维拉玛尼。"他说。

"马丁。认识你很高兴。"

那人跟他握了握手，就像见到老朋友。马丁被他那种为人之父的骄傲和握手时表现出来的真诚所感动，说他是来自澳大利亚悉尼的访客。

"那么下一次，马丁先生，我们可以聊聊板球，好吗？"维拉玛尼笑着说。

阴云笼罩的大街上，他闷闷不乐、孤单落寞。女儿的脸仿佛被黑暗吞没。马丁拒绝"必死性"的暗示。另外一样东西在消失。

她的出现熠熠生辉，超凡脱俗，然后随着电子铃声关闭了。他给女儿发了一封简单的邮件，还发了几张照片。可她还是让他觉得那么遥远，远得充满悲凉。维拉玛尼不无冲动的友谊还在他手中留有余香，可是此刻对于他远远不够。

从网吧走到街角，马丁看见一个电影院，奥菲欧（Orfeo）。电影院里一片昏暗，没有一点儿吸引力。他纳闷是不是已经关闭。跨过马路，从玻璃门往里瞅，发现它只放映色情片。昏暗的门厅，里面空空如也，贴着一两张海报。装满烟蒂的烟灰缸随处可见。连一个人也看不见。会有一部电影上映并引起轰动，但不会是在奥菲欧。以后，他会问问托马索，到哪儿能看到好电影。他隐隐约约有点失望，快步走过马路，不想让自己的心情受到影响。

他在一个街区看到一张马戏团的海报，不由得停下脚步。海报上画着一个很大的狮子头，那是MGM[①]的徽标。用花体字写着的 *Orfei* "跨越" 狮子大张的嘴巴。Orfeo，Orfei 这些标识让他迷惑不解。马丁站在那张海报前面，用手机拍了一张照片，通过电子邮件发给妮娜。他们都喜欢MGM公司这个呆头呆脑的狮子头——安吉拉也喜欢——此刻，它，一个十分醒目的复制品，在巴勒莫街头大张嘴巴，似乎在表现这种错位的意象感。

他无精打采，又想起欧洲的星空图。懒洋洋地琢磨，今天的色数会是多少？浓云中有一种普鲁士蓝，有条纹的底色几乎是蓝绿色的，还有一种铜锈色，宛如他看到的悉尼的天空。一种"自动方式"控制他的一行一动。他心头一片茫然，径直朝租来的房子走去。路过一座空荡荡的大楼，大楼周围散布着黄褐色的石头。马丁觉得脸颊好像被什么东西轻轻触摸了一下。一片瓦砾让他想起那些他无法回忆或者无法确认的东西。

快步走过巴拉罗市场的时候，他碰到托马索和玛丽亚。看到

---

① MGM：美国米高梅电影制片公司（Metro-Goldwyn-Mayer）。

托马索搀扶着母亲，手里提着购物袋，马丁心里深受感动。马丁告诉他们，他用电脑和小女儿通话了。他听到他的意大利语在托马索的嘴里转换成西西里语。玛丽亚一直重复 picciridda，小姑娘。她不看他的眼睛，但那是第一次在他面前说话。就像刚才在网吧，马丁又一次体会到被人尊重的感觉。他们三个人一起走着，托马索向站在货摊后面一个颇为壮实的小贩介绍他的澳大利亚朋友。还有几个女老板。玛丽亚在后面慢慢走着，有时候就没了踪影。两个男人在市场狭窄的过道慢悠悠地逛，手里都提着刚买的东西。

红帆布篷下，货架子上堆满了食物。马丁心想，应该画画市场。一大盘一大盘的内脏上面挂着羊头。剑鱼呈弧形展示，在巨大的粉红色章鱼和一排排亮光闪闪的鱼之间保持平衡。切开的血橙①。碧绿的西兰花宛如一片微缩的树林。现在他已经能辨认出呈长条的蒙雷阿莱面包。这种面包可以在面包房买到，小贩也放在汽车行李箱里兜售。脚下湿乎乎的，市场看起来物资丰富，但散发出一股淡淡的臭味。所有剩下的东西都变成黏糊糊的垃圾。鱼贩子开膛破肚，血和内脏从手指间喷射出来，化成污水和泥浆。马丁的鞋发出恶臭。他发现玛丽亚特别喜欢乳清干酪②，就给她买了一大块。托马索对他说，这是最好的选择。

马丁喜欢听市场里那种压低嗓门儿的交谈声。也许因为下雨的缘故。这里和那不勒斯③不一样。那不勒斯谁都扯开嗓门儿大声说话。记得小时候，那场景让他特别害怕。巴拉罗的小贩不会纠缠顾客。耐心等待似乎是一种美德。卖东西的人有的玩纸牌，有的玩意大利纸牌，顾客就老老实实站在旁边等着。和一个当地人待在一起，马丁少了几分"外人"的感觉。马丁觉得托马索人

---

① 血橙（blood orange）：原产于意大利，是 15 世纪从亚洲传过来的甜橙的一个分支。

② 乳清干酪：一种白色的意大利干酪。

③ 那不勒斯（Naples）：意大利西南部港市。

缘儿不错，受人尊敬，便想让他推荐个电影院。

"奥菲欧，"托马索说，朝他神神秘秘地笑了笑，"你在那儿能找到你想看的东西。"

马丁解释说，他是想看另外一种电影。

托马索满腹狐疑地看了他一眼，有点失望，但还是不肯罢休。他推心置腹地说，他不"用"马路对面那些女人。她们太贵。他最喜欢那些在帕科·德拉·弗罗里塔广场招摇的尼日利亚女人，或者午夜之后，站在火车站附近朱利奥·恺撒大帝雕像前的妓女。午夜之后，圣多美尼克还有变性人，不过因为是"无保护的性行为"，要花两三倍的价钱。

马丁不知道该如何回应托马索提供的这些信息。他说的那些尼日利亚女人，也许是难民，被胁迫干这种事，并非自愿。这种突破道德底线的事让他不寒而栗。他想，托马索也许是夸海口，但也是一种不负责任的表现。该说什么呢？他犹豫着，陷入两难，虽然对托马索不无看法，但他不希望失去这个朋友。

"而且如果我到巷子对面，"托马索补充道，"妈妈会知道的。"他那张尽是褶子的脸露出微笑。"这是我们的方式，"他说，"也许你们有你们的方式。"

第二天散步回来，马丁发现他的房间里多了台电视机。托马索一定觉得他的房客需要一点娱乐。浏览各频道是一件令人沮丧的事情——美国犯罪片，情景喜剧，没完没了的广告：撑起的胸罩、华丽的珠宝、吹得神乎其神的床垫。有一个台正播放一部寡淡无味的阿根廷肥皂剧。皮肤黝黑的女人和身材高大的男人身穿缀着金属片的亮光闪闪的行头，给上了年纪的观众唱忧伤的歌。现场直播正在卡塔尼亚①举行的宗教活动。还有一个女人给打来

---

① 卡塔尼亚（Catania）：意大利港口。

电话咨询的、运气不好的观众算命。马丁正想放下遥控器停止搜索，看到一个台正在播放从 60 年代起到 90 年代的经典流行歌曲。他看普林斯表演《小红克尔维特》①，然后是塞尔玛·休斯顿。她身穿白色戏装，头戴白色头巾，目光专注，轻松活泼地唱着《不要这样离弃我》。他意识到，如果不画画，自己简直要发疯。外面又下起雨来，绵绵细雨带着几分悲凉，雨水打在玻璃窗上发出滴滴答答的响声。

那天晚上，玛丽亚炖了一锅黑乎乎的、胶黏的肉菜。不知道是什么肉，也许是马肉。

"为了解决你性的问题。"托马索压低嗓门儿说，用食指轻轻地敲了敲鼻子一侧。

玛丽亚目不斜视，看着自己的盘子。

《不要这样离弃我》，音乐的声浪还在马丁脑海里翻腾。他吃完饭，很高兴这当儿没有再谈论什么。盘子一拿走，便像一个犯了错误的孩子，"逃之夭夭"。

马丁一个人待在了无生气的屋子里，回想往事。破败的建筑，粗琢的方石。一个个片断宛如一首首歌，缭绕着化作记忆。记得父亲和他走在亚庇古道②上的时候，曾经给他讲解 "*dilapidation*" 这个单词的意思。诺亚说，这个词来源于拉丁文 "石头" —— *lapis*。意思是碎石。并非只是 "崩塌""破损" 的意思，他坚持说。"只是指石头。"按照他的说法，马丁犯了一个错误。他在描绘一座破烂不堪的木头房子的时候，用了 "*dilapidation*" 这个词。他的本意是想用这个 "大词" 给父亲留个好印象。诺亚觉得有责

---

① 《小红克尔维特》：美国音乐家普林斯的一首歌。1983 年作为专辑《1999》的单曲发行，之后，一直风靡乐坛，畅销不衰。
② 亚庇古道（Appian Way）：拉丁语和意大利语为 Via Appia。是古罗马共和国最早、最重要的道路之一。它把罗马和意大利东南部的阿普利亚的布林迪西连接起来，具有重要的战略意义。

任指出并且纠正儿子这个错误。他认为自己博学，显得那么冷漠，全然不顾儿子是否会受到伤害。马丁在石子路上玩耍，毫不遮掩心里的委屈和轻蔑。他一直就那么卑鄙，讨厌；而他一直就是个反抗皇帝的奴隶。

　　马丁想给伊薇发封邮件。她会佐证他的看法。她会记得自己的屈辱和诺亚的专横。他想起更多的往事。那天，她穿了一条红裙子，是那种没有袖子的连衣裙，肩膀上，形状像小枝的黄色别针，别着花瓣状的蝴蝶结。

13

朵拉和诺亚一样，生于 1946 年。一年后，她的父亲在黑手党匪徒一手制造的五一节左翼大屠杀中不幸身亡。那一次的屠杀十一人被打死，许多人受伤。当时，人们正在庆祝在当地的少数派共产党在民意测验中获胜。机枪朝人群扫射，四个孩子死亡。母亲没有参加那次集会，所以没有看到丈夫倒在黑手党的枪口之下。他的弟弟维托，朵拉亲爱的叔叔维托，浑身是血出现在门口。他震惊得僵在那里，一句话也说不出来，双手摊开，似乎问那个大家都在问的问题：为什么？为什么？

"我就这样看到了那一幕，"她说，"维托掌心朝上摊开双手。母亲起初面无表情，不明白发生了什么。后来，svenuta——像圣母玛利亚——晕倒在地上。我一生都在描绘那个画面——她听到这个消息时的画面。"

诺亚等待着，不知道她是不是要继续讲下去。

"我无法想象父亲的样子。是维托讲述、母亲听到这个噩耗。我把父亲浓缩在那一刻，我给他编了个故事。"

诺亚保持沉默。

"我告诉你这些，是为了让你知道我站在哪一方。许多我这个年纪的西西里人一生中都经历过暴力事件。任何告诉你现在没有立场的人都是骗子。"

诺亚无法把她讲的这些悲惨的往事和她房间里优雅的摆设、她的画、她对艺术史的兴趣联系到一起。他面前桌子上放着一碗石榴，玫瑰红。身下绣花床单，上乘的西西里亚麻布。他知道，她比他对政治更感兴趣。她大谈难民问题、欧盟、中东冲突。毫无疑问，她认为他没有什么见识。澳大利亚人，她曾经说，处于无知、天真的状态，好运气惯坏了他们。这种居高临下的态度很伤害他，尽管爱情给了他快乐。

"你有兄弟姐妹吗？"他问道。

"我有三个哥哥。两个是工会会员，80 年代初期在 *mattanza* 被杀害。尸体在 Bagheria① 附近发现时已经残缺不全。第三个哥哥圭多，和我关系最好，是一位无政府主义者，作家，也在那个时候失踪。我们一直没见到他的尸体。到现在也不知道发生了什么事情。那以后，维托叔叔是我们家唯一活下来的人，"她停了一下，"当然还有我。"

"*mattanza* 是什么意思？"

"我们用这个词指代一年一度对金枪鱼的捕杀。回游的金枪鱼被渔网捕捞到之后，船上的人用鱼叉把它们扎死，鲜血染红海水。1981 年和 1983 年就是这样，就像 *mattanza*。黑手党围捕他们的敌人，包括和他们持不同政见的人。想把他们一举剿灭。我们不愿意提这些事情。那是我们的耻辱。"

诺亚隐隐约约记得看过一个电影，说的就是这些事情。他极力在脑子里搜索那个电影的英文名字和相关的场景，不知道该说什么才好。

"我知道你在想什么，"朵拉说，"你认为我们是一群凶残的

---

① Bagheria：意大利西西里岛巴勒莫省的一个小镇。

人。你想起了《教父》，唐·科里昂①。你在想那些陈词滥调。"

朵拉突然发火，诺亚很惊讶，他压根儿就没有说什么惹她生气的话。"没有，"他有点言不由衷地说，"我只是想，经历了这么多苦难，你怎么会成长为一位艺术史家？"

"这就是我们所拥有的力量，也是对我们的补偿。在意大利的每一个地方，你都会发现古老的图画中蕴含着奇妙。我选择卡拉瓦乔，因为他知道如何让这些元素融合到一起，因为他是个喜欢暴力的人。"

这是一种结论性的陈述。这件事到此为止。诺亚渐渐明白，朵拉凡事都喜欢最后发表决定性的意见。

她走到阳台，点燃一支烟。诺亚没有跟过去。她的心境让他止步不前。他不想破坏这个美好的时刻，说些虚情假意的安慰话，或者假装理解她的感受。他手里端着她给他的葡萄酒坐在那儿，心里想，怎样才能将自己的历史和盘托出前，弄清楚她的历史。除了年龄和美术，没有别的将他们联系在一起的东西。生日之类的事情纯属巧合。他虚构出一种关系，需要有一个"同谋"。

她的侧影很漂亮：吸烟的女人。俯身向前，胳膊放在栏杆上，香烟叼在嘴角，形成一个角度，凝视下面的院子。他不知道她在想什么。她也不知道他在想什么。但是他觉得她的沉默有一种敌意，觉得自己被无视，仿佛搁浅在海滩上。

他清了清喉咙说："对不起。"

他是想表达一种同情，但声音里有几分悲凉。诺亚立刻想到，自己听起来像个孩子。

虽然这种"若即若离"时有发生，他们俩还是会亲亲密密待

---

① 唐·科里昂（Don Corleone）：电影《教父》中人物，意大利西西里人，纽约地下黑帮头子，第一代教父。

在一起。后来朵拉出主意，陪他一起到锡拉库扎①。她说，她当他的老师。有这样一个可以提供丰富信息的"导游"陪伴，他一定能对那座小岛有更多的了解。朵拉面带微笑，已经养成让他怀抱期望的习惯。诺亚又一次看到被她关心的前景，想听到她聪明犀利的对话，喜欢她手放在他的胳膊上，感受皮肤的摩擦，渴望她的胴体在他下面舒展开来。想象解开她连衣裙扣子的情景，几乎体会到那种上下晃荡的感觉，很荒诞地联想起救生艇。如果她当时就提出要求，他一定是早就做好了准备。

诺亚退休之后，在罗马看到《圣彼得受刑》那年，开始对卡拉瓦乔产生兴趣。自从站在光线越来越暗的圣玛丽亚·德尔·波波洛——谁都说，这可不是看画的好时候，太晚了，暗影重重——用欧元硬币照亮昏暗的教堂，画像从朦胧中"脱颖而出"，已经过去三年了。那位老人被头朝下钉在十字架上，三个壮汉试图把十字架竖起来。圣彼得秃头，白胡子，怒目而视。尽管几年前他就看过这幅画，诺亚现在第一次明白，那是对卡拉瓦乔的异教的赞歌。他把这个人物塑造得栩栩如生，以这样一种方式颠覆权威，展示一种颠倒是非的痛苦。

诺亚给他看那张明信片的时候，马丁用"愤怒的圣彼得"描述那幅画。

父子俩笑了起来，儿子似乎理解了他当年在罗马那个教堂棕黄色的亮光下看到的东西。尘埃轻轻落下，一群群旅游者离去。他觉得自己日渐老迈的身体变得瘦弱。钟声响过，教堂关门。他匆匆忙忙赶回去参加学术讨论会，刚好赶上听那天最后一篇论文。那篇文章论述巴洛克颜料的化学合成。他没听几句就睡着了。

在锡拉库扎，诺亚和朵拉住在一个很便宜的旅馆。旅馆坐落在奥尔提加一条很难找到的巷子里。他们住的那个房间挂着白色

---

① 锡拉库扎（Syracuse）：意大利西西里岛东部一港市。

亚麻布窗帘，挑花雏菊图案。旅馆供应早餐：圆面包、柠檬饼、苦咖啡。知道这些之后，意识到只有回想往事的时候才会觉得这是一件让人多么惬意的事情，两人都很高兴。或许因为这还是他们恋爱的头几个星期，幸福和喜悦仍然溢满心头。朵拉总是对他发号施令，纠正他的意大利语。她在身边，他就兴奋激动，举手投足都那么可爱。他觉得自己跋涉一生，就是为了走到她的身边，走进锡拉库扎这间小屋。在她面前，过去几年的孤独和焦虑荡然无存。

早晨，他喜欢看她穿衣服。她看起来就像德加①笔下的舞蹈家，胳膊肘露在外面，纤纤细手系好乳罩上的挂钩。他喜欢看她用塑料梳子使劲梳着中长的头发，然后看也不看，挽到脑后。他觉得自己像个小伙子，觉得有一种东西又回到身上。做爱的时候，他们慢慢地体会柔情蜜意。倘若无法进入，他心急火燎，想让自己赶快坚挺起来，可是全然无用。她拥抱着他，爱抚安慰。他赤裸着大腿，不再因为没派上用场而鄙视自己。那张未经整理、凌乱不堪的床现在成了肉欲的动因。阳光从雏菊间流泻进来，"花瓣"斜斜地撒落一地，未能激起他们的自嘲或者讥讽。

他看了卡拉瓦乔画的圣露西亚葬礼。圣露西亚是锡拉库扎的主保圣人。她的教堂——圣露西亚教堂——就屹立在她殉教的地方，或者按照故事里的说法她就埋葬在这里。诺亚听说过许多关于圣露西亚的故事：她的眼睛如何被挖了出来，可又奇迹般地复原；她被污蔑为妓女出身，实际上高洁无瑕。最后她被割断喉咙，获得永生。遗骨散落在欧洲各地，圣洁的头颅安息在罗马。马丁和伊薇喜欢嘲笑父亲对圣人故事的癖好。但是诺亚知道，他们也会有某种过度的宗教热情。

---

① 德加（Edgar Degas，1834—1917）：法国画家、雕塑家，以创作舞者而著称。

教堂很简陋，始建于15世纪。那幅画绘制于1608年。那时候，卡拉瓦乔为逃避法律的制裁，逃到西西里住了一段时间。那是一幅色彩灰暗、污渍斑斑的画，从某种意义上讲并非上乘之作，但在突出掘墓人方面却与众不同。他们是劳动者，和那三个要扶起圣彼得的十字架的壮汉不无相似之处。这几个人占据了整个画面的前景。他们粗壮的腿和屁股构成一道屏障，要想看到露西亚，就得穿过这道屏障。露西亚平躺在地上，早已死去，等待被人埋葬。朵拉提醒他，这是"原笔画再现"——卡拉瓦乔起初画的是头颅被切了下来，后来因为人们认为这样画太过怪诞，又把脑袋安了上去，留下一条细细的红线，显示喉咙从那里切开。

他们在教堂里站的时间比诺亚预期的长。朵拉从那幅画里看到诺亚不曾看到的东西，但是并没有把心里的想法讲出来，而是徜徉在自己的世界里。诺亚坐在长椅上，翻着一本旅游手册，悄悄地，不想打断她，也不想催促她。

朵拉终于转身领他走出教堂，走进阳光明媚的广场。"来一杯金巴利酒怎么样？"

在一家咖啡馆遮阳伞投下的几何图形阴影下，回头看着明媚的阳光，为圣露西亚干杯。教堂赫然耸立在眼前，大一点的中央寺院在左边。天空一碧如洗，一辆手推车用五彩气球装饰着，推到中央寺院门前，停了下来。气球都被吹成卡通人物。米老鼠、海绵宝宝张着大嘴傻笑。卖气球的是个老人，抽出一支香烟点燃，拢起手掌挡风，歪着头，好像他是神父，全神贯注地听教徒低声忏悔。老人站在那儿抽烟，气球在头顶瑟瑟抖动，在大海吹来的微风中发出轻微的响声。后来，这一段回忆宛如一场梦。后来，诺亚纳闷为什么那时候他们那么轻而易举就能获得这样的快乐和幸福。

过后，躺在她身边，他想起往事，说："《斯特隆博利火山[①]》，那部电影。在《斯特隆博利火山》里，英格丽·褒曼目睹了 *mattanza*。那是可怕的一幕。她被泼上水和杀鱼喷溅的血。"

朵拉没有回应。

诺亚觉得可怜巴巴。一部电影。他用一个不合时宜的话题破坏了一下午营造的良好气氛。朵拉沉默无语，拒绝接招，他从中看出，或许连她最低的期望他也难以满足。他没有真正的文化知识，对于电影艺术的看法肤浅天真。

还有一次，她转身从他身边走开，很不耐烦。她也许想起维托叔叔。很久以前，维托叔叔摊开血染的双手，站在昏暗的门廊。

---

① 斯特隆博利火山（Stromboli）：位于意大利西西里岛北部的利帕里群岛中一个圆形的小岛上，海拔 926 米，火山口直径约 580 米，是欧洲最活跃的火山之一。

14

　　马丁走进饭馆，安东尼奥站起身来。和上次一样，他又先到一步。马丁心想，或许按照意大利人的礼节，安东尼奥会和他来个"双颊吻"。但他只是和他握握手，坐了下来。这次的饭馆是一家意大利餐厅，在旧城，离托马索家不远。广告牌上写着经营正宗的西西里美食。头顶灯光明亮，餐具柜上摆满了开胃小吃和堆得像小山似的面包。面包已经切开，放在草篮子里，摆得很优雅，以便顾客取用。餐桌上铺着厚厚的塑料布，马丁估计会有一顿美餐，放松心情，点了黑达沃拉赤霞珠干红葡萄酒，准备听安东尼奥可能提供的信息。

　　简短的寒暄，谈风说雨。安东尼奥带着讨好的微笑，表示歉意，要马丁吃开胃小吃，推荐 neonata——一种孵化不久的小白鱼，整条烹饪，裹面煎炸。白鱼黑色的小眼睛凝视着他。

　　"一定要尝尝这个。吃白鱼的季节很短，"安东尼奥说，"这玩意儿可是难得的美味。"

　　他在马丁的盘子里堆满白鱼。然后又给他夹洋蓟、乳花奶酪①、橄榄、西红柿、意大利蒜味腊肠。马丁希望在安东尼奥眼里，自己是个不错的旅游者，便欣然接受他的推荐。那一堆鱼眼睛困惑

---

① 乳花奶酪：一种白色的意大利奶酪，常用于做比萨饼。

不解地看着他。第二道菜是 *pasta con le sarde*——意大利面和沙丁鱼，面包屑，茴香，松仁。马丁纳闷安东尼奥会不会提起父亲。

安东尼奥挥了挥手里的叉子。"吃吧！吃吧！"

他评论说，厨师忘了放小葡萄干，不过吃得还是蛮香。马丁看他狼吞虎咽般地吃着意大利面条，知道论吃饭，自己可不是他的对手。他从来没有见过一盘子意大利面条那么快就消失得无影无踪。直到主菜上来之后，安东尼奥才放松下来。那时候，他们俩都已经喝了好几杯酒。马丁又点了几杯。

吃炖羊肉的时候，安东尼奥俯身向前，嘴唇上粘着橄榄油，亮光闪闪。"你知道，是朵拉。她一家人都被黑手党杀害。她一直伺机报复。"

马丁不知道他在说什么。"朵拉？"

"黑手党收购偷来的艺术品。这活儿不像倒卖毒品和军火那样赚大钱，只是他们捎带着搞的小副业。作为抵押品，很不错。你知道，1969 年，他们从马路那面的圣洛伦佐大教堂偷走卡拉瓦乔的《耶稣诞生图》。一直没有找到！"安东尼奥用刀使劲扎着盘子里的肉。"一直没有！"他又重复了一遍。

"这些事和我父亲有什么关系？"

"偷窃艺术品是仅次于贩卖毒品、武器以及倒卖人口的重罪。被贩卖的艺术品只有不到十分之一能找回来。在意大利，据报道每年有两万件艺术品失窃。"安东尼奥又往嘴里塞了一大口饭，使劲嚼着，从牙缝里揪出一丝咬不烂的筋腱。"所以，你能想出为什么宪兵队①会对文森佐·拉古萨这样一件无足轻重的艺术品失窃穷追不舍呢？"

马丁心里想，这个男人，看起来是个温文尔雅的学者，可是

---

① 意大利宪兵的工作有别于其他国家，他们虽然是军人身份，但有时要执行一般警察执行的任务，侦查罪案。

或许有点精神错乱。"讲给我听听。"他说。

"因为个人的原因。因为复杂的人际关系。这儿的一位毒枭对拉古萨很感兴趣，此人和东京的黑帮还有些联系。"

马丁坐在椅子上往后靠了靠。他看着安东尼奥风卷残云似的吃光了那盘子饭，还撕了一块面包擦干净盘子。而他面前那条鱼几乎没动。

"你不相信我的话？"

"我是不明白。"马丁说，心里想，是不相信。这个人是个疯子。他说的这些事和我父亲有什么关系？

"有个黑手党的头子喜欢拉古萨，收藏了他的一些作品。日本人看见之后，想要一件。在巴勒莫，会有那么多日本人的面孔，真是 miracolo！那个黑手党头子发现朵拉是这方面的专家，就想让她从博物馆里偷一件出来。结果，诺亚成了他们的挡箭牌、替罪羊。就这么简单。"

"你是要告诉我，那些罪犯搜集艺术品，那个名叫朵拉的女人负责偷窃？"

"艺术品和别的东西一样，也是可以显示一个人身份的东西。他们愿意附庸风雅，觉得自己很有文化。这儿，瞧我的莫奈①。这儿，瞧我的拉古萨。什么？你没听说过他？他可是米开朗琪罗之后意大利最具天才的雕塑家。伟大的西西里人？啊，你可真是个乡巴佬。不学无术！Idiota！Cretino！"安东尼奥越说越来劲儿，"就这样，黑帮头子想给那个日本人留个好印象，答应从博物馆给他偷个好玩意儿。可是后来，你瞧！一直没有运到日本。除了朵拉，还能有谁这么干呢？"

马丁困惑不解。他是怎么知道这些事情的呢？安东尼奥又给他们俩倒满红酒。"甜食！"他吩咐道，像皇帝一样挥了挥手，"提

---

① 莫奈（Oscar-Claude Monet，1840—1926）：法国印象派绘画的创始人。

111

拉米苏！"

安东尼奥越喝酒，讲故事的兴致越高。朵拉从博物馆偷了一件拉古萨的雕塑。诺亚一直被指控与此案有关。巴勒莫还有黑手党党徒，还有科萨·诺斯特拉[①]。不过，他坚持说，和《教父》里描写得不一样。

"那活儿很简单，"他醉醺醺地说，"几年前，一尊十公斤重的达利[②]雕像被人轻而易举从布鲁日[③]博物馆偷了出来。那贼提起来就走，从大门扬长而去。没有报警器，什么保安措施也没有。"他满脸微笑。"我还想过偷点儿什么呢，"他说，"可是从黑帮那儿偷东西？想都别想！本来是要在日本交货的，明白吗？但是朵拉没干。"

安东尼奥凑过来，离马丁很近，鹰钩鼻子显得特别大，粗壮的脖子青筋凸显，眼睛眯得很细。马丁喝得更快了。必须见那个女人，那个朵拉。但是转念又想，安东尼奥是个满嘴胡言的艺术家。他真想把心里的想法说出来。

"可是，"马丁说，"诺亚根本就没理由卷入任何犯罪的事情。"

"哦，可是他完全可能和一个女人混在一起，不是吗？他们一起出去度假。"

安东尼奥看起来颇有点自鸣得意。他点了咖啡，两个人默默地喝着。又点了史特雷佳[④]。马丁耐着性子听他对黑社会的关系网和失踪艺术品的种种猜测。安东尼奥对丢失的卡拉瓦乔的作品，自有一番宏论。按他的说法，这个案子和日本人也有关系。

马丁要结账的时候，两个人都已经醉得一塌糊涂，好像海水冲刷的海草，飘来飘去，安东尼奥说的那些话似乎都真实可信。

---

① 科萨·诺斯特拉（Cosa Nostra）：黑手党活动于美国的一个秘密犯罪组织。

② 萨尔瓦多·达利（Salvador Dali，1904—1989）：一位具有卓越天才和想象力的西班牙画家。他对超现实主义、对20世纪的艺术做出了重大贡献。

③ 布鲁日（Bruges）：比利时西北部城市。

④ 史特雷佳（strega）：一种意大利黄色利口酒。

安东尼奥开了一门很特殊的艺术品盗窃课，他解释说，这门课很有名，每年都在托斯卡纳区①国际刑警组织开设。他希望从大学退休后，当私人侦探，专门破美术作品失窃案。"能赚大钱。"他说，大拇指捻了捻手指。

安东尼奥匆匆忙忙给了马丁两个告别之吻，摇摇晃晃消失在夜色中。马丁站在街角，寒意袭来，意识到雨已经停了，后悔没有带照相机。城市的夜有一种怪诞的美。长长的影子落在地上，投下一片片破碎的图案。街灯的亮光反射在水洼里轻轻抖动。附近那座古老的教堂白日里灰尘满目，一副疏于照料的模样，夜幕下赫然耸立，恢复了巨大的精神力量。

他步履蹒跚，穿过黑暗的、滑溜溜的大街，向托马索家走去。结果拐错一个弯，几乎立刻就迷了路。走到卡尔萨一条小巷时，他害怕了。黑暗处，有个男人朝他大声叫喊，显然是用脏话骂人。如果头脑清醒，马丁也会大喝一声 Vaffanculo！滚开！可是现在喝多了酒，他觉得自己不堪一击，转身就走，在破碎的石板上绊了一下，差点儿撞到不知道从哪儿钻出来的一辆摩托车上。摩托车呼啸而过，吓了他一大跳。

走进夜市，马丁看到这座夜色笼罩的城市充满活力，看到那么多人在这里悠闲地走来走去，看到一种尽情享受和团结友爱的精神。一走进市场，他就注意到男人和女人们大声喧哗、开怀大笑。一种孤独之感油然而生，而且那么强烈。看起来，他是这座城市唯一独自站在这里的人。这情景本来应该让人高兴，可是悬挂着的电灯闪烁着昏黄的光，仿佛被压缩成一个个坚硬的疙瘩。灯光下，一张张面孔让人觉得粗俗不堪，摊位上摆放的食物让人

① 托斯卡纳区（Tuscany）：意大利行政区名。该区以盛产葡萄酒闻名遐迩。

113

反胃。他认出当地的特色小吃：猪油煮脬。人们把那玩意儿夹在面包里，用手抓着狼吞虎咽地吃着。那黏糊糊一团看得他直恶心。

马丁不仅迷了路，还失去保持平衡的能力，控制不住自己，浑身颤抖，觉得随时要倒下去。他像一个喝醉了的旅游者，趔趔趄趄走着，随时准备被人抢劫。觉得自己真是个"局外人"，一钱不值的外国人。起初，他以一个艺术家的眼光注视、欣赏夜色，现在却快成了一团烂泥。周围全是嘟嘟响的摩托车和 *imminent danger*[①]。他茫然若失，不知道过了多长时间。终于，碰巧走上主街——维托里奥·伊曼纽尔大街。其实他一直在这条大街附近转悠。他松了一口气，差点儿哭出来。用这条大街做路标，就可以找到回家的路。

自从父亲葬礼那个早晨，马丁一直没有这样醉过。此刻，他讨厌自己。他以为没有喝多——当然不像年轻时那样。有一段时间，他和朋友们喝伏特加，常常喝得烂醉如泥。现在，也许他对酒精失去了耐受力。

玛丽亚在厨房里等他。托马索给他端来双份特浓咖啡，加了四小勺糖。他想知道他吃什么了？花了多少钱？还问他这个安东尼奥·多蒂出生在什么样的家庭，住在哪个区，赚多少钱？托马索这样刨根问底让马丁非常吃惊，说话便有点躲躲闪闪、模棱两可。这样一来反倒刺激了他，越发没完没了地问了起来。马丁想，或许应该信任托马索，把诺亚的死和安东尼奥那番理论告诉他。但是他特别累，好像要生病。膝盖疼。他眼泪汪汪，想哭，想沉下去，沉下去……

马丁决定用 Skype 和伊薇联系，告诉她，自己在这里多么孤独，多想离开，却又不能。他想告诉她这座城市对他的吸引和那

---

① imminent danger：法语，迫在眉睫的危险。

种迷路的感觉。伊薇会理解。伊薇会倾听。他想向她描绘那没有树叶的棕榈树。她会明白为什么他觉得这个地方具有某种魅力，为什么这个地方让人内心忧郁，为什么会让人想到困境、暗流和某种重要东西的缺失。

15

虽然工作已经开始，伊薇敲门前还是有点犹豫。她第一次想到这种找工作的方式太过时了。就像来当仆人，或者自己是一位上门服务、专门来陪主人的穷光蛋。那是一幢带阳台的房子。她站在脏兮兮的白色木门前，意识到自己先前把这家人想得很富有，把这幢房子想得更漂亮，更符合一个律师的身份。她是在帕丁顿实验电影院大门旁边看到那张广告的：招聘盲人电影观众助理，熟悉介绍性的音频设备①，必须是电影爱好者。

广告要求应聘者写一份三百字的简历，别的什么都不需要。伊薇编了一份词藻华丽，还颇有点玄学味道的"简历"。结尾写道："对隐藏在可见之物之外的无形之物充满好奇。"

她喜欢那种陈旧的行内韵②和隐晦曲折的情感表达。经过再三考虑，删除了从斯宾诺沙③文章中引用的句子。这份简历成了一次很愉快的写作实践。不久，她便接到一个电话。打电话的人告诉她，在五个应聘者中，她被选中。她的任务是自己先看一遍

---

① 介绍性的音频设备（Descriptive audio）：一种用以帮助盲人及弱视参观者的设备。

② 行内韵（internal rhyme）：指一行之内有符合押韵规则的两个或更多的词。它的作用主要是增加诗的音乐性，有时也可以使几个词在意思上联系起来。

③ 斯宾诺沙（Baruch Spinoza，1632—1677）：荷兰唯物主义哲学家。

电影，然后陪雇主一起看，在对话停顿的时候描绘银幕上的场景。先试用一个星期，这期间描述两部电影，全额支付酬金。电话里一个女人的声音说，客户是一位五十岁的男人，名叫本杰明。五年前因为患视网膜色素变性而失明。他是个有钱人，非常喜欢看电影。他曾经当律师，注重细节，十分挑剔。伊薇纳闷这个女人的意思是不是说这位律师是"神经质地吹毛求疵"？她是警告，还是忠告，或者只是告诉她描述的方法，大概是指要描绘许多细节。

她开始做试验，在电视机上看电影，利用人物对话间隙对自己大声说话，渐渐意识到所谓"注意细节"只能是用词准确。因为对话停顿的时间常常很短，电影里"无声"的时候都很随意，根本没有规律可循。她想象如何小心翼翼、一丝不苟地复述故事，描绘人物的外貌。可是意识到，有些东西必须在电影开始前就讲清楚，这样才能跟上电影本身的节奏。似乎是为了填补沉默而追逐沉默。他们也许会坐在黑暗中，面前只有银光闪闪的银幕。

门后走廊里拴着一条看门的大狗。伊薇听见那狗低沉的吠叫声。她断定那是一条拉布拉多犬，不是受过良好训练的导盲犬。门开了。一条很大的拉布拉多犬跑过来，脑袋很友好地撞着她，表示欢迎，绕着她的腿，在裙子下面嗅来嗅去。一个大约六十岁的很吸引人的女人朝那条狗吆喝："石头！卧下！"但是那条狗不理不睬。女人弯下腰，抓住它的项圈，往后拽。"不服管，不可救药，"她说，"真对不起。"

狗抬起头看着伊薇，求她"放它一马"。她摸了摸它坚硬的、瘦骨嶙峋的头。

"别惯它……"

女人自我介绍说，她叫朱迪思，是本杰明的姐姐。她领伊薇穿过昏暗、凉爽的走廊，走进宽敞的客厅。这幢房子和悉尼所有带露台的平房都是一样的格局：后墙推倒，代之以玻璃隔扇。开放式厨房，顶棚开着长方形天窗，没有暗影，非常明亮。夏日阳光的暴晒下，几乎要发出噼噼啪啪的响声。她想念墨尔本那种阴凉的感觉，想念有轨电车拐弯时发出的刺耳的响声，黄绿相间的车身消失在清冷的薄雾中。还有她自己狭小的公寓，发霉的墙壁涂成40年代时髦的米黄色，散发出波西米亚式的堕落气息。

"石头"啪嗒啪嗒跑过来，卧到主人身边。朱迪思走过去，站到本杰明的扶手椅旁边，好像摆好姿势，准备画一幅油画。两个人一看就是一奶同胞，长着同样的长脸，同样的厚嘴唇和深褐色的眼睛。朱迪思的头发已经变成灰色，简简单单束在脑后。本杰明的头发大部分还是黑色，有点长。伊薇在脑海里琢磨这些事情的时候，意识到这听起来是多么的平常，她需要用更权威和更精确的方式把脸"转换"成文字。

本杰明站起身，向她走过来，毫不犹豫地伸出手。两个人握了握手，本杰明请伊薇坐下。

"哦，我出去了。"朱迪思收拾好手提包，飞快地吻了一下弟弟的面颊，扬长而去。前门"砰"的一声关上。狗立刻卧倒，把脑袋放在两个爪子中间。

"现在我们可以轻松点了，"本杰明说，"她是好意。"

她看见他的动作变得灵活起来，转过身面对着她，脸上没什么表情，一双眼睛目光蒙眬，就像遥远的小行星从天空滑过。

"但愿你不介意我不戴墨镜，"本杰明说，"我知道，有的人会感到紧张。"

他们就这样开始交往，礼貌而又冷漠。本杰明测试她。他说，他什么类型的电影都喜欢，包括动作片和惊悚片。他说，这种电影可以描绘的东西更多。因为汽车你追我赶，剧中人相互打斗，编剧不可避免设置的悬念，主人公偷偷摸摸穿过禁区——这种场面没有对话，正好给解说员创造了大显身手的机会。他们给盲人观众搞了一个应用程序，可那玩意儿呆板，没有想象力。他想真人解说，他苦笑着补充道。

伊薇琢磨，该怎样解说拳击、互殴，以及警车剧烈撞击时慢动作的画面。人们跑过肮脏的后街小巷。杀人犯。火灾。金黄色的大火冲天而起，整个世界在身后爆炸，男女主人公冲到前景。

"富于艺术性的电影也有大段大段的无声画面。"

伊薇感觉到他的谦虚和"屈尊俯就"，没有答话。

"这些事你当然都懂。"他似乎为自己喋喋不休而抱歉，"请原谅，我应该请你喝点什么。茶还是咖啡？"

就这样，伊薇和本杰明——两个人都寡言少语，都不愿意吐露心声，都以某种方式经历过遭受损失的痛苦——开始促膝长谈。他们俩对这次会面表现出来的坦诚始料不及。本杰明对伊薇讲他如何突然失明，讲他曾经以为自己面对灾难会足够勇敢、冷静，然而真正大难临头时，却非常害怕、痛不欲生。他说，足足过了两年，才接受已然失明的事实，重新走进世界。他痛恨自己软弱、缺乏自主能力，无法忍受毕生热爱的事业就这样戛然而止。妻子离他而去，女儿在国外工作。他说，他最渴望的是还能分得清白天黑夜。他一直喜欢早起，喜欢看黎明的风景，而现在，黑暗对于他是永远的无底深渊；即使凝视太阳，看到的也只是一抹变幻的灰色。他说，曾经，无所不在的漫漫长夜对于他犹如死亡，直到现在，才渐渐学会，那也是一种生活。

伊薇这方面呢，她告诉本杰明，父亲五个星期前去世。因为本杰明看不见，她就可以毫无顾忌地一直讲下去。他看不见她已经眼圈发红，泪光闪闪；看不见她低下头，努力控制自己无法遏止的感情。仿佛隐身诉说心中的悲苦，也是极好的宣泄。她说，她觉得自己离普通人的生活、离寻常的事物很远。现在，住在父亲的公寓里，周围都是他的身后之物。她还没来得及收拾、处理那些东西，完成女儿的责任。她发现自己处于困难的境地，但又无法解决。她不知道还得在悉尼待多长时间，可是待一天也得干活儿。过去三年，她一直在一家书店兼职打工，赚的那点钱早花光了。

本杰明问她以前做什么工作，伊薇说，她本来是学哲学的，可是后来发现大学根本不需要什么哲学。

"这是一个很特殊的职业，不适合科研院所。制度需要模糊不清的时候，哲学非要弄个一清二楚。社会宁愿一片漆黑的时候，哲学非要光明。"

她想避开这个话题。也许他从她的默然无语中听出点什么。

"没关系。我已经习惯了。没有人宁愿一片漆黑……"

他们都变得小心翼翼起来，说到各自的境遇时，字斟句酌，以免太直接了。伊薇意识到她对视觉和光的隐喻很感兴趣。

"我曾经写过一篇文章，"她说，改变了话题，"关于 *acheiro-poieta*①。神秘的图像。无手制作的圣像。就那么出现了。都灵裹尸布②、维罗妮卡的面纱③上耶稣的脸。或者奶酪、面包片上出现的圣母玛利亚。小时候，我想到电影，想象不出人们如何拍电影，可它就在那儿上映。巨大的影像神秘地出现在眼前。我觉得那是一种自然的魔力。"

本杰明还是默不作声。他显然很感兴趣，伊薇大受鼓舞。

————————————

① acheiropoieta：中世纪希腊的一个词，意思是"没有手，无手制作的图标"。这个词也用来指那些被认为是奇迹般创造出来的原始原型的复制品。

② 都灵裹尸布：一块亚麻布，长 14 英尺（约 4.26 米），前后的印记表明曾用于包裹一名身材高大，长发蓄须的男子，他的双脚、手腕和身体两侧有伤，向外渗出血水。

③ 维罗妮卡的面纱：基督教传说中一位名叫维罗妮卡的犹太妇女披戴的面纱。她看到耶稣背负十字架走向骷髅地，深受感动，便把自己的面纱摘下递给他擦汗，收回面纱时，发现上面印下耶稣的面容。

"看照片的人，不管是谁，"她继续说，"凭直觉都会感到这种神奇。成年之后，我突然想到，或许我们应该这样看自然界。岩石的图案，天上的云彩，世俗的图标……"

伊薇有点难为情，满脸通红。她好久不曾这样说话。

"说下去。"

"现在，我对这些事情仍然感兴趣。对形象的崇敬。希望把它们看作是即席'创作'、独立出现的。"

"看《虎胆龙威》[①]时就不会有这种感觉，"本杰明说，"没有什么可尊敬的。"

她喜欢他想要幽默的意图，喜欢他青筋凸起的手，喜欢他低沉柔和的声音。她也纳闷，该如何去做好这件不同寻常的工作，她是否介意做别人的眼睛，看电影的时候骨碌乱转。寻找空当儿往里填充解说性文字的行为是不是看起来很粗俗，甚至是一种亵渎？她没有说出自己的疑虑。她需要这份工作，需要甚至以这样一种古怪的方式，重新和别人对话，重新回到这个世界。临走前，本杰明给了她一部希区柯克[②]执导的电影《玛尔尼》[③]的录像，作为他们第一次的"合作"。

傍晚，马丁要和伊薇 Skype。伊薇应马丁的要求，每天都开着电脑。此刻，地球那边还是早晨，传来他呼唤的铃声。紧接着，他的声音嗡嗡嗡地传进房间。伴着那声音，他仿佛也被"传送"过来。伊薇有点迷惑，他怎么会这样"有效"地充斥这个房间？

---

① 《虎胆龙威》(Die Hard)：是由约翰·麦克蒂尔南导，布鲁斯·威利斯、艾伦·里克曼、邦妮·比蒂丽娅等主演的动作影片，该片于 1988 年 7 月 15 日在美国上映。

② 阿尔弗雷德·希区柯克 (Hitchcock, 1899—1980)：出生于英国伦敦的导演、编剧、制片人、演员，拥有英国和美国双重国籍。

③ 《玛尔尼》(Marnie)：又译《艳贼》，1964 年上映的美国爱情影片，由阿尔弗雷德·希区柯克导演，蒂比·海德莉、肖恩·康纳利、黛安·贝克等主演。

他的声音怎么会这样一路回荡，把他从巴勒莫带到悉尼。

他的脸在屏幕上出现之后，她觉得他看起来疲惫不堪。但是他不想让她问他的身体状况，只是说出去吃饭，一直在外面。伊薇不信他的话。他脸色苍白，像荧光灯在屏幕上闪烁，面颊潮乎乎的，宛如发烧的病人刚从病床上爬了起来。她猜他一定是因宿醉而感到难受，一种对兄长的爱不由得涌上心头。

马丁装出一副乐呵呵的样子，语气轻松地讲这座城市的生活，可是不一会儿就切换到"超现实主义"的长篇大论。他讲到没有棕榈叶的棕榈树，旧城中心建筑物的废墟，自从战争结束也没有人动过那些破砖烂瓦。他看见两个街头流浪的孩子——长得很凶的男孩——推着一辆婴儿车向罗马大街走去。车里装着一窝五只小狗。他看见过改为俗用的教堂，窗户用混凝土封死。他还看到巴拉罗市场挂着一溜山羊头，羊头下面是一碗味道不错的灰绿色羊眼睛。他试图玩味、传达那种陌生人在一座陌生城市古怪的感觉，那种没有带个人电脑的游客"原始"的乐趣。但是她看得出，他很孤独，事情办得不顺利。

"只是一个深夜。"他又说。

"诺亚，"伊薇说，"诺亚的情况怎么样了？"

马丁停了一下。她能听出，他在琢磨如何回答。他告诉她一个名叫安东尼奥的人。这个人他已经见过，但压根儿谈不到信任。安东尼奥认识诺亚，是同事。他声称，曾经在东京工作过的雕塑家拉古萨和一个国际艺术品走私团伙有关系。这些事马丁还没弄清楚。伊薇希望他能弄个水落石出。可是马丁说："阴谋论！你能爱上他们吗？"

伊薇默默地等待着，心里有一种大受挫折的感觉。"怎么回事儿？马丁。你到底发现什么了？"

"也没发现什么。有一个女人，名叫朵拉。安东尼奥说，她是那个贼。"

马丁将信将疑。她能从他的声音里听出来。可是伊薇一肚子问题。

"再等等，再等等。"马丁说。他打算会会这个女人，然后再向她汇报。现在没必要指责谁。

该伊薇说话的时候，她向马丁介绍了自己那份看起来颇为荒诞的新工作。她说，她将在一种新的"电影院"里，当解说员。她将不允许任何沉默不受挑战。她的雇主说的一些事让她想起19世纪初期一位名叫约翰·威廉·里特①的科学家，对视觉的主观性很感兴趣。他用一种装置把眼睑撑开，一次直视阳光二十分钟。结果是——或者他的报告如是说——炉子里的火变成奇妙的淡蓝色，蓝颜色的纸变得火一样红。于是，有的人，像德·索绪尔，她说，愿意关注天空的蓝色。别的人，比如里特，则陶醉于视觉的不稳定性。那种孩子气的做法，使劲按着眼皮，或者长时间凝望太阳。

马丁觉得好奇，两个人就这个话题一直聊了半个小时。伊薇提到浦肯野②和歌德。她教给他"压眼闪光"这个词。她拒绝按照字母对19世纪专注于视觉研究的哲学家排序。

伊薇突然觉得该结束这次谈话了。瞥了一眼墙上的挂钟，看到还不到十点钟，但感觉挺晚了。她讲得头头是道、津津有味，感染了马丁。现在看起来他又恢复活力，准备和妹妹再聊一会儿。他微笑着开玩笑，仿佛一台让人身心愉快的机器，Skype的屏幕上荧光闪闪，话语流淌，又把哥哥带回到生活中，而她自己渐渐隐去。告别的时候，他约定有时间继续讨论这个话题。他有一个关于去污的系列计划，要好好想一想蓝色。

---

① 约翰·威廉·里特（Johann Wilhelm Ritter, 1776—1810）：德国物理学家。

② 浦肯野（Purkyne, ？—1839）：著名的捷克解剖学家。

"蓝色，"他强调说，"我得好好想一想蓝色。"

伊薇睡得一点儿也不好。躺在父亲的双人床上，辗转反侧。梦里，变成一个由粒子组成的女人，像电流一样在电路和系统中流动。她在睡梦中被什么人用电影特技劫持了。这种特技在科幻小说中颇为流行，照亮了生命的轮回。诺亚仿佛来到梦中，但是只有低沉的声音，没有形象和身影。他的形象和身影已经远去，正如梦中的死人，大部分已经消失得不见踪影，只留下一个会说话的幽灵。他，她的父亲，听起来像一阵风，一阵穿堂而过的风，没有真实的存在，也没有圣洁的来世。

16

他的父亲，约书亚·格拉斯，死于心脏病。

诺亚来阿德莱德第一年年末，叔叔卢克打电话告诉他这个消息。

"是心脏的问题，诺亚，"叔叔用颤抖的声音说，"他们说，是心脏的问题。"

连续重复的"心脏"让他沮丧。他想象不出父亲的心脏到底出了什么问题。他首先想到的是，已经好多年没有见约书亚，以后再也见不到了。然后想到的是母亲伊尼德。他也好多年没有和母亲见面了，不知道她此刻如何面对这场灾难。为什么她没有亲自给他打电话？她是否需要有人帮助处理父亲的后事？他脑子里一直在想这些让人心烦的事情，内疚、悲伤和宽慰此消彼长。他对父母一直敬而远之，根本不在乎是否和他们保持联系。真是个不孝之子。

诺亚飞往珀斯参加父亲的葬礼，把两个孩子留给诺尔曼和玛格丽特照顾。这两位老人从来没有见过亲家母，现在让他们见面不合时宜。他觉得自己安排得不错。可是看到母亲——瘦骨嶙峋、满脸痴呆、蜷缩在轮椅里，被身穿制服的护士推进小教堂——他瞬间感受到无限的悲凉。还有卢克叔叔，眼里含着泪水，长得那么像父亲。硬着头皮和他握手的时候，一个破碎家庭的种种迹象让他在心里溢满歉疚和悲伤。诺亚觉得仿佛什么东西堵住他的喉咙，到晚上起了一身疹子。那疹子扩散开来，宛如一面旗帜向世人昭示了他的愧疚：这位不孝之子，曾经的男孩儿，暗自祈求成为孤儿。

小教堂里，他坐在母亲和叔叔中间。母亲认不出他，叔叔心痛欲绝。一个他不认识的人正在讲父亲的生平事迹。约书亚是一个虔诚、无私、圣洁、具有奉献精神的人。他把他的一生都奉献给西澳大利亚的原住民。当他们因患麻风病陷入一片黑暗时，是他给他们带来光明。他后来在委员会任职，是教会的领袖。当地一位政界人士赞扬约书亚是"社会栋梁"。用滥了的溢美之词的洪流席卷了每一个人，淹没了每一个人。

在另外一个地方，约书亚胳膊下面夹着一只血淋淋的鸡，那样子既可怕又不寻常。在另外一个地方，父亲旋转金属旋钮，熄灭灯光，一股刺鼻的煤油味儿在屋子里飘荡。在另外一个地方，他那尚未死灭的声音依然发号施令，固执地拒绝和儿子和解。儿子同样拒绝修复他们已然疏远的关系。死亡并没有结束一切，诺亚想。这些残余的东西，父子之间的失败，还在继续。

卢克站起来，清了清沙哑的嗓子。他讲述了哥哥1945年从缅甸集中营回来的情况。他是英雄，卢克说，是医生、幸存者、大好人。他和青梅竹马的爱人结婚，1946年，生下第一个儿子诺亚。

讲台上，卢克站在两个花瓶中间，花瓶里插着鲜花绽开的金合欢树枝。他朝台下的诺亚看了一眼，并无责怪之意。约书亚很少提起战争中的经历，但是卢克知道，他平静地说，那些经历对他产生了多么大的影响。战后，他选择了更为高尚的事业，为上帝服务。他为两个儿子骄傲。讲到这里，卢克向大伙儿指了指诺亚。小儿子詹姆斯的死让他悲痛欲绝。妻子伊尼德许多年来一直是他忠实的伴侣。卢克指了指伊尼德。老太太已经在轮椅里睡着了。她坚定不移地陪伴他，完成毕生的使命。

该诺亚讲话的时候，他觉得喉咙一阵阵发紧，喘不过气来。他朝前来吊唁的人们望过去——一小群头发灰白的人，一两张原住民的脸——用嘶哑的声音说了几句这个场合人们常说的套话。他引用了几句父亲甚至淋浴时都唱的卫理公会赞美诗，用一种让人难以置信的声调描绘他是一个"坚定"的人。他找不到真实的感情，也无法忍受自己微弱的声音。

之后，一个黑人老人——诺亚对他没有什么印象——走过来，说他多么热爱约书亚·格拉斯。这位老人曾经是个司机，专门从德比往麻风病院送给养。他纳闷诺亚还记不记得那辆吉普。老人说，那时候他经常让他和弗朗西斯坐在吉普里玩。听了老人的话，诺亚仿佛回到过去的日子，回到小时候的日子。回城之前。"好久以前的事了，好久以前。"

诺亚凝视着老人的脸，看到弗朗西斯的影子。没错儿，弗朗西斯是他的外甥。马吉是他的姐姐。他们被送到麻风病院之后，为了能和姐姐一家保持联系，老人就干起开车送物资这个活儿。他们是他的亲人。他也成了来自另外一个世界的使者，运来用茶叶箱包装的货物、烟草、面粉和炼乳，还带来那个更自由、更健康的地方的种种传闻。诺亚当然还记得那辆吉普。他打听弗朗西斯的情况。老人说他混得不错，在德比工作，是一位有资质的机械师。有自己的生意，有家庭，四个女儿。刚创业的时候，詹姆斯给过他很大的帮助。弗朗西斯和詹姆斯都是好小伙儿。

"我的孩子弗朗西斯。"老人说，言语中充满了骄傲。他是一个喜形于色的人，说起外甥的成功，无法掩饰心中的喜悦。

诺亚和老人互致问候的时候，忘了问他的名字。现在再问显然晚了。这个老伙计从某种意义上讲，也是他孩提时代的保护人。

他还记得他们：诺亚、弗朗西斯和詹姆斯。他珍藏着对这几个孩子的记忆。老人站在那儿，手里拿着一顶棕色毡帽，捏着帽檐转来转去。诺亚看到那是一顶丛林人戴的帽子，皮带上插着金翅雀羽毛。一双黝黑的大手疤痕累累，但十分灵巧。握手告别的时候，诺亚颤抖的手指在老人温暖的手掌中渐渐平静下来。

在东珀斯一家散发着臭味儿的酒吧里，诺亚看着卢克。他对叔叔的记忆模模糊糊，只知道他是个很有节制的人。可是今天喝了许多啤酒，讲了不少父亲的故事。约书亚在达尔文度过战争岁月，家里人都以为他已经死在缅甸的战俘集中营。他回来的时候，亲人们都大吃一惊。瘦得皮包骨，简直就是一具骷髅。身上的便服又肥又大，帽子推到脑后，站在门口，迎接大伙颤动的、凝视的目光。卢克很羞愧，他希望自己是家里唯一的儿子，不想让哥哥从坟墓里爬出来回到家中。

卢克停下话头。这当儿，诺亚意识到叔叔和他这样推心置腹地谈话，是为了寻求原谅。他曾经希望约书亚死，希望骷髅般的哥哥离家出走。卢克伸出一双长着老年斑的手，抓住诺亚的手。诺亚暂且充当一会儿神父的角色，安慰叔叔，提起《圣经》里的名言警句，谈到兄弟之间的好恶相克，以及证明生命意义的需要。卢克拥抱着他，颇具男子气概地忍住眼泪。诺亚叫了一辆出租车，目送叔叔钻进去——像一个玩具娃娃，没有兄弟，模糊不清，弯腰曲背。他伸出一条胳膊挥了挥，出租车飞驰而去。

回到位于市中心也曾有过黄金时代的标准酒店，诺亚还是想不起那个老人的名字。房间的窗户正对一堵结实的砖墙。他坐在橘黄色的尼龙床罩上，凝望屋子里俗艳的淡黄色装饰，又觉得喉咙痒痒，想要抱怨。没事可干。他不想在珀斯干燥得仿佛脱了水的大街上溜达，也不想给谁打电话，或者去看他努力忘记的过去的朋友。他想，谁都会面对这样的时刻：一个人孤零零地待在酒店房间里，困在无法测量的时间里。现在，轮到自己。墙那边传来一阵呢喃细语，也许是一对男女在做爱，或者酒店员工闷声闷气地干活儿。别人过着有益健康、合乎卫生、心气平和的生活。而自己很不清洁，就像那些麻风病人，伤口被狗"关照"着。

他想：现在，我没有父亲了。

诺亚的脑子在记忆与忘却中颠来倒去，一片混乱。他试图想起父亲的样子。他的形象浅薄、模糊不清，就像浮雕的快照。那么多东西被推到一边，或者像那张圣洁的拉撒路①卡片被挤压变形。他脱下鞋，把脚放到床上，迷迷糊糊，不无感激地进入梦乡。

似睡非睡、似醒非醒的时候，他想起出租车里的卢克。他衰老的身体在座位上扑通一声坐下。然后想起父亲在麻风病院放映一部查理·卓别林②的电影。先前的传教士在一个很隐蔽的小角落留下几部卓别林的无声电影胶片。约书亚发现后，设法安装起一台老式放映机。充作教堂的棚屋里有一堵白墙。约书亚就在那墙上放电影。那个个子不高的家伙一颠一颠的、机器人似的步态，面部神经质的抽搐，种种花招噱头，出现在人们眼前。放在手杖顶部的圆顶硬礼帽摇摇晃晃，往旁边一滑，掉了下来。他把一张似乎永远都惊讶的脸藏在后面。帽子像球一样，按照自己的意愿滚动。大伙儿都笑了起来。

坚韧不拔的查理·卓别林，灵活多变的查理·卓别林，易出意外、憨厚可爱、有点神经质的卓别林。诺亚想起那一刻父亲好像变了个人，居然笑得那么开心，真是奇迹。一个那么严肃的人，

---

① 拉撒路（Lazarus）：《圣经》中经耶稣救治而起死回生的人。
② 查理·卓别林（Charlie Chaplin，1889—1977）：英国著名影视演员、导演、编剧。

一个毫无幽默之感、生性庄重的人，一个孩子们一嬉闹就厉声责骂的人，内心深处好像在那一刻轻松起来。他仿佛可以随着开怀大笑漂流到远方。弗朗西斯、詹姆斯和马吉都在，都看到了这一幕。他仿佛被某种启示彻底改变。

诺亚睁开眼。头顶挂着 70 年代难看的老式灯具。橘黄色塑料灯罩上有许多切面，照射出正方形的光晕。他觉得嗓子疼。他想起自己的孩子，想起父亲。他错失了解父亲的机会。他们从来没有追忆往事。谁都没有对自己的选择做出解释，也没有试图和对方亲近一点。那个内心强大的人永远去了，一如立体照相机、无声电影和大萧条时期的玻璃。后来，他突然想到，母亲也去了……

17

马丁第二次看到大街上有人推着一辆旧婴儿车。这一次车里坐着一条狗，瘦骨嶙峋的黑脑袋机警、友善。狗主人，或者说这家人——因为看起来就是这样——是一对朋克①小夫妻，粗野、浪荡，尖尖的头发，一脸怪相。那条狗很慈祥地看着它经过的这个世界。那一对年轻人却步履匆匆，好像要去参加什么商务会议，已经晚了。马丁在人行道上差点被人撞了个跟头。是有人碰了一下他的肩膀，让他靠边走。他连忙往旁边靠了靠。大麻味儿和臭气扑鼻，随之而来的是一阵不怀好意的、刺耳的嘶嘶声。

和伊薇在 Skype 通话，让他精神振作。这次视频帮助他把自己知道的事情告诉她，帮助他听到她那些近乎疯狂的关于视觉和色彩的专业知识。一旦和她聊起来，他们俩就像流水汇聚在一起，发现那么多共同喜欢的领域，甚至在他们唇枪舌剑，说俏皮话互相打趣的时候。

朵拉住的那幢公寓大楼看起来厚重、肮脏、让人望而生畏。墙上乱七八糟的涂鸦写的是：宪兵杀手！马丁按了一下电铃，无人应答。他又按了一次，装在墙上的对讲机发出沙沙啦啦的响声。

---

① 朋克（punk）：朋克摇滚乐迷，追随朋克风格的人。如穿褴褛衣衫、佩戴金属链子、将头发染成鲜艳的颜色等。

他报上姓名，暗锁咔哒一声打开。那扇门很重，嵌入墙壁凹处的门框里。他跨过一道门槛才走进院子。院子里的地砖铺得乱七八糟，有一种封闭之感。马丁环顾四周，看见阳台上有人朝他招了招手。他登上外面的台阶，公寓的门才打开。

他估计，她一定和父亲年纪相仿，中长的头发，已经灰白，用塑料发卡别着，身材苗条，气质优雅，是一位很吸引人的意大利女人。

"早上好，夫人，"马丁说，"我想你是我父亲诺亚·格拉斯的同事。"

这样大声说出父亲的名字怪怪的。但是他觉得，此时此刻需要礼仪，同时给这个女人一个机会，按照她自己的愿望，尽量拖延时间，说出她所知道的关于诺亚的情况。按照安东尼奥的说法，她偷了一尊雕像，父亲却当了替罪羊。现在他能发现什么呢？

屋子里飘着一股咖啡的香味。一张小茶几中间放着一盘月牙儿形的意大利脆饼。和他寒暄的女人看起来镇定自若。

"同事，是的。我对你的损失深表遗憾。"

又是这一套。没有比这话更滥的陈词滥调了。

他们站在一个举架很高的大屋子里，洁白的墙壁油漆剥落，绿色的百叶窗正对院子打开。都市风光尽收眼底，灰蒙蒙地向远方延伸。屋子里摆放着笨重的深色家具，上面蒙着镶花边的台布和椅罩。靠墙摆着一溜书架，书架上的书塞得乱七八糟，地板上随便堆放着一摞摞报纸。

朵拉向窗外望去，好像寻找什么。有一会儿，她好像忘记马丁的存在。

"请坐，"她冷冷地说，"我能帮你点儿什么？"

他们俩面对面坐着。他坐在那张涡卷装饰的沙发上，面前是那盘意大利脆饼。她直挺挺地坐在一张硬木椅子上，那样子似乎很不舒服。她把咖啡倒进两个似乎很容易打碎的杯子里，说马丁和他父亲长得很像。这让他觉得像个男孩儿，需要描述一下自己。

朵拉说："安东尼奥都和你说了些什么？"她站起身来，走到一个小橱柜旁边，取出一支香烟。

马丁不假思索，大致讲了一遍他听到的故事。朵拉眉头紧皱。这个头开得可不好。看得出，她对他起了疑心。马丁说，他当然不信关于黑手党的胡言乱语。他只想知道，父亲在巴勒莫做了些什么。

朵拉直盯盯地看着他。

他又开始说话了，希望能让对方澄清或坦白。"安东尼奥说，你从博物馆偷了一尊雕像。"

朵拉定了定神。"安东尼奥是个骗子、幻想家。你父亲来意大利是为了研究卡拉瓦乔的作品，巴勒莫不过是他路过的一站。这儿收藏的卡拉瓦乔的作品当然不多，但我的研究领域是卡拉瓦乔。作为同事，他自然要向我请教。就这么回事儿，没有别的瓜葛。安东尼奥说得没错，我对拉古萨很感兴趣，但是我更感兴趣的是他的妻子埃莉奥诺拉，她也是画家。可这事儿和诺亚没关系，一点儿关系也没有。"

朵拉深深地吸了一口烟，然后朝左面吐出来，夹在手指间的香烟指向身后，那是电影里女明星的姿势，颇为性感。

马丁心想，看来这次访问又是竹篮打水一场空。安东尼奥编了一个故事，他信以为真了。要么就是安东尼奥知道事实真相，或者部分真相，朵拉矢口否认；要么就是整个事件无法复原，因为谁都不会真正了解自己的父母。

"这么说，你没有听说那项指控，对诺亚的指控？"

"安东尼奥那张嘴没有不说的，"朵拉含糊不清地说，既没有肯定，也没有否定，"你妹妹呢？她也来了吗？诺亚提起过你们俩。我读过她写的两篇文章。"

她改变了话题。在马丁看来，她很想见到伊薇，听说她没来，有点失望。她没有再提诺亚的事，而是建议马丁，如果天气好的话，应该到蒙德罗海滩玩玩。那是个迷人的地方，现在正是风帆冲浪节，一个令人愉快的海湾。去过蒙雷阿莱了？那里的马赛克举世无双。

这时候，马丁已经明白，这就是人们常说的，如果人家不想和你继续某个话题时"顾左右而言他"的做法。他嗫嚅着，说一个旅游者在异国他乡的不易，很希望在这儿逗留期间，能以教堂为基础创作一些美术作品。出于谨慎，他没有使用"亵渎神圣"这个词。

"我们这儿有许多教堂，"她说，"不是所有的教堂都开放。也许你应该去看看圣洛伦佐教堂①。卡拉瓦乔的《耶稣诞生图》曾经在那儿悬挂。我小时候经常去看那幅画。不是他最好的作品，远远不是。但是对于我有特殊的意义。"

这是朵拉第一次透露出与她个人有关的信息。她问他有没有去过歌剧院，马西莫剧院②。她很严肃地补充道，《教父》第三部对这座教堂多有描绘。"也许你还记得主人公死于西西里奶油甜馅煎饼卷那一幕。"

马丁听不出她的弦外之音——是嘲弄还是弱弱地开个玩笑？

"你尝过我们著名的奶油甜馅煎饼卷了吗？"这话不无取笑之意，好像吃什么煎饼卷和他来访有关。她把烟灰缸拿到脸前，掐灭烟蒂。

---

① 圣洛伦佐教堂（San Lorenzo）：美第奇家族教堂，由 3 个时代、建筑样式都不同的空间（布鲁涅内斯基建造的旧圣器室、米开朗琪罗建造的新圣器室、17 世纪的君主礼拜堂）构成。
② 马西莫剧院（Teatro Massimo）：意大利最大的歌剧院，欧洲第三大歌剧院之一，仅次于巴黎歌剧院和维也纳国家歌剧院，以完美的音响效果著称。

马丁朝屋子四周瞥了一眼。有几幅画，一个形状像手的银质圣器。他十分惊讶地看到一幅有点模糊的拉古萨半身像素描。朵拉有那件被盗艺术品的画！既然如此，她怎么没有卷入这个案子呢？他看到她沉着镇定。她没有藏那幅素描，看起来一副胸怀坦荡的样子。和安东尼奥不一样，朵拉身上一点儿表里不一的东西也没有。

她顺着他凝视的目光望过去。"如果你不再问这问那，"她漫不经心地说，"那就再聪明不过了。有人或许会生出错误的念头，查问一件抢劫案呢！"

马丁听出这话里不无警告之意。他正想问这个"有人"是谁，她补充道："如果你想到什么地方观光，就告诉我。"

看来只能这样。她要拿他当旅游者打发掉了。跟她争论没用，也提不出合适的问题。朵拉对他和他的美术作品不感兴趣，觉得他幼稚可笑，容易上当受骗。父亲在巴勒莫的情况她一个字也没有透露。马丁走的时候，接过朵拉递给他的一纸口袋意大利脆饼，好像他是看望了一位溺爱他的姑妈。他觉得自己傻乎乎的，一点儿也不成熟，心里想，如果是伊薇来访，朵拉会不会是另外一个样子，会告诉她新的更多的情况？她是不是应该更认真地对待他？

回到托马索家，他发现玛丽亚给他准备了一样礼物。他们站在厨房里，瓷砖擦得像镜子一样亮，散发着一股氨水和死花的气味。托马索领着她走过来，就像一个学生交作业。玛丽亚用白色面巾纸包着礼物，用白色缎带系了一个蝴蝶结。她伸出双臂，小包放在掌心，就像祈祷的穆斯林。

马丁接过礼物，慢慢地、小心翼翼地打开。是一对镀银的小耳朵。住在这儿，不可避免地要回答他们提出的问题。马丁对托马索说过，小女儿妮娜耳朵聋。托马索把这事儿告诉了玛丽亚，玛丽亚就买了这两个小"耳朵"，让他供奉到佩莱格里诺山①圣罗莎莉亚教堂。托马索说，玛丽亚会带他上山。坐公共汽车去，一起祈祷。圣人会治好被耳聋折磨的女儿。出于对他们治疗魔力的敬意，玛利亚已经用她在巴拉罗市场买的一种银色面霜擦亮了"耳朵"。

"她把'耳朵'擦洗干净了。"托马索一本正经地说。

马丁向玛丽亚望过去，她朝他点点头，拍了拍宽厚的胸膛，好像说，她发自内心支持他。躲了他几个星期之后，她似乎认定自己喜欢这个人，而且他需要她的帮助。也许过一段时间，她甚至会开口和他讲话。但是不可能和玛丽亚说清楚，女儿根本就不需要治疗。她完美无缺，无可挑剔，压根儿就没有需要纠正的缺陷。她那与生俱来的聪颖美丽，人见人爱。在这件事情上，他经常和安吉拉争吵。她也想给女儿"治病"。他不同意给妮娜植入人工耳蜗的时候，安吉拉就认为他自私，冷酷无情。他们之间的分歧，一直没有解决。现在，妮娜已经安排手术了。

马丁谢过玛丽亚，然后用非常规范的意大利语说，能陪她一起到佩莱格里诺山，他荣幸之至。她听了十分高兴，圆圆的脸，温情脉脉，像盛开的紫罗兰。她在围裙上擦了擦手，接受他的谢意，转身离去。马丁觉得仿佛有一种虚伪沉甸甸地压了下来：他所有的艺术品，他的勃勃雄心，他的那些女人们，他的醉酒，他的自私和不负责任的生活和他对女儿纯净无瑕的爱相比一文不值。他要和玛丽亚一起上山，他要在那儿想着妮娜。他会想，在这个一团糟的世界，他是多么幸福。女儿的存在给了他多么大的快乐。

他们安排了一个时间：下星期一。玛丽亚转过身，背对着他，满脸放光。看得出，她是那种热衷于祭坛和供品的女人。在意大利，这种跪在教堂里的虔诚的教徒随处可见。他们全然不管异教

---

① 佩莱格里诺山（Monte Pellegrino）：意大利南部西西里岛巴勒莫湾东侧的一座高山，位于城市的北部。

徒的冷嘲热讽和旅游者的喋喋不休。对她而言，香烟缭绕的世界和眼前的景象至关重要。圣体匣的边缘像煎鸡蛋一样卷曲着，圣人们以一种高尚的体态"漂浮"在曲面天花板上。附属小教堂燃烧着电"蜡烛"。残忍的折磨和野蛮的十字架的画面栩栩如生。所有这一切都让马丁想起久远的过去。诺亚带孩子们去教堂，主要是为了看那里面的艺术品。他和伊薇一肚子不乐意，只想撒尿，仿佛一个年迈体弱的退休老人在昏暗的蓝光下阵阵发冷，忍受着诺亚大谈 15 世纪意大利文艺复兴时期的艺术、三叶形窗户和蛋彩画法的使用。他告诉他们，可混溶和不混溶的绘画配方。这是他使用的词汇之一：可混溶。他能说出那些门徒和圣人的名字，在故事里辨认出一张张面孔。他能讲明白那些画的象征意义，揭示事实真相。马丁依然记得诺亚第一次和他讲鹈鹕也是象征耶稣基督的情景。他们都沉湎于艺术史的知识之海，但又不愿意承认这个事实。他见过那么多像玛丽亚这样的老女人，跪在教堂长椅上。他暗暗地赞扬她们的忍耐精神、坚定信仰。

那天晚上，托马索喝醉了。马丁不知道为什么。大约晚上十点，托马索敲开他的门，请他到厨房喝苦涩的大黄利口酒。马丁发现这种酒令人反胃。托马索那时已经喝得东倒西歪，像个蹒跚学步的小孩，满脸通红。他抓住马丁的胳膊，要和他像男人跟男人一样谈话，谈许多事情。在玛丽亚家具擦得锃亮的厨房里，他们坐在一尘不染的桌子旁边，一杯接一杯地喝。马丁头天晚上和安东尼奥一起喝得烂醉如泥，所以今天很警惕，慢慢地喝着，生怕喝多。他不想再遭一次宿醉的痛苦，也不想控制不住自己，跟跟跄跄，丢人现眼。

托马索不明白想表现出怎样一种男子汉气概。他吹嘘了一会儿那个尼日利亚女人，说和她有一种特别的关系。那女人当然是个妓女，但有一颗金子般的心（马丁不相信还有谁会用这个词儿来形容一个人）。他说，母亲百年之后——上帝保佑她的在天之灵——他会让她脱离苦海，带她到马耳他。然后用一种推心置腹的语气，轻声细语地开始内心独白。

"小时候，"托马索说，"巴勒莫流血死人的事件不断。"

他弓着腰，低着头，坐在桌子旁边，两只手握在一起，小酒杯贴着手心。

"黑手党杀了人，暴尸街头。他们这样做，你知道，只是为了告诉人们，没有他们不敢干的事情。1981年，我十岁，在我们家后面的小巷发现一具没有脑袋的尸体。就在那儿，就在我们后面。直到今天，一走到那儿，我就想起那可怕的一幕。"

或许是为了冲淡重压在心头的悲伤，托马索轻轻地笑了两声。"我没有跑——你准认为，一个小孩儿，一定拔腿就跑。可我就那么直盯盯地看着，看着。妈妈跑过来，惊叫着，一把把我拉回家。"托马索呷了一口酒，"你当然听过类似的故事。学校里的孩子们，谁都有这样的故事好讲。小巷里躺着一具尸体，或者汽车炸弹在街角爆炸，血肉横飞，脑浆溅在路灯柱上。我的故事只是其中之一。"

马丁望着手里的酒杯，不知道此时此刻自己被要求扮演什么角色。

"那具无头尸体，是个小伙子。也许十七八岁，比我大不了多少。"

托马索咯咯咯地笑了起来，歪着嘴，酒从嘴角溢了出来。脸扭曲着，好像正在受刑。"你们澳大利亚没有这种事，对吗？"

他让马丁也讲个故事。"每一个国家，"马丁结结巴巴地说，"都有一段暴力的历史。每座大城市……"

托马索充耳不闻。"我那时只十岁，"他又重复了一遍，"那是

mattanza 横行霸道的时代。"

马丁不熟悉 *mattanza* 这个词，但也没问他什么意思。他和托马索一起喝酒，不知道是否应该伸出胳膊搂住他的肩膀，让他哭出来，还是再多聊聊他小时候的事。

托马索咯咯咯地笑了起来，踉踉跄跄，把椅子往后推了推，差点儿弄翻。"该睡觉了，"他宣布道，"快乐的往事回忆够了。"

他身子突然一歪，打翻了酒瓶，瓶子里剩下的那点酒——深棕色的液体在玛丽亚洁白的台布上留下一片圆形污渍。

"*Porca miseria*[①]！"他喃喃着，又大声笑了起来，典型的醉鬼的笑声。他用手捂住嘴，将那种令人绝望的喜悦堵在嘴巴里。

"好了，我来收拾吧。"马丁已经扶起酒瓶，把台布小心翼翼撤下来，"睡觉去吧，托马索。我来清理。"

托马索没有反对，靠在门廊，举起手道了晚安。马丁拿起台布，向厨房洗涤槽走去，打开水龙头，用玛丽亚洗盘子的肥皂，使劲擦那一片污渍。面对这样一个折磨人的故事，他心烦意乱，一筹莫展。马丁把那块污渍洗得颜色浅了一点儿，但是并没有消失。他用手搓了足足十分钟，还是没有明显的效果，最后只好把台布泡在水里，就像把拙劣犯罪的罪证留在洗涤槽里。

---

① Porca miseria：看在上帝的份上。

18

如果马丁问她，伊薇会老老实实承认，她喜欢新找到的这份工作。把声音和图像联系起来，在电影院里考虑时间的流转，想象——她敢想象吗？——盲人的世界。所有这一切都以一种不曾预料的方式和她过去研究的哲学联系到一起。诺亚有一次告诉她，皮耶罗·德拉·弗朗切斯卡在他生命的最后几个月，甚至几年，双目完全失明——对他的生活情况人们知之甚少。

这个细节深深地触动了父亲。他是在谈到年纪时，顺便提起这件事情的。但她立刻就明白他还想就这个话题发表自己的看法。起初，他只是列举这个或者那个学者生老病死的日期。谁认为皮耶罗瞎了，谁认为没瞎。是在他的数学专著出版之前瞎的，还是出版之后瞎的。她开了一个不无深情的玩笑，说诺亚教育子女的方式就是举行讲座。诺亚听了，闭上嘴巴。过了一会儿，才很干脆地回答，她和别人交流的方式才是说教。就这样，她本来可以更简单、更直截了当地向父亲说出自己的看法，却偏偏说了些不着边际的废话。她本来可以表达内心深处的温情，却大谈那些冷冰冰的想法。

"在这一点上我们俩很像。"他承认道。话说得尖刻，但切中要害。

他们俩都有点尴尬，软了下来，不想再伤害对方的感情，或者再说出什么不得体的话来。

现在，她还记得这件事情，知道他是对的。她应该懂得，父亲害怕变老，变瞎，她应当给他以慰藉。

伊薇开始觉得自己压根儿就不是"入侵"父亲公寓的人。了解诺亚的生活，处理他的遗物，是女儿的责任。但是她还没怎么动他的东西。那些最容易处理的东西，比如梳子、剃须刀，还在浴室里放着，塞到橱柜后面就是了。这些玩意儿都是日常使用的个人物品，虽然处理起来很容易，但保留着他的指纹和身体的痕迹。别的东西，家具，甚至画，很快就能卖掉。马丁可以继承那尊圣母玛利亚和圣子的金圣像。而她，彼时彼刻连自己都怀疑自己是否也是圣人。他们是在葬礼前后一次倍感凄凉的会面中做出这个决定的。那时候，他们或多或少还都保留着自己的本色。她将珍藏父亲的两本专著，别的书都捐给大学。这是一位学者的藏书，内容褊狭，只对专业人士有用。所有这些用文字与图画表达出来的思想，她几乎十分冷静地"一言以蔽之"：诺亚·格拉斯消失了的思想。

伊薇打开邮箱，发现马丁给她发来一封邮件，问她父亲是否向他们讲演过——他用的就是这个词，讲演——"dilapidation"（废墟）的意思。在罗马城外的什么地方，亚庇古道上。她当然记得，记得那明媚的阳光，记得他和父亲的冲突，记得自作聪明的马丁的屈辱。他把拳头插在短裤口袋里，扬长而去。她一直站在父亲一边，和哥哥作对，此刻自鸣得意，握着父亲的手，好像那是一个奖杯。她还记得那一刻她特别激动，懂得了文字可以有这样的功能，文字会有那么深刻的内涵，居然与考古历史相关。那天，他们吃了阿月浑子意大利胶凝冰糕，骑着摇摇晃晃的破自行车，参观了地下陵寝。他们度过了不同寻常的童年，这童年由于诺亚的教育理念和教育方法越发与众不同。

伊薇写回信道，是的，她当然记得那一天。阿月浑子意大利胶凝冰糕，自行车，*dilapidation*。她问他记不记得参观地下陵寝时，诺亚指给他们看的那个被光环笼罩的小凤凰。记不记得高高的白杨树和爬在树上的蜥蜴？还有在家庭旅馆使劲拧他们脸颊的那个胖女人？

发完邮件，她就步行去本杰明家。走路让她神清气爽。她喜欢这种宁静与平和。世界向前向后、向左向右的运动都保持着平衡，人们迈出的每一步都经过深思熟虑。她另辟蹊径，完全是为了自己取乐，排列出南太平洋贝壳名字的顺序。那已经是好多年前的事情，那时候，她迷上了游泳。她是一个穿花裙子的女人，昂首挺胸，迎着海风，已经排列到以字母 E 开头的宝贝螺：*egg cowrie*（海兔螺），*eglantine cowrie*（野蔷薇螺），*erode cowrie*（蚀螺），*eye cowrie*（眼睛螺）。这活儿不需要技巧，只是按顺序排列的符号。然而它有一种内在的美，有一种奇妙的优雅和贴切。她的排列和她的脚步有着相同的韵律。她是一首流动的诗。

走到本杰明家门口的时候，她变得步履蹒跚。后面没有了，她心里想。全乱套了，没有按顺序排列的字母了。她意识到自己的脚步不再轻捷。

伊薇又听见"石头"沿着走廊向前门跑来。本杰明打开门，"石头"和先前一样，又围着她转了起来，尾巴在她的腿上扫来扫去，洋溢着想出去遛一遛的热情。它一头钻进前面的小花园，活力四射，东嗅嗅西嗅嗅，脑袋在长得老高的草丛中探来探去。本杰明唤它回来。伊薇心想或许应该帮他遛遛狗。她从它肌肉凸起的波纹中看到它想要嬉闹的兴奋与激动。

屋子里倒很安静。本杰明寒暄着，想和她握手，伊薇跟他握了握。这种不无拘谨的礼仪让她惊讶。本杰明回转身，在前面领路。他们穿过走廊，走进太过明亮的客厅，狗已经跟他达成和解，顺从地留在家里，蹦蹦跳跳跑到前面。

这一次，她细看他家的摆设，一幅面带羞涩的小男孩儿的油画画像，显然是他。旁边的茶几上放着一个不大的胸像，可能是加里波第，或者是19世纪任何一个留大胡子的男人。屋子里有一套很贵的音响设备，桌子上，电脑旁边放着很漂亮的玻璃镇纸。墙上挂着几幅澳大利亚画家的作品，她认得出那都是谁的作品。电脑上方——是的，没错——挂着马丁·格拉斯的作品。那是他早期的作品，是他叫作《打开自然》的系列画中的一幅。这个系列她也有一幅，画面上画的是草叶。

"你是怎么想的？"他问道，摸索着找身后那把椅子。

"垃圾，但我想那是很有意思的垃圾。"她希望激怒他。

"我只看了两部希区柯克的作品，《迷魂记》[①]和《爱德华大夫》[②]。我想，从这里开始倒是一个好主意。能有什么收获很难说，不过我认为这将是一个很好的测试。"

"对我，还是对你？"

本杰明脸上露出微笑。"我们可以中间休息一会儿，"他说，"喝杯酒。六点钟结束。"

电影开始之前，伊薇先描绘了一下主要人物。玛妮由蒂皮·赫德伦[③]饰演。她是个鲁莽而又拘泥小节的女人。香槟色的头发，

---

① 《迷魂记》（Vertigo）：英国导演阿尔弗雷德·希区柯克于1958年执导的悬疑电影。

② 《爱德华大夫》（Spellbound）：1945年上映的美国好莱坞早期黑白影片、悬疑片，由希区柯克执导，英格丽·褒曼和格利高里·派克主演。

③ 蒂比·海德莉（Tippi Hederen，1930—）：美国女演员，前时装模特，动物权利活动家。她的电影处女作是《群鸟》，之后她又出演了电影《玛尔妮》。

在脑后挽成圆发髻，从前面看，发型有点像蜂窝头，凸显出高高的脑门儿。她的皮肤洁净无瑕，一张娃娃脸五官匀称，抹着玫瑰红唇膏，言谈举止都让人觉得紧张、压抑、克制、拘谨，紧紧抓着手提包，仿佛那是一条生命线。谨小慎微而又高雅时髦、浑身上下散发出一种冷峻、不屑的格调。她的衣服袖子很长，衣领很高，似乎总是在冷笑，尤其对男人。

肖恩·康纳利①，本杰明知道。他一定记得康纳利，伊薇说，因为他在1964年出演了《007之金手指》②。硬汉子的形象，打量女人的时候总是歪着头，撇着下嘴唇，一副坚定、好斗的样子。两腿分开稳稳当当站在那里，毫不隐瞒他的暴力倾向。他在电影里扮演马克，一位有钱的鳏夫，在费城拥有一家很大的出版社。介绍马克的前嫂子时，也加入了一点时尚的色彩。她穿着紧身运动衫、骑马裤，显然爱着马克。电影配乐声音太大，很烦人，伊薇说。要点就这么多，她将描述屏幕上的特技效果和无声的动作。如果需要，她或许可以停一下，放低点声音？

本杰明把遥控器递给伊薇，"石头"脑袋放在主人脚上打瞌睡。

第一个镜头聚焦在一个淡黄色提包上。一个黑发女人提在手里，正在走出视野。再拉回镜头的时候，她在火车站站台上走。另外一只手里提着一个箱子。镜头很快切换到另外一个画面。女人出现在酒店走廊，一位行李员在前面领路，手里提着购物袋和一个新箱子。阿尔弗雷德·希区柯克本人走进酒店走廊，是他的侧面像，脸上雀斑点点，垂着下巴，只朝摄像机瞥了一眼就消失了。下面的场景是人物身份的转换。玛妮洗满头的黑发，再出现的时候变成一位金发女郎，她的脸也第一次出现在观众面前。

---

① 肖恩·康纳利（Sean Connery, 1930— ）：英国演员、制片人。
② 《007之金手指》（Goldfinger）：007系列的第三部，是盖伊·汉弥尔顿执导，肖恩·康纳利、霍纳尔·布莱克曼主演的一部动作片。

就这样一直讲解下去。伊薇描绘表现暴露与隐藏的开场白，只有音乐的时候就插入她的"旁白"，但不讲自己对情节的理解。玛妮每次看到鲜红的东西——血、墨水、赛马骑士制服上的红点——镜头就对准她的脸，屏幕上闪烁着恐惧和表现主义的光芒。

"血红，"伊薇说，"玛妮害怕血红。她脸上是一种焦急、害怕的表情，微微张着嘴，大睁着眼，脑袋向后缩。"她还是拒绝评论：出血明显！这一招很笨。

电影放完之后，本杰明和伊薇喝冰镇过的白葡萄酒，吃绿橄榄。他们忘了中间休息，都被故事情节吸引。本杰明很赞赏她的解说，认为这部电影比伊薇说得好。他喜欢结尾时故事的转折和演员富有磁性的声音。他喜欢那撼动人心的音乐，人物性格的矛盾也让他着迷。玛妮既厚颜无耻又胆小怕事，马克既是个性爱狂魔又懂得体贴女人。

伊薇没有义务待在本杰明家和他聊天，可她情愿这样做。刚才两个人一直全神贯注看电影，现在电影放完了，一种近乎慵懒的舒适带来几分惬意。本杰明放松下来，变得心情开朗。他讲起小时候特别喜欢詹姆斯·邦德[①]，喜欢画邦德随身携带的那些小玩意儿。"左轮手枪"让他着迷，一直想象着自己也能有一支。好奇，他说。他还清清楚楚记得，"007系列"的开场，邦德半跪在地上，举起手枪，透过摄影机的镜头，向观众射击。滴答着血的面纱，变形的裸体女人，一切都不可避免。这是糊里糊涂的青春期最佳状态。不是价格不菲的大提琴课，也不是物理考试第一名，而是对詹姆斯·邦德电影的迷恋。

本杰明变得闷闷不乐。也许后悔不该把少年时代的兴趣爱好

---

① 詹姆斯·邦德（James Bond）：《007》系列小说、电影的主角。在故事里，他是英国情报机构军情六处的特工，代号007，被授权可以干掉任何妨碍行动的人。

和盘托出，也许怀旧让他心情沉重。他一定早就养成把自己封闭起来的习惯。他目光游移，眼睛闭了一两秒钟，又睁开，欠了欠身，两手放在茶几上。

伊薇看本杰明小心翼翼倒酒的样子：用手指尖试探着摸杯子的边缘，侧耳静听倒酒的声音，决定什么时候停止。盲人的世界，她心里想，所有的动作，甚至最微小的动作，也需要非常谨慎、非常准确。因为总是环环相扣。必须有一个纯粹的空间，需要纯粹的谨慎和纯粹的关注。她注意到他那双看不见的眼睛从她身上移开。他们谈话的时候，有一会儿伊薇想摸摸他的胳膊，可不敢。他的失明让她羞怯，正如他的行为动作使得他在与人交往时没有自信。可是"石头"对他们的谈话很警觉，似乎注意到了她的冲动。它竖起一只耳朵，扬了扬一条眉毛，凝望着她，直起尾巴，又轻轻放下。伊薇探下身，拍了拍它，狗舔了舔她的手。好像暗中勾结，密谋什么。

她离开的时候快八点钟，天已经黑了。她不想坐公共汽车，宁愿步行走过夏日潮湿的郊区。家家户户的阳台像云母片一样在漆黑中闪着银光。窗户把表意符号一样的灯光投射到花园和院落里。她听见果蝠在高高的树枝上尖叫，屋子里传出人们居家过日子的声音：电视机里的响动，一个孩子的叫声，洗碟子刷碗的哗啦声。空气中弥漫着柔和的气息和泥土的气味。玻璃瓶神秘的光泽让她想起悉尼的夜晚。一切都那么安谧、宁静。她仿佛被自己稳健的步伐迷住，一直向前走着，心里想：一会儿要下雨了。但是现在，伊薇要尽情享受这美丽的夜色。此刻，她漫步街头，觉得这是她的城市，不是马丁的。她可以在这里找到乐趣，就像他会找到一样。

她纳闷，他怎么会把"崩溃""荒废"这两个词牢牢记住，深藏心底。不知怎的，她想起那幅圣徒被石头砸死的画。那是一幅壁画，题目是：圣斯蒂芬被乱石砸死。在普拉多①，几年以前，诺亚，亲爱的诺亚，指着那幅画给他们讲解。那时，宗教画里折磨人的残酷画面让她惊骇不已。圣露西亚手里端着的金盘子装满一双双眼睛。圣阿加莎的乳房②。

　　往事的记忆和大步向前使她变得内向而严肃。亚庇古道上小马丁那次被父亲伤害，实际上是对他的自尊和他们那个小家和谐的伤害。她还记得他满脸通红，转身而去，用一根棍子在泥土地上乱画。诺亚走过来的时候，连忙擦掉。她没有告诉父亲，尽管得意洋洋，觉得自己受到保护，"dilapidation"成了马丁送给她的礼物。可她也记着父亲那只向上张开的手，和他颇为仁慈的说教。

　　还有别的东西，别的东西和"dilapidation"，一起回到记忆之中。那就是马丁，脸上还是在戒毒所时那副表情。他经不住诱惑，二十多岁吸毒，两年前又吸。她见过他浑身像散了架似的、一脸茫然的表情。靠在一摞枕头上，诺亚站在旁边，毫无疑问心烦意乱，焦躁不安。浓烈的海洛因和氨水的味道。习以为常的、惨淡的亮光。整个氛围都阴沉愤怒。马丁憔悴的脸。

　　共同的历史压在他们身上，沉重得像石头。

---

① 普拉多（Prato）：位于佛罗伦萨西北约 20 公里，是托斯卡纳区的城镇，11 世纪建立自由社区后开始繁荣，成为商业和毛织业中心。
② 圣阿加莎（Saint Agatha）：西西里的女神，相传她因拒绝当时罗马狱官的求爱而遭酷刑，双乳被铁钳夹去。

第 三 部

19

在阿德莱德最初几年，他们是一个团结一致的"三人小组"。外祖父和外祖母总是围着他转来转去。学校组织同学们利用假期到维克多港①海风习习的海滩旅行，或者周日在家里吃烤肉的时候，他们总是热情的支持者。诺尔曼切割一条大的吓人的羊腿时，玛格丽特递上装在瓶子里的薄荷酱。这玩意儿是配类似莴苣的一种蔬菜吃的。她生气地告诉孩子们把胳膊肘从饭桌上拿下来。吃饭前，先祈祷。孩子们都十分固执，没有一个顺从，只有诺亚跟着祈祷。他们压低嗓门儿闲聊，对可预测或不可预测的天气发表意见。他们齐声赞扬玛格丽特的厨艺。表面上看，一家人过得和和美美。可是实际上并非如此，大家都心知肚明，他们的生活一点儿也不完美。

儿童通常得的病他们也都没有幸免：麻疹、流感。一次水痘爆发，引起学校恐慌后，诺亚又想起他在麻风病院时焦虑万分的经历。他开始梦到马吉，夜里看见她没有嘴唇的微笑和大张着的

---

① 维克多港（Victor Harbor）：澳大利亚南部阿德莱德以南约 80 公里弗勒里厄半岛沿岸的一座城市。该市是半岛上最大的人口中心，经济以农业、渔业和各种工业为基础。它也是一个非常受欢迎的旅游目的地，城市的人口在暑假期间大大增加。

红红的嘴巴。那种久久不散的恐惧是一件很丢脸的事情。父亲的葬礼在珀斯举行之后，梦里又增加了马吉的兄弟。有时候，诺亚真希望能想起他的名字。梦里，这个人总是开着一辆吉普车，消失在一团红色的扬尘中。也许那是他在什么电影里看到过的场景。一个黑人以黑人的形象、步态出现。一个遥远而神秘的人，象征着被遗忘的东西。这个形象对于他自己也是一片虚无，没有名字，甚至不会思索。

在阿德莱德，诺亚拓展了对皮耶罗·德拉·弗朗切斯卡的研究。皮耶罗以对数学的狂热而闻名。他对透视法、线条、数轴和消失的点都有独特的见解，而这些见解证实了他的信仰何其正确。大多数学者写的都是关于皮耶罗和他对距离的理解。文中有那么多关于罗盘上鱼丝线[1]的论述和对于规则的验证。符合黄金分割线、神秘的三分之二以及画家自己从神学维度对于数字和角度的看法。可是注视着那些熟悉的复制品，诺亚想，这些画可能更多地表现了时间的神秘。在《基督受洗》这幅画里，耶稣基督站在画面中央，容光焕发，一滴水使他变成神圣的永恒。可是在他身后，是一个看起来很蹩脚的场景——也许是 15 世纪文艺复兴初期最蹩脚的场面——一个男人正弯腰曲背脱身上的套头衫。这是孩子们出于本能觉得好玩儿的时刻。衣服遮挡着脑袋，两个胳膊肘伸在外面，光溜溜的脊背弯曲着。他可以是任何一个男人。可以是基督本人，受洗前或者受洗后。画家这样大胆挥洒笔墨可以让观众想象一个超越时空的人。这种深刻的见地重组了诺亚原本非传统的思维。这让他怀疑，小小的瑕疵或矛盾是否能提供第二种神学。

同样，他想到那张著名的《基督受鞭图》。美术学者们喋喋不休地大谈古典主义和轮廓过度分明的建筑风格。但是这也可能意

---

[1]　鱼丝线：罗盘上那两条红色的十字交叉的线即"鱼丝线"。一条 0~180 度，一条 90~270 度。用以确定方位。

味着，事情发生在现在的圣塞波尔克罗①。人为别人受苦总是发生在当代。这幅画里，耶稣基督在画面的背景，一个被折磨的人。画的前景是分隔开来的另外一个空间，两个众所周知为已成年的儿子哀伤的当地人。这同样可以解读为对时间的冥想。也许一个人儿子的死亡在某种程度上是暂时的，所以人与神从根本上讲是一致的。上帝会哀伤吗？这是一个荒谬可笑的问题吗？难道天堂也会上下颠倒，就像一具尸体脸朝前跌入坟墓吗？

他在学术讨论会上第一次发表关于这个观点的论文时，与会的学者很礼貌地听着，但不无轻蔑。与历史无关。脱离语境。诺亚很失望。可是渐渐地，人们不再觉得他的观点云山雾罩、遥不可及。各地的学者都愿意支持他。至于著名的镶板画《真十字架的传说》更容易说明他的观点：时间的连续性——重复，毫无疑问，一定是某种时间的神秘。可是，皮耶罗的每件作品，诺亚相信，即使变化万千都遵循着这一原则。

这种观点没什么稀奇，甚至算不上"原创"，而是他对人物形象思索的结果。他从那个弯腰曲背脱套头衫的人身上看到自己儿女的影子。看到他的宗教信仰以这样一种方式表达：一个人的身体和另外一个人差不多，基督则是一个时时刻刻存在的身体。

马丁长到十几岁的时候，诺亚开始向他灌输他的观点。他竭力坚持自己的想法是真诚的。他已经拿定主意，对自己的观点绝不置疑。那是他的"原教旨主义"。

"看在他妈的上帝的份上。"马丁说。那是不无厌烦的低语。半是赞赏，半是批评，和别的十六岁的儿子听了父母对什么事情做解释时一个样子。

马丁坐在格雷尔海滩，用一块毛巾擦脑袋。他们正擦干身子，

---

① 圣塞波尔克罗（Sansepolcro）：意大利小镇，皮耶罗·德拉·弗朗切斯卡出生在这里。

看伊薇在波涛汹涌的大海里搏击。一起游泳的时候，她总是最后一个上岸。她那挥动着的胳膊和小小的脑袋，在波浪间起伏。细长的身体在光斑点点的浪花和雪白的泡沫中显得格外轻盈。她不时潜入水中，只有两只脚在水面摆动，过了一会儿才露出头来，好像这一切都是按照古老的法令行事。马丁也看到了，诺亚想，当身体受到惊涛骇浪冲击时，伊薇是如何代替他们俩劈波斩浪，宣示自己的活力。他知道马丁对他关于皮耶罗的"讲座"不以为然。儿子已经进入"幽默轻蔑"的叛逆期，对他的说教只是敷衍了事，或者发表些亵渎神明的言论。后来，为了表示厌烦，马丁拿出速写本，吮着铅笔开始画伊薇。一个女孩儿，在万顷碧波中，向远方的地平线游去。

他们默默地坐着，听得见海鸟的叫声。两个人都注意到海鸥在头顶很古怪地盘旋。清凉的南风吹拂着面颊。鸟儿在气流中升起，落下，又升起，白色的翅膀闪闪发光。渐渐地，诺亚和马丁不再对立。远眺伊薇在波峰浪谷间搏击，使他们内心达成一致；不看对方，而是朝她的方向望去，使他们内心达成一致。

在蒙德罗海滩，诺亚看朵拉在不太远的地方游泳。他手里拿着一本书，但是在9月的阳光下，没法儿看。他做白日梦，想起自己的儿女。在靠近佩莱格里诺山和蒙特加洛山之间海滩中部某个地方，他花几欧元买了一小块地，铺上浴巾，标明他们"领地"的边界。沙滩上到处都是一家一家来玩儿的游客。诺亚注意到，西西里人说话嗓门儿很大。谁说话都好像在吵架。大人叫喊，孩子们乱跑或者哭闹，或者吃甜点和冰淇淋。他旁边一个男孩儿因为浴巾太硬，大声号哭。一个老祖母大庭广众责骂老伴儿。一个小姑娘用方言唱一首关于蝴蝶的歌。诺亚想起那个意大利表示命

令的单词 *Zitto* [1]。他的孩子们喜欢这个词，因为发音像一种治皮肤病的药膏，或者像一种汽水。

诺亚喜欢南澳大利亚海滩的寂静。在那里，游泳的人拉开距离，因为这意味着，在海上人们可以听见彼此的呼唤。他喜欢空中啸吟的风和鸟儿从头顶飞过的歌声。可是这里，人声鼎沸，看不了书，也无法思考。诺亚心里想，澳大利亚人认为拥有一方天地是理所当然的事情。我们伸展自己，因为有这种可能，从而获得身体自信。他亲眼目睹了伊薇从英格兰到澳大利亚，好像中了魔法一样，变成一个运动健将。

他看见朵拉向地平线游去，又折回来，随着大海的节奏漂游。她身材依然苗条，穿碧玉色弹力泳衣，向海岸张望，在海面漂浮，向他招手。一瞬间，赞美和欲望汇聚在一起，涌上心头。在诺亚眼里，她的身体变成许久以来埋藏在心中的希望的象征。

她从海里出来，水光闪闪，脚步沉重，慢慢地走上沙滩，向他俯下身来，挡住阳光，抖落水珠。然后舒腰展背，拍打掉浴巾上的沙子。她先擦头，再擦身子。弯下腰擦曲线优美的小腿肚子时，脸离他很近。再往下弯腰的时候，面颊绯红，一缕缕头发往下滴水。"*Allora* [2]，让我告诉你我的蒙德罗故事。"

那一刻，在他眼里，她生气勃勃，充满活力，在海水中浸泡过的头发格外光滑。

"有一次，我和一位男朋友沿着海滩散步。"她微笑着，好像戏弄他，"那是 6 月的一个傍晚。我们刚认识不久，彼此还有些羞涩，都不怎么说话。那天风清气爽，地平线上出现一片红光。那是一道奇异的风景，真是血色黄昏，我感觉到神奇的事情正在发生。那当然是斯特隆博利岛，在东北方向，那边。"朵拉朝大海那

---

① Zitto：意大利语"住嘴"的意思。

② Allora：意大利语"那么"的意思。

边指了指。

"从这片海滩就能看见它奇异的光芒。我总想再看到那喷发出来的火红的岩浆。那火山的奇观，远在我们的视野之外。可惜再也没有看到过，虽然我经常来这儿。我特别珍惜那美好的记忆，尽管记忆里还有那个我并不真的喜欢的男孩。看到百年不遇的景象完全是意外，完全是运气。"

这本该是他爱情生活的缺憾，但是此刻，朵拉向他讲述她的经历时，诺亚似乎比任何时候都更爱她。她趴在沙滩上，脸转向一边，闭着眼睛，像沐日光浴一样，沉浸在往事的回忆中。想起那个她并不喜欢的小伙子和蒙德罗地平线燃烧的红色的熔岩，她脸上露出微笑。诺亚克制着自己，没有俯身去吻她。她透露出来的这一点点往事掀起情感上的波澜。诺亚沉默不语，不乏孤独之感。他躺在她旁边，把那本打开的书盖在被阳光晒黑的脸上。

他又想起儿女。他说不出作为一个父亲，他是如何改变自己、尽人父之责的。马丁和伊薇即使在和他疏远的时候，也依然是他的世界的中心。不是假想的永恒，而是真实的现在。他还记得他们小时候穿衣服、脱衣服的样子。衣服套在瘦弱的身体上，再揪扯下来。明亮的光像海水一样，洒在两个孩子瘦小、弯下来的脊背上。

20

他在找什么呢？离屏幕太近，脸变形，圆圆的，像一轮满月，闪烁着不自然的光。她想听什么呢？向后靠着，对他那副一脸恳求的样子满腹狐疑。

"我不明白，"伊薇说，"这个女人要带你去神殿？"

"是为了治妮娜的耳聋。她想帮助我给妮娜治病。"

"我还以为你没想着给她治病呢！"

"不要生气，伊薇。你知道，这也就是民间智慧罢了。我到现在也并不真的指望她的耳朵能靠这个办法治好。玛丽亚买了这对小耳朵准备放在圣罗莎莉亚前面。"

"天哪，"她叹了一口气，"你在那儿还干什么呢？"

"画速写，散步，看电视，听意大利流行歌曲。有一个很了不起的歌手乔瓦诺蒂①，非常酷。"

"你怎么听起来像个孩子，马丁。"

"*Grazie，mamma. Grazie mille.*②"

"还有什么？"

"闲逛。这是一座让人悲伤的城市，伊薇。它会影响你，进入

---

① 乔瓦诺蒂（Jovanotti）：意大利创作歌手切鲁比尼（Cherubini）的艺名。

② Grazie，mamma. Grazie mille：意大利语，"谢谢你，妈妈。非常感谢。"

你。我感到有东西在体内聚集。回忆，种种想法。"

听到他这种说话的口气，伊薇停了一下，没有立刻反驳。马丁也停了一下，也许觉得自己吐露了一点秘密，不知道该如何和妹妹继续聊下去。这当儿，他们俩的目光都从显示屏移开。

"诺亚，"她坚持道，"诺亚有什么新消息吗？那个朵拉说什么来着？"

"没说什么。她压根儿就不想谈这事儿。据安东尼奥说，他们俩一度假。我估计他们的关系一定很密切，不过这种事你永远猜不透。她嘴巴严得很，似乎有点儿紧张。她有一幅那座雕塑的素描，不过和案子没有什么联系。"

没什么好说的。没有可靠的信息。伊薇有点失望。

"你那个瞎子怎么样？"

"我的雇主，不是我的瞎子。本杰明。我想，还不错。我已经过了试用期。讲了一部希区柯克的片子：《玛尔尼》。一部贝托鲁奇①的《墨守成规》。还好，他懂得意大利语。"

马丁离电脑又太近了。一张脸"跃然"屏幕，仿佛肿胀起来。眼睛亮光闪闪，也许是屏幕的反光。

"关了视频，只用语音好吗？"伊薇问道。

关了视频，又回到各自的世界，两个人的对话自然了许多。面对黑色的屏幕伊薇舒了一口气，现在看不到哥哥那张大脸鼓动她做什么，或者对她发号施令。

"再给我讲讲那个捷克人，你提到的那个解剖学家。"

"普尔基尼②？讲他什么？"

"随便，真的。你是聪明人。"

---

① 贝纳尔多·贝托鲁奇（Bernardo Bertolucci, 1941— ）：意大利电影导演、编剧，电影包括《墨守成规》《巴黎最后的探戈》《末代皇帝》《遮蔽的天空》和《追梦者》等。
② 普尔基尼：即上文提到的浦肯野，又译为普尔基尼。

"我想你感兴趣的是里特。"

"那是，对他也感兴趣。不过我喜欢普尔基尼的名字。和你聊天的时候，就记住了这个人。"

"你可以'谷歌'一下他。贾恩·伊万杰利斯塔·普尔基尼，1787 到 1869。"

"没错。"

"好了。主观视觉。他喜欢在自己身上做实验。"她知道这对他是一种诱惑。马丁等了片刻。"说下去。"

"这不是我的研究领域。"

"你就给我讲讲吧，伊薇。"

"哦，事情是这样的。普尔基尼小时候，迷上了内视图像①。所谓内视图像就是平常眼皮压迫眼球时我们看到的情景：血管的阴影，斑斑点点，弯弯曲曲的线。闭上眼睛，你会看到种种图像，但那不是外部世界的图像。"

"没错。"

"他把电流注入自己的眼球，然后把看到的东西画出来。大多数是钻石图案和看起来像灯丝闪亮与断电时的线条。为了测试这种视觉效果，他还服用各种毒品。"

"什么毒品？"

"常用的麻醉剂，鸦片、樟脑、曼陀罗。有时候也用洋地黄做实验。那也是一种有毒的植物。吃了这玩意儿，眼皮子会不停地抖动，恶心，看到的东西被扭曲。在这种药物的作用之下，他描绘了他称之为'微光闪烁的玫瑰'的图像——是不是很美丽呢？花瓣，同心圆。像神秘主义一样，那种'主观视觉印象'创造出

① 内视图像：一种眼内的现象，视觉效果的来源在眼睛本身。用亥姆霍兹的话说："在适当的条件下，落在眼睛上的光线可以使眼睛内部的某些物体看得见。"这些感知被称为内视知觉。内视图像在投射到视网膜上的图像中具有物理基础。

有许多许多花瓣的花。"

马丁半晌才说:"你怎么这么有学问呢?"

"我压根儿就没什么学问。你该记得,我是个失败的学者。可是自从碰到本杰明,我一直在想这几个家伙。他们非常浪漫地认为人类的身体是充满智慧的有机体。看不见的景象。没有屏幕的图像。视力意味着什么?该你说说了。谁是这位罗莎莉亚?"

"巴勒莫的守护神。现在我就知道这么多。等和玛丽亚去神殿造访之后,再和你细说。"马丁停了一下,"微光闪烁的玫瑰,我喜欢这个构想。他是神秘主义者吗?"

"就我所知,不是。"

两个人都沉默了一会儿。显示屏等待着,使他们"超自然"的通话成为可能的黑颜色"虫洞"——小麦克也耐心等待着。悉尼,伊薇在落了灰尘的黑色屏幕上看到自己模模糊糊的映像。她想象着马丁正在画难以辨认的什么东西。也许是"微光闪烁的玫瑰"。也许他歪着脑袋、心神不定地想口红的性感。伊薇也心不在焉,想起本杰明。

"还在下雨吗?"

"是的,还在下。"

对马丁关于普尔基尼以及"内视图像"表现出的兴趣作出回应之后,伊薇听到马丁又回到自己的世界。他也许已经进入梦乡,也许又把自己封闭到想象的壳子里,也许正睡眼惺忪看他刚画的画。

"以后再聊吧。"她说,叫醒了他。

"好的,小妹。*Ciao* [①], *ciao. Mi fido di te.*"

"*Ciao.*"

Mi fido di te. 意思是"我相信你"。他为什么要说这话?

─────────

① Ciao:意大利语,"再见。"

他们的声音消失在两个人之间黑色的通道。

后来，她发现，马丁那句话引自乔瓦诺蒂。那几个字从他嘴里说出来，就像一种精神在他身上流淌。伊薇不想怀疑他，但也不完全相信他。

21

六十七岁的诺亚·格拉斯从位于维克多·伊曼纽尔大街上那座建筑风格混杂的大教堂走过时，为自己这把年纪坠入爱河而惊讶。西西里的桃花运没有一点点预兆。他已经习惯了微薄的回报。最好的情形是开学术会议时与某位女士的一次艳遇，或者悉尼的一夜情；最差的结局是眼巴巴看着一位自己心仪的女人虽则温和平静，但满脸讥诮。满心期待却无回报时的郁闷和压抑，让人厌烦、沮丧，甚至给人一种被阉割的感觉。朵拉·卡塞利是个庄重、自信的女人。她虽然没结过婚，没孩子，但聪明、性感、优雅，甚至奢华。她对他无所求，只是让他在她面前感到紧张。她不会大惊小怪、遮遮掩掩，说话也不会"一语双关"。第一次和他见面的时候，他就是那个样子。她保留了对他质疑的权利，因为他也许并不像他表面上那么简单。起初，这一切看起来都是想入非非白日做梦，或者只是实现了一个普普通通的愿望。可是在她被阳光温暖了的卧室，在做爱之后甜蜜的睡乡，在她用沙哑的声音开玩笑，在她赤裸裸地从床上爬起，手脚麻利地穿上日本图案的花睡衣时，一切疑惑都烟消云散。

在那个院落里，在那座大教堂前面，一座圣罗莎莉亚的雕像屹立在一条船的船尾。一群波兰朝圣者从一辆锈渍斑斑的公共汽车上下来，拍照留念。他们背对那座宏伟的大教堂，注意力都集中在那位年轻圣女的木头雕像上。她很漂亮，也很朴素，衣袂翩翩，头戴美丽的花环。她凭一己之力挽救巴勒莫没被瘟疫毁灭，因而流芳百世。朝圣的人们用照相机和手机拍这位圣女脸部特写。有一个人手里拿着一串念珠。有一两个人从在他们旁边转来转去的一位穷苦的印度人手里买了几张明信片。明信片上印着圣罗莎莉亚的雕像。

诺亚从旁边走过时，那个印度人跟在一个年轻女人身后。这个女人看起来很可能是一位富于同情心的顾客。印度人硬往她手里塞明信片。也许因为他离得太近，有强买强卖之嫌，女人看起来很害怕。司机从车上下来。他五大三粗，非常壮实，铁打铜铸一般。诺亚想，就像贝尔尼尼①的雕像。司机一把抓住印度人的衣领，猛地一拉，把他十分粗暴地推倒在地上，踢打起来。现在身体就是武器，而这武器让人望而生畏。诺亚看到印度人蜷缩在地上被踢打着，发出一声声惨叫。没有人帮助他。那个年轻女人抽抽搭搭哭了起来，求司机不要再打。

诺亚站在离那个家伙一步之遥的地方，但是没有动。印度男人在壮汉皮靴的踢打、践踏下似乎变得越来越小。他抽搐着，痛苦万状，脸肿胀、扭曲，下巴颤抖，嗫嚅着却说不出话来，鲜血从鼻孔流出来。

看来，这样的事情是可能的——一个人的生命浓缩到肉体上的痛苦，时间压缩到一个场面的关键时刻。这一认知使诺亚动弹不得，仿佛瘫痪了一样。他一直在想朵拉。他看到一个人被打。这是事物的真谛——命运的逆转——他没有采取任何干预的行动。另外一个朝圣者抓住那个愤怒的司机的胳膊，把他拉开。哭

① 吉安·洛伦佐·贝尔尼尼（Gian lorenzo Bernini, 1598—1680）：意大利雕塑家、建筑家、画家。早期杰出的巴洛克艺术家，17世纪最伟大的艺术大师。

哭啼啼的女人被领回到那辆锈渍斑斑的汽车。剩下的人一脸茫然，三三两两走进教堂。诺亚沿着维托里奥·埃马努埃莱大街匆匆忙忙向前走去，为自己的懦弱羞愧，两腿打战，连头也不敢回。他本来应该有点作为——应该站出来，抓住那个司机的胳膊，把他从那个因为疼痛和顺从已经完全没有人的尊严的印度男人身边拉开。他本来应该斥责那个人，或者扶起那个被打得半死的人，可是他匆匆忙忙溜之乎也。

那座城市像一张打开的地图，出现在眼前。他看到地标性建筑和棕榈树，认出几家商店的门面和巴洛克式建筑的外观。天气炎热，他眯着眼睛。整个城市都在耀眼的阳光下变得没精打采。那个看得见的世界似乎颤抖了一下，也许一切的一切就此完结，暂时丧失意识，或者更糟。诺亚觉得要中风，或者一种潜在的、致命的恐慌症正在袭来，仿佛被堵塞了的心怦怦直跳。他在人行道上停下，靠在脏兮兮的墙上。旁边的一幅涂鸦写道：*tutti i preti sono pedofili incalliti*！意思是：所有的牧师都是老练的恋童癖者！他注意到*incalliti*，老练的。这样一个充满"罪恶感"的词。

诺亚浑身冒汗，心里害怕，两腿支撑不住，顺着墙壁瘫坐在地上，脸埋在膝盖上。过往的行人瞅也不瞅。他就那么坐着，被自己的或者别人的经验猛烈冲击。他会死在大街上，一个不受尊重的外国人。一股扑鼻的臭气。有人对着墙壁撒过尿。他不只是因为身体虚弱倒在地上，而且是倒在这样一个臭气冲天的地方。

诺亚好不容易清醒过来之后，第一个感觉是口干舌燥。他挣扎着站起来趔趔趄趄走到马路对面的咖啡馆，买了一瓶水。此刻，他不再是来自澳大利亚的一位恋人、美术史专家、学者，而是一个微不足道、惊慌失措的家伙，就像我们在沙漠里发现的一个把水倒到喉咙里的流浪汉。

再往前隔两个门，有一家小旅馆。诺亚走进旅馆前厅，直奔卫生间，打开水龙头，把凉水泼到脸上，然后不管不顾，脱下衬衣，用凉水洗上身。镜子上溅满水，他的映像在水珠间颤动。他脸色蜡黄，一望而知前景不妙，不知道自己被什么样的恐惧攫住，不知道自己处于什么样的心理状态，不知道身体有什么症状。脑子里虽然一片混乱，但庆幸躲到这样一个安静的地方。他走进一个分隔间，在散发着一股清洁剂刺鼻味道的坐便器上坐下，茫然若失地看着前方，不知道等待什么。他摆弄了一下阴茎，好像查看它还在不在那儿。觉得自己老了，不中用了。他讨厌脚上那双鞋。嗓子眼儿隐隐作痛。

诺亚见朵拉的时候，比他们约定的时间晚了许多。但他矢口否认那一段时间自己被怪病击倒，而是把它称之为"有趣的转折"。这时，他的身体恢复了，尽管仍然心烦意乱。他故作镇静，走过旅馆前厅，发现远比他进来的时候寒酸、肮脏。前台一个衣冠楚楚的人对他说："*Buongiorno，signore.*^①"好像认识他一样。"*Buongiorno.*"他回答道，几乎是快步跑回到门外明媚的阳光之下。

朵拉选择的那家咖啡馆里顾客不多。她在远处那个墙角挑了一张桌子，那里相对而言比较私密。一缕灰色的光从狭长的窗户照射进来。皱皱巴巴的巴里纱帷幔仿15世纪文艺复兴早期的风格悬垂而下。到处摆放着各式各样意大利装饰品、蜡烛、基安蒂红葡萄酒酒瓶、巴勒莫市足球队队旗。诺亚想，这些"久经考验"的装饰品再加上咖啡的香气和咖啡机的嗡嗡声给人以慰藉。

从门口看，朵拉显得很年轻。事实上，有一刹那，她看起来很像凯瑟琳——"拉撒路夫人^②"——他的妻子和他第一次在剑

---

① Buongiorno，signore：意大利语，"早上好，先生！"
② 拉撒路夫人是美国继艾米莉·狄金森和伊丽莎白·毕肖普之后最重要的女诗人西尔维娅·普拉斯（Sylvia Plath，1932—1963）创作的诗歌《拉撒路夫人》中的人物。

桥大学相遇时的样子。那时候，他们都充满年轻人的自信。然后，他又看见一个老人坐在她旁边的长毛绒椅子上，看起来也像一个复制品或者替代物。一个为自己活着的老人，显得很老，从一个幽暗的裂缝往下窥视死亡。诺亚明白，这是他这次"转折"的"后遗效应"。受惊吓后变得混乱的逻辑，一张被打坏的脸在他心灵深处引起的震撼。他振作了一下精神，向朵拉大步走过去。

这个老人名叫维托，朵拉的叔叔。哥哥被杀害的时候，他十六岁。那一天，他发了疯似的跑到朵拉家门口，像耶稣基督一样，摊开两手。诺亚和朵拉第一次见面不久，朵拉就和他提起过这位老人，希望他能了解一点她血泪斑斑的历史。维托面颊深陷，一望而知就是个受尽苦难的人。一双迷蒙的眼睛眼边儿发红，又粗又硬的头发完全变白。朵拉站起身，诺亚按照意大利的礼节吻了吻她，没有表露心里的感情。

维托热情地迎接他。手放在桌子上，放在浓咖啡杯子旁边，显得特别大。他把一杯水推到诺亚面前，也许潜意识里感觉到这个人还需要急救。"这么说，你对美术界也很感兴趣。"

他们用意大利语交谈。诺亚不得不动脑子组织词语。他承认，是的。意大利美术，特别是皮耶罗·德拉·弗朗切斯卡。他以为老人会哼着鼻子，表示不屑。可是维托面带微笑，在椅子上往后靠了靠。

"有一次，朵拉带我去阿雷佐①看他的壁画《真十字架的传说》。我喜欢画面上那个在帐篷里睡觉梦见天使的人。"

"君士坦丁，"诺亚说，"是君士坦丁在做梦。"

"还有酒。我特别喜欢阿雷佐的桑娇维塞②。"他又笑了起来，

---

① 阿雷佐（Arezzo）：意大利城市，位于佛罗伦萨东南约 80 公里处。
② 桑娇维塞（Sangiovese）：意大利红葡萄酒，其名称来自拉丁文 "sanguis Jovis"，"木星的血"。

意识到这两个话题风马牛不相及。

他们都没说话。诺亚不知道维托为什么和他们在一起，朵拉为什么事先没有告诉他。

"你是澳大利亚人，"维托继续说，"袋鼠!"他伸出一双大手做了个跳跃的动作，自个儿先乐了。

侍者送上诺亚的咖啡。"我们有许多别的地方没有的动物，"诺亚说，想把刚才的谈话继续下去，"鸭嘴兽、考拉、针鼹。"他的发音很可笑，不知道如何用意大利语说这几个动物的名字。用"借来的语言"说出来的这几个名字，好像动画片里四处逃窜的小动物。他不敢让自己的声音里有丝毫的讥讽，也不敢看朵拉那双眼睛。

"鸭嘴兽。"维托重复了一遍，似乎难以置信。

诺亚还在想那个被打的印度人，皮开肉绽，血流满面。他想把朵拉带到卧室，把她拉到身边，对她悄悄地说自己的出于本能的不作为和内心深处的懦弱。他一辈子都有一种冲动，向女人剖白心迹，袒露灵魂，请求宽恕。

"维托有一个计划，"朵拉小心翼翼地说，"想让你也参与。"

这是他第一次听她说这件事。

维托艰难处境的"节略本"和黑手党有关。诺亚几乎无法相信他主动讲给他听的这件事情。M 先生——他这样称呼那个人——（"你最好不要知道他的名字"）想让朵拉从巴勒莫博物馆偷出一件文森佐·拉古萨创作的雕像。他们想把这座雕像运到日本。M 知道朵拉的兴趣之所在。她曾经先后两次到东京研究埃莉奥诺拉·拉古萨。她显然是他们要利用的最合适的人选。M 知道她的历史，半夜给她打来电话，维托说，直截了当地威胁她。朵拉的任务是偷一件拉古萨的作品，秘密带到日本，那里会有人提货。

可是维托有他自己的计划。这个计划是：朵拉和诺亚一起到东京。然后诺亚带着"拉古萨"到悉尼。朵拉回到巴勒莫，声称有个不认识的人——一定有人向那个家伙泄漏了秘密——在东京从她那儿偷走雕像。等风头过去之后，她再到悉尼和诺亚会合，拿回雕像。这样一来，她就清白无辜，维托说。就等于朵拉从罪犯手里偷了东西。他们不认识诺亚，永远不会追踪他。他们俩可以乘同一架飞机，但是不能让人看出是熟人一起旅行。

维托发表这番奇谈怪论的时候，朵拉一直沉默不语。"这太危险了，维托，"她喃喃着说，"你没必要卷入这件事情，诺亚。他们一直威胁维托，除非我同意帮这个忙。这是我们的事，和你没有关系。"

她听起来很沮丧。

维托没理睬她，继续说他的方案。这是一个绝妙的计划。他们欺骗 M 先生，该死的科萨·诺斯特拉，让他去偷一件国家级艺术品。M 先生也可能因此而暴露，尽管他当然花钱买了保护。但是在巴勒莫，时代变了，维托补充道，年纪大的老板已经控制不了宪兵。真他妈的该死，他又说。

诺亚凝望着朵拉。朵拉没有迎接他的目光。这会是一个难以理解的笑话吗？会是一个给他"启蒙"的黑手党的故事吗？提醒他，在这块险象环生的土地上，他是一个陌生人，那么无知，不习惯暴力，看到一个人被打，自己就崩溃。

维托还在滔滔不绝地讲。他看着诺亚那双眼睛，平静地说："事关重大，诺亚。你听起来简直好像看电影。不过在我们这儿，盗窃艺术品的事经常发生。没人受到伤害。"他停了一下，做出战略性的解释，"学者专家当然很少干这种事情。可是偷这座雕像，朵拉是最适合的人选。如果你同意帮忙，就绝对不能告诉你在悉尼的任何亲朋好友，包括你的儿女。从现在起，你必须处处小心，直到事情办完。也许你可以到罗马待一阵子。那儿是大城市，很容易玩儿失踪。"

诺亚什么也没说。他觉得喉咙发紧，一种强烈的恐惧感从心底升起。他无法相信维托会这样平静地描绘一桩罪行，鼓动他介入。朵拉还是一言不发，颇有点超然物外的架势。此刻，她和他坐在一起并无爱意，只是好像帮助他谈一桩生意。朵拉会卷入多深？他们是怎样被威胁的？他脑子里一片混乱，真的害怕了。但他不想知道更多的细节，只想赶快逃走。维托很友好地微笑着，好像认为诺亚已经同意帮助他们。但是，诺亚心里正充满恐惧和危险的感觉，又想起那个挨打的印度人蜷缩在地上，闭着眼睛，耷拉着舌头，血从鼻孔流到面颊。他会是一个受难的圣人。卡拉瓦乔画笔下圣人的面孔。肤色足够黑，与众不同，不乏痛苦的表情。诺亚是一个三流的艺术学者，但绝不是贼。一瞬间，他看清了自己，也意识到自己最近蒙受的耻辱，他知道必须拒绝维托的计划。

22

悉尼，天还下着雨。过去四天，空气的湿度非常大。整个城市被姜黄色的水雾笼罩着，天空浓云密布，现在终于落下雨来。公共汽车爬上山顶，伊薇看到密集的雨丝雨线织成水幕阻挡着视线。她没有带伞，从公共汽车站跑到本杰明家的时候已经淋得浑身尽湿。但是冒雨狂跑，让她充满活力。站在门口台阶上大口喘气的时候，听见"石头"跑过来迎接她。

本杰明不用碰伊薇，就知道她已经被大雨淋成落汤鸡。狗激动地嗅着门外大雨迷蒙的世界，不停地摇着尾巴，胖乎乎的大脑袋亲昵地蹭着她的腿。伊薇感受到他们的善意和加倍的热情。本杰明递给她一条毛巾，好像表达敬意。他预料到了这场大雨，早已把毛巾挂在衣帽架上。好像知道她一定会浑身湿透，头发蓬乱，站在他的家门口。伊薇在他面前擦干头发。

"如果你想把衣服晾干，可以先换下来。我可以给你拿几件衬衫，白色的、淡蓝色的都有。"

"为什么不呢？谢谢！"

本杰明在前面走着，好像什么都看得见。伊薇跟在后面，走进他的卧室。一张很大的双人床，一幅看起来像一系列日蚀的版画。房间时尚、干净，有一种空卧室特有的温馨宁静。他打开衣柜，伊薇看见里面挂着许多件衬衫。按颜色分开：白的、淡蓝的，各种各样细条纹的。在市里上班时穿的制服，日常生活中穿的长袍。

"自己挑吧。"

伊薇开始挑选。她脱下湿衣服的时候，本杰明走了出去。她心里想，真是忸怩作态，毫无必要的圆滑世故。她意识到，自己其实挺想当着他的面换衣服。她曾经想过，对他而言，这或许是诱惑的借口。从头顶扯下湿漉漉地贴在身上的裙子时，她觉得欲望的力量仿佛对她施了魔法。她在那儿站了几秒钟，像孩子一样，把裙子扯起来，再放下；放下，再扯起来。似乎被裙裾缠绕在那里，动弹不得，默然无言，笼罩在过去的阴影里。然后，很快就换好衣服。衬衫太大，一尘不染，熨烫得平平整整。伊薇喜欢棉布在她冰凉的皮肤上摩擦的感觉。电影里的女人光着脚，穿件衬衫，十分迷人、性感。那是一种公式化的打扮。不过，没人看得见，她很放松，完全沉浸在自己的世界里。

本杰明的卧室里一片寂静，她在寂静中卷起衬衫袖子。他的缺失在内心激起的波澜，悄悄泛起的情色欲望，都让她注意到一种化学薰衣草的气味。那股气味在她身边缭绕，扑面而来。一些早已忘却的事情、一些身体失去的感觉，不期而至，让她措手不及。她感到一种非理性的冲动，想大哭一场。但没有哭，而是坐在本杰明的床上，直盯盯地望着空荡荡的屋子。

"换好了吗？"他喊道。

伊薇只能说换好了。她又回到现实中，和他见面，谈话。"薰衣草味儿，"她说，走进客厅，"快把我熏晕了。"

"汉密尔顿太太，我的清洁工。她有各种各样消耗臭氧层的化合物，碳氟化合物是她的最爱。我跟她说过许多次，不要用这些玩意儿，可她就是不听。她认为一个房间只有弥漫着化工原料的气味才算干净。"

本杰明微笑着。她的心情已经完全改变。她望着他，看到他多么期待得到快乐。

"如果我们今天不讲解电影，你介意吗？"她说，"我一直待到雨停，明天再来。"

她看到他非常失望，而且没能掩饰住这种失望。

他有点儿不满地说："你打个电话不就得了。根本用不着跑这么远的路，就是为了告诉我，今天不能讲解了。"说到这里几乎已经是责备。她没法向他解释为什么突然想一个人待着，为什么完全沉迷于自己的感情世界，乃至超越时空。

"我喜欢这件衬衫。"她说。

"那就是你的了。我敢保证，你看起来一定很漂亮。"

"我选了件白色的。"她说。

他们又忸怩起来。两个人在沙发两边静静地坐着，离得很远。没话可说的时候，伊薇就在心里搜寻一个话题。

"我想，我可以抽时间帮你遛'石头'。"

"有人帮我遛，一个十二岁的小家伙。他喜欢'石头'，也喜欢赚点零花钱。不过，如果你能和我一起遛狗，那真是感激不尽。对于一个没人陪伴的瞎子，它的精力太旺盛了。我自己也烦躁不安。我过去骑自行车，或者跑步。对我而言最困难的事情之一就是，改变我的身体。"

两个人又陷入沉默。伊薇还在为自己突然之间感情的大反转，为那种无法理解或者无法识别的尴尬而惊讶不已。她有一种遥远的、超感官意义的直觉。失去生命力的、已然死灭的语言。她想起冰河上的白天鹅和苍凉的天空。英国的冬天，什么地方一座弯曲的桥。小苍兰花，蒲公英，显然受了惊吓的小动物逃离附近的树篱。闪闪发光的、提醒儿童注意的告示牌，远处的河，汽车，窗玻璃上凝结成冰花的呵气。所有这些一闪而过的模糊的景象都

172

无法解读她情感的含义。

"我一直想问你一个电影方面的问题。"本杰明说。

"好呀，请讲。"

"有没有双目失明的人制作过电影？"

他在叠那块毛巾。伊薇纳闷，他会不会是那种男人，做爱之前，会把衣服整整齐齐叠好。

"肯定有好几部，不过我只知道一部。《蓝》，德里克·贾曼①制作的。"

"什么内容？"

"这部电影只有一个影像——蓝色的屏幕。深色的有机蓝，就像矢车菊或者飞燕草。但是配音不同凡响——日记、诗歌、对话，还有咖啡店的声音、大海的涛声、医院的喧嚣、音乐。各种形象只是在沉思默想和催眠的效果中形成。贾曼几乎完全失明，饱受艾滋病的折磨，濒临死亡的边缘。非常感人。它告诉人们，可以失去视力，但不等于失去愿景。"

她等本杰明发表看法，但他什么也没说。她也无法解读他脸上的表情。他或许只是在开玩笑，嘲弄，或许认为这种极简派艺术毫无意义。

"对不起，"伊薇说，"我父亲总说我是给人讲课，不是谈话。"

"我只是在想这事，伊薇。"

他们又沉默了一会儿。她本来可以继续讲下去，说出自己的看法，可是这种宁静毕竟让人觉得轻松，让心灵靠得更近。现在可以长时间端详他那张脸，说是端详，其实还是偷眼瞅着，尽管现在是名正言顺的休息时间。电话铃响了，正打瞌睡的"石头"吓了一跳，吠叫几声跳了起来。本杰明站起身，走到桌子旁边，

---

① 德里克·贾曼（Derek Jarman，1942—1994）：英国电影导演、舞台设计师、艺术家、园丁和作家。

拿起听筒。

"是的，是的。是，是。什么时候？我姐姐知道吗？好的，我给她打电话。是的，好吧。是，谢谢你。"

他背对她站了一会儿，极力掩饰那一刻的感受。转过身来的时候，满脸疲惫和悲哀。

"我母亲。可能是中风。他们正在检查。我必须马上到养老院去。我打个车。如果你愿意，可以一起走，到地方把你放下。"

他试图掩盖内心深处私密、重要的东西。本杰明等伊薇回他的卧室再换上自己那套湿衣服。她把白衬衫小心翼翼搭在椅背上，心里想，她和本杰明毕竟只是陌生人。他心事重重，想赶快到养老院。她觉得自己真是个鲁莽的家伙，在这样一个不该外人打搅的时候，闯入人家的家庭。可是话说回来，她怎么能预料到会发生这样的事情呢？灾难和错误的联姻。别人的要求。家庭。出租车里，他坐在她旁边，没有碰她，好像一直凝望着窗外。

后来，伊薇心里想，这一天真是人生的缩影。幸福的一瞥和不幸的可能性并存；提问，回答，打断；欲望和被扼杀的欲望。还有这场雨，和巴勒莫的雨一样，一直不停，象征着人类无法控制世界。一次微不足道的会面，可有可无的对话，关于美术界的传闻，或许为人们无聊的生活增加了一点佐料。她觉得湿乎乎的裙子贴在身上，那是一种失败。

路过火车站的时候，伊薇让本杰明把她放下。她坚持说，在这儿下车，对大家都方便。本杰明坐着出租车穿过滂沱大雨飞驰而去，没法回头看她一眼。伊薇在一家雄心勃勃的新闻社外面一个吱吱作响的旋转报摊买了一把伞，心血来潮想步行回家。走在微光闪闪的马路上，被薰衣草勾起的往事的回忆纷至沓来。想起来的都是小时候和马丁分享过的东西：收集的邮票，上面印着各种植物、动物、地图、政治家的头像。曾经属于父亲的火柴盒卡片，上面印着成套的轿车、货车、消防车和救护车。带插图的美术书，在光面纸上印着精美的图画。父亲不让他们看电视，这些东西便成了他们"窥视"的屏幕。她还有过一个玩具娃娃。她和马丁都和那个娃娃玩过。那是一个塑料娃娃，看起来傻乎乎的，睫毛下面有个小机关，眼睛可以咔哒咔哒地睁开、闭上。他们对肯特郡寒冷的家有更为遥远的记忆。一缕缕金黄色的光斜射进落满灰尘的小屋，火炉上正煮着的牛奶蛋糊散发出一股煳味儿。她孤零零一个人藏在铺着台布的桌子底下，无异于冒险。

哦，还有诺亚。整整一天，伊薇都没有想起父亲。他应该是知道所有答案的那个人。因为他记得她的全部生活，永远都是最了解她的人。记忆中父亲与她相处的一些细节常常让她感动。她五六岁时说过什么话，诺亚还记得。在父亲眼里，女儿发音错误也是聪明伶俐，行为举止处处可爱。他无论存在心里的还是说出来的话都给她以慰藉。他赞美她按字母排列的才能，欣赏她过目不忘的记忆力。现在，他死于非命。不再有问题，也不再有答案。她为自己伤心，为诺亚带走的一切难过。伊薇打着伞，在雨中步行的时候，又开始在心里默默地列表。就像一种痛苦，从她心底升起：*laburnum, lantana, larkspur, laurel, laurestine, lavender, lilac, lily, lisianthus, lobelia, lotus, love-lies-bleeding.*

23

大雨倾盆，马丁沿着人行道急匆匆走着，生怕滑倒。软乎乎的狗屎、破烂的雨伞、脚手架都增加了潜在的危险。他不得不一会儿跑到车水马龙的主路，一会儿再回到人行道上。印度小贩卖的东西都苫着塑料布，看不清楚是什么玩意儿。人们都匆匆忙忙走着，宛如黑色的暗影，要去干什么，谁也说不清楚。为了抄近路，他穿过市场。顾客稀少，店主们都在抽烟，或者聚在防水油布下面赌博。卖鱼和奶酪的时候，他们慢慢吞吞，让人厌烦。扔在水洼里的菜叶让马丁心里充满绝望。

《不要这样离开我》①在他的脑海里顽固地盘旋，让人气恼。同样几句歌词翻来覆去地唱。他一定要问伊薇，人们为什么要这样唱歌。她肯定知道。他夸耀有个天才妹妹的时候，那是发自内心的。可是，她活了半辈子一事无成。她一直在合适的工作和合伙人之间晃来晃去，没有固定的职业。现在，诺亚走了，情况可能发生变化。兄妹俩有更多见面的机会。他一定要做个好哥哥，支持她、帮助她。如果她能在悉尼待着，完全可以在他那儿住一段时间。他那个家空空荡荡，他一个人也太孤单。他已经开始琢

---

① 《不要这样离开我》(*Don't Leave Me This Way*)：由肯尼斯·甘伯、利昂·赫夫和卡里·吉尔伯特共同创作的歌曲。在英美等西方国家颇为流行。

磨一个计划。

他进那家网吧的时候，维拉玛尼正站在门口，向他伸出手。"你怎么样呀？马丁先生。天气这么棒！"他咧着嘴笑，很为自己的幽默而高兴。

"我倒情愿雨下得再大点儿。"马丁说。他一边朝门外甩着伞，一边擦袖子上的雨水。

维拉玛尼高兴地笑着，对屋子里别的人重复这句笑话，不过那些人并不觉得那么可笑。泰米尔人①，他对马丁说，他们都来自泰米尔社区。马丁很愿意为他们效劳。上次来这儿和妮娜视频的时候，他曾经画下了女儿那张脸。维拉玛尼看了很激动。他用有点紧张的声音问马丁，下次和两个孩子视频的时候，他能不能也画一张他们的肖像画？这样一来，他在巴勒莫也能有孩子们的画像了。"真正的美术作品远比照片好。你同意我的看法吗？马丁先生。"

他们说定，在金奈②的孩子们和父亲维拉玛尼视频的时候，马丁给他们画像。维拉玛尼已经提前和孩子们说好，马丁带着速写本和铅笔如约而至。那台旧电脑从脏兮兮的小分隔间搬出来，放在一张长凳上，前面摆了两把椅子。

维拉玛尼介绍妻子阿穆瑞莎之后，把两个孩子叫到屏幕前。卡维莎大概九岁，脸上露出灿烂的笑容，非常高兴。她梳着辫子，脑袋两边扎着翠绿色的缎带，凑到屏幕前面向画家马丁先生问好。然后是弟弟戴瓦出现在屏幕上。他大约七岁，是一个文静、害羞的小男孩儿，身穿西服套装，系着领带，无可挑剔。两个孩子头发铮亮，都抹了椰子油。他们像电子天使一样，油光水滑，没有瑕疵。

---

① 泰米尔人（Tamils）：一个少数民族，生活于印度南部和斯里兰卡。
② 金奈（Chennai）：印度的第四大城市。

他们都不说英语，这倒帮了马丁的忙。他可以不受他们谈话的干扰，集中精力画像。两个孩子轮番和父亲说话。他那副乐呵呵的样子显然极具感染力。他给他们讲笑话，让他们讲故事。用爱和有趣的事情吸引一双儿女的注意力。马丁以前从来没有画过皮肤黝黑的面孔，很喜欢这种挑战。勾勒出孩子们五官的轮廓之后，用手里的铅笔，画出一条条交叉平行线，表现出皮肤的质感、脸的明暗。用柔和的线条描绘出他们健康的、圆圆的面颊，杏眼和略带惊讶的表情。马丁觉得，一些东西正在他身上恢复，这些东西正是他之所长。他让这一家人高兴，让他身边这位父亲骄傲。

维拉玛尼非常高兴。"啊，马丁先生，你简直超越了自己！"

他拿起画，对着屏幕。孩子们都盯着他们的画像，使劲看。卡维莎拍起手来，戴瓦也跟着姐姐拍手。就这样，在地球那边，有两个孩子为他的作品鼓掌叫好。那掌声就像打在玻璃窗上的雨水发出噼里啪啦的响声。马丁为这个仪式增加了一点内容，站起身向孩子们鞠了一躬。他们又鼓起掌来。卡维莎头上的缎带让他想起伊薇。她是不是也这样系着发带，活像两只蝴蝶。两个孩子的快乐激起他满腹的柔情。想起小时候他们收集的各种邮票，他和伊薇分享的那个焦躁不安的世界。想起放在课桌里杏干儿的气味。还有他发现的那个装香烟的宝蓝色铁盒。他把收集来的死昆虫放在盒子里。这样的东西也有温柔的一面，因为它们的私密和不为人知的价值而受到珍视。妮娜让他想起这样的世界。尽管他思念着她，满脑子却都是卡维莎和戴瓦。他们热切地注视着他，完美无瑕，满怀感激，仿佛他们是他的孩子。

维拉玛尼请马丁喝茶，两个人聊了一会儿。此刻悉尼时间已经很晚，没法儿和妮娜视频。但是这次"邂逅"让马丁的精神为之一振。现在维拉玛尼知道了妮娜耳聋。马丁告诉他心中的痛苦，他和前妻的争论，以及他坚信女儿的完美。完美不止一种，对吧？维拉玛尼看起来迷惑不解。他说，在印度，人们会可怜这样的孩子，会说她未结善缘。能听见的孩子总比听不见的孩子更"完美"。这是让人沮丧的谈话。网吧里已经没有顾客，马丁觉得可以随便说话。但是他没能说服维拉玛尼，依然认为拒绝植入人工耳蜗是有道理的。

"听不到音乐她会像小草一样枯萎。"维拉玛尼很严肃地说。他把目光移开，来回拉着夹克衫的拉链，显然被马丁这种不通情理搞得坐立不安。

马丁觉得自己受了责备，心里没底。他除了和家人，没和任何人讨论过这件事情。维拉玛尼的忠告既让他感动，又惹他生气。他的话会一直缠绕着他，让他不得安宁：听不到音乐她会像小草一样枯萎。一个局外人会想到女儿的"枯萎"，在他眼里，女儿的未来充满希望，充满"不朽"的可能性。

马丁离开网吧的时候，雨已经停了。现在，他就是这样计算时间：正在下雨，已经不下了。天低云暗，他抬起头，看见浓云背后的太阳在天际留下一抹朦朦胧胧的光，一阵思乡之情油然而生。悉尼，倘若现在他在悉尼，一定正在海滩冲浪。当海浪要拥抱他，汹涌而来的时候，他会非常灵巧地弯下腰。他或许会和一位穿比基尼的女人聊天，或许和完美无缺的女儿一起用沙子建一座城堡。可是，他得去见安东尼奥。他给他留过言。现在已经过了约定的时间。

马丁匆匆忙忙走过边道，穿过几里拐弯的小巷，走上主街。现在他已经熟悉巴勒莫中心区了。在这里住了三个星期之后，用不着再看路标或者建筑物的名称，就知道他应该从哪儿入，从哪儿出。对这座城市，他脑子里已经有了一个清晰的轮廓，可以心不在焉地走来走去而不迷路。这座城市仿佛已是"囊中之物"，他认得出许多座大楼，被他神经冲动的"波长"和兴趣爱好打下的种种标志尽收眼底。他想象着用皮质脑电图画这座城市——巴勒莫的"自画像"。还有些新奇的玩意儿吸引眼球——为新电影《虎胆龙威 5》^①做的一长溜广告。这些广告让他第一次看到后面那幢大楼已经破烂不堪。那些不断重复的字和演员的面部特写，好像打在这座城市脸上的"死亡警告"的印记。到处都看得见 *un buon giorno per morire*。每次读到这句话，他都同意：没错儿，任何一天都是死亡的好日子。

马丁走进咖啡馆的时候，安东尼奥站起身正要走。见他进来，便又坐下，生气地说："我还以为只有意大利人喜欢迟到。当然，我们这个毛病尽人皆知。"他气咻咻地耸了耸肩。

马丁连忙道歉。他最近喜欢关注人们的脸，想起他曾经特别想画安东尼奥那张脸。他像鸟一样的侧影很有特点：鹰钩鼻子，脸颊塌陷，以一种独特的方式显示出英俊潇洒，让人想起意大利西部片。

"我得走了，"安东尼奥说，"但是我有话要说。他们知道你在这儿，有问题要问。"他语气平和，并没有让人觉得有什么急事要办，只是不高兴罢了。

"谁知道我在这儿？"

"最好别问。"

马丁突然有一种冲动，想要说几句轻蔑的话讽刺讽刺他。可还是忍了忍没说出口。"谁告诉他们的？"

安东尼奥把头转到一边。马丁觉得他鬼鬼祟祟，很狡猾，等他回答，但他什么也没说。

---

① 《虎胆龙威 5》（A Good Day to Die Hard）：由著名导演约翰·摩尔执导的美国电影。

"你在这儿什么也发现不了。你父亲已经死了，你在巴勒莫待的时间太长了。问问你自己，每天都做些什么。"他大声抱怨着，"对于那些一无所获的人，我们西西里人有句老话：你在水里搅出个窟窿。"

水里搅出个窟窿。马丁无法想象，水里的窟窿是个什么样子。"你说得没错儿，"他开口说，"我什么也没有发现。什么也没有。可是现在我在搞一个新选题。"

"这话有一半儿是真的。"他想，或许可以平息对方的怒气。也是给自己找为什么在这儿无所事事，逛来逛去的理由。

可是安东尼奥不买他的账。他把桌子往后推了推，拿起雨衣。"我得走了。好好想想我说的话。"他向门口走去，然后扬长而去。

马丁要了一杯浓咖啡，拿着速写本坐在那里，心潮难平，用脑电波描绘出他对这座城市的想象。他想，安东尼奥·多蒂从根本上讲是个靠不住的人。朵拉也这样认为。虽然他热情，但沾沾自喜，自以为是，总是喜欢想象一些见不得人的罪行。爱蹭饭，傻乎乎的，喝酒太多。马丁潦潦草草涂抹出类似地震图的"画"，然后又倒过来画了一幅。尽管他已经开始熟悉周围的环境，但这是内心某种混乱发出的震动，是他在这座城市那种焦躁不安的"断层线"。那是信笔涂鸦，就像人们接电话时胡写乱画。但是马丁在那里看到的是一个图案，一个神经过敏的人通过神经末梢就能知道一个地方的图案。

离开咖啡馆的时候，马丁惊讶地看到一辆老式三轮货车——像是50年代喜剧电影里常见的那种——径直向一辆大卡车驶去。接着是一阵刺耳的刹车声，小货车摇摇晃晃一头撞到大卡车上，发出一声巨响，眨眼之间在大卡车车轮下变成一堆废铁。金属像攥在拳头里的一张纸，变得皱皱巴巴。不同寻常的是，一条生命的毁灭竟然连一点点预兆也没有。那是在他眼前放大了的事故，没有戏剧性。本来应该在惶恐中制造出一片混乱，但那灾难却戛然而止。

卡车司机一动不动坐在高高的钢铁小屋里，几个路人跑了过去。喧闹声渐渐升起。起初只是人们对发生了什么可怕事情的惊叹，一种几乎是超自然的骚动在空中酝酿，然后整条街都响起汽车鸣笛的声音。那是不得体的刺耳的声音。喷发而出的叫喊声不是因为沮丧，而是因为愤怒。马丁觉得他看见那被撕裂的钢铁下面有一条胳膊在颤动，后来便一动不动了。然而，那也许不是胳膊，而是他潜意识里希望这样一场毫无"个性特征"的事故里能有一道哪怕最普通的清晰的痕迹。

他想起辨认父亲尸体时的情景。他几乎不敢看。诺亚会是一副什么样子呢？什么也不是。不是。马丁擤鼻涕，直往后缩，脸转向一边。他害怕目击者对他的轻蔑，意识到尸体的腐臭和内心的颤抖，转而把目光集中到覆盖尸体的白单子上。他身后站着一个男人，一言不发。马丁回忆起那天停尸间的灯光特别亮。不知道为什么会这样。难道是出于对死者的尊重，没有把灯光调暗？

他想赶快离开，连忙拐进一条小巷。到处都是垃圾，墙上的涂鸦写道：人人都有自由！一个破床垫扔在地上，里面的棉絮掉出来，脏兮兮地浸泡在水洼里。好多窗户都被木板封了起来。一溜儿三家店铺。马丁惊讶地发现，其中一家居然是修理小提琴的作坊。屋里的墙上挂着一把把小提琴，一个男人在金色的灯光下，打磨木头——那么细心、温柔的触摸：用一块长毛绒轻轻地磨擦。紧挨这个作坊的是一家酒吧，连一个顾客也没有，一个电灯泡照耀的三条长凳上空无一人。

马丁进去，要了双份麦芽酒，一口气喝完。他是个希望从现实生活的烦恼一下子就进入遗忘之乡的人。水里搅出个窟窿。他觉得心里空空荡荡，一片茫然。

24

    诺亚无法理解维托要他做的那些事情。逃出那个几乎没有顾客的咖啡馆后第二天，为了不想起那个被打的印度人，特意绕开那座大教堂。不过完全是白费功夫，刚走了两条街，大教堂便响起钟声。今天是星期日，钟声在四周回荡，召唤信徒们去做弥撒。现在，到处都是嘹亮的钟声。诺亚觉得，他应该对上帝说几句悄悄话，恢复他的尊严。声波用柔和的套索追赶着他，尽管他走得很快，但还是逃不脱那无形的圈套，不由得又一次想起他的懦弱和恐惧，想起他瘫倒在马路上的屈辱。

    朵拉建议他们去切法卢①玩一天。她晚上打来电话，表示歉意，态度很诚恳。她说，应该事先告诉他维托会在场。而维托应该更仔细地解释他们的困境。她说，他如果不愿意卷入那件事情，她完全理解。不过她还想找机会再和他解释解释，当然在更私密的场合。

    诺亚只是打消了一点疑虑。他含含糊糊提到教堂门前的"暴力事件"。那件事情让他惊慌失措，他根本没心思听维托那个复杂

---

① 切法卢（Cefalu）：距离巴勒莫不远的一个美丽小镇，被称为西西里明珠。这座西西里北部最迷人的海滨小镇，背靠着洛卡山150多米高的峭壁。

的计划。他们俩都极力想和好，同意在火车站见面。于是他们又成了热恋的情人，安排一次短暂的旅行，期待紧紧相拥。

西西里西北部美丽的风景一闪而过。诺亚看到起伏的山峦、茫茫的大海，注意到农民白色的房屋、新修的高速公路和一片片橘林。已经是秋天，但是鲜花还盛开在原野。水仙、野茴香，还有他叫不出名字的鲜艳的蓝色和淡紫色的花。朵拉脸贴着车窗玻璃打瞌睡。她是那种可以按照任何车辆的节奏睡觉的旅行者。不知怎的，她发现在公共交通工具上睡觉别有一番滋味。诺亚嫉妒她这种可以让自己随时放松的本事。

只要和她单独待在一起，他就不能客观地看待她。他对此心知肚明。如果她要他帮忙，他会不假思索，立刻答应。他生怕失掉她，对她满怀热情，言听计从。他有一种感觉，这种感觉以前只有过一次，那是举行结婚典礼前一天晚上。他觉得全部生命都集中到一点，好像折叠起来，被一根细绳紧紧地拴在一起。他知道，自己对浪漫的幻想没有免疫力。但也知道，这样一种结构——他把它想象成红色，玫瑰花形状——象征着生命的意义和责任。在晃晃荡荡的火车上，他这样表达自己：这就是我被放置其中的形状，聚集在这里的一切都包含着我。

朵拉熟睡的脸。上一次，他被撩拨得心痒难耐却无法付诸实施，只是紧紧地抱着她。最近，这种事情发生的次数越来越多。他真是心有余而力不足。哪怕脸颊万分激动地贴着她赤裸的大腿，那玩意儿还是那么疲软、"娇小"。她抚摸着他的手腕，然后前臂，悄声说："Tesoro"[①]——不是陈词滥调、甜言蜜语，而是清楚地表明她"感同身受"。她把手指插在他的头发里，给他慰藉。她的全棉枕头上绣着花，镶着意大利风格的花边。她枕在上面，灰

----

① Tesoro：意大利语，"宝贝"的意思。

白的头发呈扇形散开，脸看起来不再年轻。他们俩都六十七岁，已经不再觉得什么都是理所当然了。诺亚想，在充满幻想的生活中，不断地意识到可能的失败，就不会对短暂的馈赠给予太多的重视。

到达目的地之后，他们肩并肩下山，向城里走去。切法卢旧的中心是一座中世纪海岸小城，笼罩在石头山的阴影之下。朵拉对他说，这个地方因此得名 kephalos。希腊语，意思是"颅骨"。她说，他们要爬上巍峨的海岬，攀登嶙峋怪石组成的"岩石颅骨"，从那里眺望下面的城镇。但是第一件事，还是参观教堂。诺亚开玩笑说，他已经下定决心，从现在起远远地躲开教堂。可是朵拉坚持要去。于是他们来到那座宏伟的诺曼风格①的建筑物前面。这时候，弥撒刚刚结束，人们纷纷走出教堂。

诺亚看着那些穿戴得很整洁的居民，安安静静地四散而去。大多数人年纪都比他大。他不想在这儿待着，这个古色古香的、以守贫和独身为荣的空间。他需要一张床，一个面对优美风景的房间。他已经烦透了美术和宗教，也不想对更多的艺术作品表示崇拜。

他们走进教堂，举目四顾。拱点②很高，耶稣基督是创作于2世纪的拜占庭镶嵌画。这位基督异乎寻常的俊朗，巨大的头像庄严肃穆、金光闪闪。诺亚试图说出几句让人印象深刻的话，但不知怎的，生活中发生的种种不如人意的事情把他挤压得一句话也说不出来。这种画他以前都看过——许许多多用拜占庭镶嵌画表现的基督、空中游弋的灵魂、祈求的信徒凹回去的脸。他有一颗异教徒的心，只把注意力集中在朵拉身上。

在一家小餐馆吃过午饭之后，他们就准备去爬切法卢"岩石

---

① 诺曼风格：指 11 至 12 世纪欧洲盛行的一种建筑风格。
② 拱点：教堂东端突出的半圆或多角形室。

颅骨"。吃饭的时候，两个人谁也没有提起昨天的谈话。诺亚抬头看着那一溜儿台阶和石头小路，想到自己患关节炎的膝盖和不太健康的心脏，可是没有抱怨。朵拉显然比他健壮，为了迁就他，只好放慢脚步。诺亚跟在她身后，开始艰难的跋涉，一步一步向上攀登，穿过多刺的梨树丛和露出地面的花岗岩非常硌脚的岩层。在萨拉森人①要塞遗址，他给朵拉拍了一张朵拉从射击孔向外凝望的照片。拍出来的只是一个女人细长的肖像。她也让诺亚摆出同样的姿势，拍了一张，自然又是个细长条：两张很难看的照片。他觉得很累，没精打采。

再往上，朵拉指着圆形的墙壁和碉堡上的城垛让诺亚看，给他讲北西西里简单的历史。和伊薇一样，她喜欢"讲课"。可是再往前走，他们不由得停下脚步，一动不动地站着，屏着呼吸放眼望去。诺亚不知道他们现在站的地方有多高，但是眼前的景色足以让他们兴高采烈。高空的风徐徐吹，他们有一种脱离尘世，向天上升去的感觉。下面是旧城鳞次栉比的橘黄色瓦屋顶、大教堂、露天市场。远处是阳光照耀下碧波荡漾的大海。极目远眺，地平线上行驶着装满集装箱的大船和游轮。

这种简单的景色转换仿佛丢弃了俗世的辛酸。诺亚觉得强劲的热风吹到脸上。他一身冷汗，腿上的肌肉在收缩，经历了昨天的"奇耻大辱"，又回归了自我。他知道，也可能是内啡呔②的作用，给一个生物体充电。仿佛有一个小小的铜发电机在胸腔里不停地转动，让他充满活力，跃跃欲试。蓝天下，他站在朵拉身边，和她一起眺望广阔的、充满阳光的世界。

她回转身，吻了他一下。诺亚一直想自己的心事，吃了一惊。

---

① 萨拉森人（Saracen）：中世纪时对穆斯林的称呼。
② 内啡肽（Endorphins）：亦称安多芬或脑内啡，是一种内成性（脑下垂体分泌）的类吗啡生物化学合成物激素，能与吗啡受体结合，产生跟吗啡、鸦片剂一样的止痛效果和欣快感。

他也吻了她一下。这是这种时刻之一：在这个时刻，事物的比例感发生了变化，一个小小的动作被放大。在高踞于切法卢之上的"岩石颅骨"，朵拉的吻具有特别重要的意义。她的冲动，而不是他的。一种简单的昭示。

他们继续攀登。山顶有一大堆灰色的石头。狄安娜神庙的遗址。这里一片荒芜，冷风习习，可是在犹如月球般偏远的山顶，显得那样持久。仿佛一个丧失已久的信仰残存的"小隔间"。他纳闷，还有什么比石头更经得起时间的磨蚀？这一堆遗迹是什么？这是一个古老的问题。也许平庸而无新意，只是一堆石头激起的疑问。

下山的时候，诺亚的膝盖疼得厉害，有一两次差点儿滑倒。他浑身是汗，不时停下来休息一会儿。朵拉似乎没有注意到诺亚作为一个老年人，行动已经迟缓。好在没发生什么大事。爬上去爬下来，仅此而已。不过实际上，这当儿已经发生了某种微妙的变化。朵拉改变了昨天那副冷淡的样子，几乎是在调情。她拉诺亚的手，摸他的脸，俯过身来，用围巾擦他脑门儿上的汗。登高望远，她也深受感染。但凡崎岖不平的小路允许，她就挽着他的手肩并肩往下走。

他们面对大海，坐在沙滩上吃红橙，在岩石浅浅的水洼里洗掉粘满黏糊糊果汁的手，有一搭没一搭地闲聊。朵拉点燃一支香烟，进入一种遐想的状态。他俩关系的神奇之一是，他发现她吸烟的样子也那么可爱。她把有害的烟雾吸到肚子里，再悠然吐出来，每吸一口或者吐一口偏着脑袋的样子，嘴唇上粘着的烟丝，心无所思的优雅，在他眼里都别具风韵。她手腕轻轻翻转，掐灭烟蒂，面带微笑望着他。他感觉到她对他那种磁场般的吸引。在电梯里，相互摩擦的身体无疑是一种诱惑。径直走进旅馆昏暗的房间，迫不及待的肌肤之亲，衬衫和裙子掉落时寂然无声。重拾自信后，诺亚很想和她谈谈孙女妮娜。他要告诉她妮娜耳聋，告诉她，小家伙非常独立，勇气十足，用孩子的方式救了他的儿子马丁。因为她这样活在世上，因为她特别需要帮助，让他觉得命运给了他对未来的憧憬。

她的电话铃响了。"马上？"她低着头，一声不响地听着。诺亚看着她那张脸，一会儿放松，一会儿紧张。一定出什么事了，有人死了，什么大灾难。她"啪"的一声关了电话之后说："维托，他们又威胁维托了。我得走了。"

谁？他心里想。谁威胁维托了？朵拉脸上乌云密布，紧张不安，被一片孝心驱使着。诺亚看见她站起身，因为着急，差点儿绊倒。她把皮革手提包挎到肩上，高跟鞋和衣服上的沙子簌簌落下，身影从他身上一晃而过，大步走过沙滩。诺亚意识到，她要去火车站，似乎已经把他丢到脑后。

回去的火车上，他们坐在一起，默然无语。朵拉一副可怜巴巴的样子。已近黄昏，和来时完全相同的景色朝相反的方向一闪而过。只是变成黄色，在愈来愈浓的暮色中渐渐失去美丽的容颜。火车终于到站之后，朵拉郑重其事地说，她第二天去偷那座雕像。如果他们同意放过叔叔，她马上买到东京的机票。

"买两张。两张到东京的机票。"

朵拉连头也没回。她不同意他仓促间作出于他而言如此重大的决定，快步离开巴勒莫中心火车站，穿过恺撒广场周围车水马龙的大街，全然不管是否安全。

诺亚跑过去领着她在快速驶过环岛的小汽车和公共汽车间穿行。混乱的交通中，他看见五个男人——都是非洲人——手里拿着水桶和类似刮刀的工具，趁红灯亮起、汽车停下的间隙，串来串去，拍打车窗。车流滚滚，险象环生，司机大声呵斥、责骂。

偶然有人因为他们擦洗风挡玻璃，扔出几枚硬币。看到这一幕，诺亚心里很不舒服。他们的血肉之躯就这样毫无防护，暴露在危险面前。他们承受着移民的不幸，每个人都处于危险之中。他们的脸朝他转过来，又有一个人在车辆中穿行——一个一望而知就是外国人的家伙，领着一个女人。他不想和他们目光碰撞，可还是不由得瞥了一眼。有一个人凝望着他，突然露出一丝微笑。

在这一刻的危险中，在所有已经发生和将要发生的麻烦中，诺亚都毫无防备之心。现在，他认了，也报以微笑。

25

听见敲门声，伊薇去开门，眼前站着一个年纪不轻的女人。她看起来好像对生活完全失望。额头一道刀刻般的皱纹，刻画出她的自以为是和心气不平。嘴唇上面残存着淡淡的灰色唇髭。头发也是灰色，烫成难看的发卷儿。

"艾琳·邓斯坦，你的真诚的朋友。十四号居民。"她一动不动站在那儿，等伊薇让她进去。

伊薇知道她就是发现父亲尸体的那个女人。不知道是不是需要继续表达她的震惊或者悲伤。她们只是在她刚来这儿的时候，匆匆忙忙见过一次面。也许她现在有空来向邻居倾诉她的同情。

艾琳·邓斯坦从伊薇肩膀上望过去，看见茶几上放着杜松子酒和奎宁水。"早了点儿，是吧？"她说，言语中不无嘲弄。话音儿刚落，又咂着嘴大声说："很高兴能和你坐一会儿。"

伊薇只得给这位不请自来的客人倒一杯酒。不一会儿，她就告诉伊薇，她丈夫名叫比尔，是个推销员，三年前死于食道癌。她自个儿小病不断，都是只有内行才能说清楚的妇科病。她还有一只猫，桑克赛，以动物特有的灵性和她交流。"就是这个样子。"她说，绞着手指。

桑克赛。伊薇想起诺亚提起过这只猫，他管它叫"斯特罗兹"。

她喝了一大口酒。伊薇耐着性子听她讲父亲风度翩翩，可是不和人打交道。他喜欢喂桑克赛，尽管艾琳不愿意他这样做。他从来不参加居民组的会议。艾琳喝完杯中酒，又把酒杯递过去，让伊薇给她斟满。"别介意。"她说。

　　就这样，在这个临近黄昏的下午，自认为自己颇有耐心的伊薇，发现她对这位邻居实在没了耐心。她除了列举父亲的缺点之外，无话可说。真是一种烦扰。她看见艾琳手指划过肥硕的胸脯上紧紧绷着的衬衫，领口下方别着一枚胸针。那是一个银圣甲虫[①]。伊薇把注意力集中在那枚圣甲虫上，回想起诺亚曾经在大英博物馆，俯下身指给她看一个椭圆形饰物，解释为什么埃及人崇拜这种甲虫。在这个女人坐在那儿肆无忌惮抱怨的时候，伊薇又一次认识到，父亲曾经告诉她的那些事情有其经久不衰的一方面，虽然时光流逝，依然熠熠生辉。

　　"是我母亲的，"艾琳说，"我给它估过价，不值钱，垃圾，真的。"

　　这个寒酸的小玩意儿吸引了两个女人的注意力。艾琳毫无疑问想起母亲的过错，尤其是留给她这么一件不上档次的首饰，也许还想起很有教养的童年。镶花边的手帕塞在衣袖里。铮亮的漆皮皮鞋。坐公共汽车的时候，一定双腿并拢。伊薇很想表现得慷慨大度，但是做不到。她又给自己倒了一杯酒，把手里的瓶子朝艾琳晃了晃。看见艾琳正准备一饮而尽，再喝第三杯。

　　就在她们有一搭没一搭聊些没用的废话时，游泳池突然传来很大的响声，她们俩都吓了一跳。

　　"哦，我还一直没有……"艾琳说，"没有清理那个池子。"

　　伊薇站起身，说忘了跟人家有个约会，要迟到了，实在抱歉。

---

① 圣甲虫（Scarabaeus sacer）：俗称屎壳郎，常被雕作护身符。古埃及人认为圣甲虫推动着太阳，推来一天又一天，推来一年又一年，犹如宇宙的发动机。

她把艾琳送到门口，倚着门框站着，就像故事书里的插图，被逼到绝境。伊薇会喂"斯特罗兹"，但不会再邀请艾琳进屋。她需要作出决定，是不是继续在这儿住下去。这里留下父亲一段历史，还有她一无所知的一些关系。别人会这样做，搬到老人留下的房子里住，喜欢那里的家具什物、装饰摆设，把日子继续下去。但是有的人不愿意这样做。她会把诺亚住过的公寓清理一番，然后和马丁一起把它卖了。艾琳·邓斯坦，"十四号居民"的来访让她下定决心，尽快办完这件事情。

为了让她"有个约会"的谎话更像真的，伊薇拿起手提包，离开公寓。关门的时候，还故意发出很大的响声，好让邻居听到。这样做有点任性，也很蠢。可是艾琳那么肆无忌惮地批评父亲，让她受不了。她想象着诺亚弯下腰，喂那只黑白花猫的样子，手捧着它的小脑袋，充满爱意。

一个很瘦的小伙子，大概十七岁，正在"俯冲轰炸"游泳池。他跳起来，双手抱膝，落到水里，激起很大的水花和层层泡沫。他不是在游泳或者放松自己，而是一次又一次用身体袭击那一池碧水。他那多次重复的动作似乎是一种暴力，希望结构致密的身体在水中爆炸。

伊薇看他朝游泳池跑过去，起跳，抱膝，落入水中。她避开飞溅的水花。这个好像发了疯的孩子，坚持不懈"袭击"游泳池。在伊薇看来，他几乎被这种"恶意的享受"搞昏了头。她匆匆忙忙走过那条两边长满蓝茉莉的汽车道，快步向港湾走去。

明媚的阳光照耀着悉尼港。碧波粼粼，只有小船和偶然经过的渡船装点着水面。伊薇坐在板条长椅上，极目远眺。没有什么比层层波浪推动地平线、打破已知空间的维度更容易的事情了。她听见鸟鸣、手机的铃声和孩子们相互呼喊的声音。她听着海风吹过水面，感觉到自己又充满活力。世界万物都有明确的定义。她或许应该戴来自未来的隐形眼镜和助听器。

电话铃响了。是本杰明。伊薇打开手机，听到他的声音。事实上，她一直在等他的电话。自从在他的卧室里脱衣服，自从看着他乘坐出租车飞驰而去，想看到他的心情就非常迫切。本杰明的失明似乎将他部分地隐藏起来。伊薇不知道自己该说什么，该做什么。他很热情地问候她，然后说，母亲并无大碍，不是中风，在休息。说到这儿，他很谨慎地停顿了一下。过一会儿，才接着说，他希望几个小时后，她能陪他吃晚饭。当然不是以雇员的身份，而是朋友。

伊薇找出一支笔，记下他预定的那家饭店，离这儿很近。就在麦克里大街。她向大海那边望去，看见远处一条渡船绕过海岬，消失在波光水影中。她回答道："好的，八点钟。"

父亲的去世让她悲痛不已，一直把自己紧紧地封闭起来。伊薇全然没有想到一位刚认识的人能给她带来什么安慰。见到本杰明的时候，她一直努力调整自己悲伤的情绪。那不是一种道德调整，是与本杰明的残疾相比较而激发出来的热情，也不是这个工作有什么吸引力，而是和他们都穿越了某种意义上的黑暗有关。他具有一种令伊薇嫉妒的奇妙的条理性。他能泰然自若地面对双目失明带来的痛苦，是她的楷模。吃饭的时候，她不无羞涩地表达了自己的看法。他说，她想错了。

"恐怕没你说得那么高尚，只是失望把我搞得筋疲力尽，接受了已经无法控制的现实。不是什么了不起的决定。"

之后，他们闲聊着，尽量避开那些重要的话题。一个令人讨厌的侍者过来搭话，似乎觉得他们的谈话永远不会结束。他站在那儿，东拉西扯，伊薇和本杰明都陷入沉默。直到那家伙走了，才又恢复刚才的谈话。本杰明问起她的父亲。伊薇的情绪又激动起来。她想起不请自来的艾琳·邓斯坦的骚扰，想起那个小伙子对游泳池的"轰炸"。

"他是个学者，"她说，"研究皮耶罗·德拉·弗朗切斯卡。皮耶罗 1415 年生，1492 年去世。"

伊薇不由自主地说出他的生卒年月。心里想，小心点儿，别暴露自己爱按字母列表的毛病。

本杰明面带微笑："还有呢？"

"父亲一辈子都在寻求答案、披露真相。他是个半基督徒，半神秘主义者。他不像许多学者那样，被皮耶罗对数学的痴迷吸引，而是对他作品中人物布局、时空异常所蕴藏的神秘感兴趣。永恒的暗示，诸如此类的事情。"她等待着，然后补充道，"我想，你一定觉得很傻。"

"才不是呢！我听说过皮耶罗，不过不记得他有哪些作品。你可以给我讲一讲。"

眼下不是讲皮耶罗的时候。伊薇不想在餐桌上描绘 15 世纪意大利的美术作品。她想起诺亚在阿雷佐给她介绍的圣坛装饰画和著名的壁画，还有双联画，乌尔比诺的公爵和公爵夫人。父亲对她说，公爵有一只眼睛是瞎的，所以画家总是画他的侧面像，把那只瞎眼隐藏起来。两幅画像总是并排挂在一起，夫妻俩面对面。伊薇喜欢公爵仿佛雕刻出来的鼻子和脸上刚毅的表情。

"下次再讲吧。"

她看他摸索着找酒杯，手在桌子上小心翼翼地滑动。他举起酒杯送到嘴边，然后又放到桌上，手慢慢地舒展开来。她又一次意识到，只要愿意，就能盯着他随便看。

"你在凝视我。"他说。

"你怎么知道？"

"每逢这时，人们总是屏声敛息，担心我会不会把酒杯打翻。

久而久之，就会对这种事情产生一种感觉。"

这种表示谅解的话又让他们放松了心情。

伊薇问起本杰明的母亲，这个话题让他非常难受。他告诉她养老院的情况，母亲每况愈下的身体，想到她慢慢地衰弱下去，自己又无回天之力，他就痛不欲生。在这件事情上，朱迪思应付得比较好。女人其实更强大，他补充道。吃意式乳酪布丁的时候，他讲起十二岁时到意大利旅行的情景。那时候他的父母还没有离婚。

"这是我们之间唯一的联系，"他坚持说，也许是在寻找把自己和父母联系到一起的纽带——"孩提时代和还年轻的父母在意大利度过的那段时光的记忆。"

伊薇没有和本杰明提起过母亲。也许他以为她还活在世上。从哪里开始叙述，才能讲清楚宛如一团乱麻的生活？他们如何才能通过这些断断续续的故事相互了解？

"*Tiglio* 的味道，"他补充道，"总会把我带回来。"

Tiglio：酸橙。她很喜欢这个词。它可以是一种诱惑。

伊薇希望本杰明能邀请她去他家。可是把她送到伊丽莎白湾之后，出租车便飞驰而去。没有亲吻，没有拥抱，甚至没有握手，没有伸出胳膊搂着腰肢的爱抚。她站在公寓大楼外面，看着汽车红色的尾灯渐渐消失在夜色中，觉得一种落寞，又不无怨恨。共进晚餐尽管很愉快，此刻却让人觉得那么虚假，那么不真实。是疲惫不堪的青春岁月和处处被动的处境使她陷入困境吗？她必须承认，必须按照尚且留存的强烈的感情行事。也许是骄傲和恐惧使她踌躇不前，或者认为自己不值？

汽车道上，贝壳状的灯洒下枯黄的光。公寓却是一片漆黑，连一丝风也没有，死一般的寂静。游泳池像一面黑色的镜子，闪着幽幽的光。

伊薇打开父亲的房门，走了进去。她没有开灯，在昏暗笼罩的绰绰黑影中挪动着脚步。她毫无理性地觉得父亲还在，像一股微风穿堂入室，幽灵般瑟瑟抖动。一艘渡轮经过，港湾又传来一阵喧嚣。一只夜晚出没的鸟，也许是猫头鹰，发出悠长、悲凉的叫声。蟋蟀断断续续的歌声、远处汽车的洪流掀起潮水般的声浪在夜空回荡。窗玻璃上有一丝亮，也许是月光。伊薇两只手扇动着，似乎要赶走黑暗，摸索着找父亲的扶手椅。那儿。这儿。

她在椅子上坐下，在死一样的寂静中休息一会儿。不久前，死去的父亲还坐在这里。她嘴里轻轻地念叨着他的名字。诺亚：她的父亲，诺亚。

26

马丁醒来时阴茎勃起，心里充满失望。他讨厌自己的身体。那么需要，那么孤单，没有一点点欢乐。这种内心深处的阴郁一成不变，他不由得发出一阵呻吟。

心烦意乱，他站起来默默地走到卧室窗前，看见小巷那边两个和他年纪相仿的男人徘徊了一会儿，鬼鬼祟祟地朝四周瞅了瞅。其中一个把手里的香烟扔到地上，用脚后跟熄灭。另外一个颇为珍爱地捋着浓密的黑胡子，然后敲了敲妓院的门。开门让他们进去的女人也朝四周张望了一下。她看见马丁，朝他乐呵呵地招了招手。马丁有点羞怯地朝她打了个招呼——只是挥了一下手，像个君王。他觉得自己很谦恭，没遮没挡地暴露在光天化日之下。有一会儿，他任凭自己在白日梦里游走：出了家门，走过小巷，被人领到楼上，脱衣服，紧紧抱着那个胖乎乎的女人，立刻就插了进去。他感到一种沉闷的、没有人情味的性欲，一种只想发泄的冲动。这也是一种病态的宣泄，只因为目睹了一场无人在意的事故。

那辆三轮小货车的司机也许最终活了下来。马丁说不准他是否真的当场毙命。也许他此刻正躺在某个医院病房的"电气世界"里接受救治。妻子吻着他的脑门儿，孩子拉着他的手。也许他在那辆大卡车之下，忍受着难以言传的痛苦，听着来往穿梭的汽车发出震耳欲聋的鸣叫。那是他临死前听到的最后的、专横残暴的声音。

马丁在卫生间呕吐了一会儿，倾倒出一股发臭的"细流"，还是觉得非常难受。他想让自己清醒一下。这很重要，他对自己说，安安静静地坐一会儿，想一想，作出决定。是否应该在这儿租一个工作室，创作他的"去圣洁性"序列，或者开始画"皮耶罗－芭比"？是否应该继续探寻父亲在这里留下的足迹？玛丽亚一会儿就从楼上下来，在厨房里走来走去，或者坐在那儿，用钩针编织什么东西。也许应该和她聊一聊。马丁踱来踱去，又向窗外看了看。小巷那边没有动静。这是一桩小心谨慎的生意，她们把鬼鬼祟祟的顾客偷偷摸摸放进去之后，便藏了起来。

马丁理不出头绪，不知道该如何选择或者做什么计划。不能作画，不能读书，不能让自己镇定下来。心乱如麻，烦躁不安。孤独无情地压榨着他。他决定走一条新路到海港，看一会儿苍茫的天空，无垠的大海。不再喝酒。他发现，在下午阳光的照耀之下，屋子里的色彩也发生了变化。大街上还是湿漉漉的，但是闪烁着巴洛克风格的、黄铜色的亮光。有更多的理由出去，去看看变化了的城市。

走下楼梯的时候，玛丽亚面带微笑看着他，朝窗外的亮光指了指。整整下了三个星期的雨，现在终于云开日出。马丁走出大门，精神为之一振。家家户户的百叶窗，甚至房门都打开了。从小巷走过的时候，看得见老房子狭窄小屋里的摆设，看得见起居室里蒙着塑料布的椅子，墙上挂着的圣像和帕德雷·皮奥[①]日历。这里生活着许多人，历史悠久，默默无闻。马丁有一种感觉，似

---

① 帕德雷·皮奥（Padre Pio，1887—1968）：罗马天主教嘉布遣修士会的修士、神父、污名主义者和神秘主义者。2002 年 6 月 16 日被教皇圣约翰保罗二世册封为圣徒。

乎女人都被藏了起来，退居于这座古老城市石头围墙的阴影之下。俯身往一扇窗户里张望的时候，一个围着黑头巾的老太太，正好回头看见了他。老太太大声嚷嚷着骂他。他意识到，自己偷窥到了她的世界。"*Mi scusi*！ *Mi scusi*[①]！"

和朵拉那个隐蔽的院落一样，这里是阿拉伯人幽居独处之地。那张怒气冲冲的脸告诉马丁被他忽略而没有看到的东西：另外一种生活方式，另外一种建筑风格。抬起凝视的目光，他看见墙壁高处镶嵌着一个小小的神龛，里面供奉着圣母玛利亚满面红光的画像。画像上污渍斑驳，有的地方油彩已经剥落。画像前面的壁架上放着一个花瓶，花瓶里插着塑料做的康乃馨。他以前见过这种神龛，可是现在到处都是，仿佛一夜之间出现在你的眼前。光线的变化让她们重新展现容颜。马丁拿出照相机拍了一张照片。

拐过一个街角，五个十几岁的女孩儿挽着胳膊，排成一行向他迎面走来。她们这样"横行霸道"，好像将狭窄的小巷据为己有。中间那个女孩儿穿一件深粉色连帽衫，上面印着几个银光闪闪的大字：*Abbracci*，*baci*，拥抱，亲吻。这几个字让马丁一下子呆住了。*Abbracci*，*baci*，这是小时候他和伊薇一起唱的歌。他们坐在家里那辆老式莫里斯·迈纳牌汽车的后排座大声歌唱，或者躺在父母亲的大床上，看着天花板齐声合唱。母亲教会他们唱这首歌。那是他第一次学意大利文。他非常喜欢，因为歌词押韵，朗朗上口，因为听起来没有什么实际内容，更因为唱出了母亲去世前，他们家的幸福和快乐。这一首节奏单调、声调平和的歌记录了他们情感生活的"微观历史"。

女孩子们从他身边走过时，用方言朝他喊了几句什么，听起来是嘲讽的话。马丁以画家超然物外的目光看着她们，想到可以以她们为原型创造出来的雕塑。她们好像掰开的豆荚，一边三个，

---

① Mi scusi！ Mi scusi：意大利语，"对不起！对不起！"

一边两个，给他让路。那副趾高气扬、大大咧咧、满不在乎、活泼可爱的样子都给他留下深刻的印象。

乌云不时遮挡天空，但大多数时候还是晴天。马丁几乎无法相信，建筑物由灰色变成淡淡的杏黄色。大街上车水马龙，一片繁忙景象。到处都是徒步走的人。天气还不暖和，但世界已经被重新装点。他知道，这是澳大利亚人的想法，他们无法忍受欧洲的冬天，甚至无法忍受地中海那种并不典型的坏天气。但是西西里人也有同感——当他们期待光明的时候，世界却变得那么暗淡。这是3月第一个星期，冬天即将过去。

在四角广场①，八角形的十字路口，旅游者拍那四个喷泉，四个西班牙国王和四个女赞助人的纪念碑。马丁看到这座城市的活力恢复得那么快。一个日本女人在同伴给她拍照的时候，伸出两根指，作出一个表示和平的手势。一对看起来像是来自荷兰的夫妇，查看地图。兴致勃勃的中国游客坐在一辆装饰得很漂亮的马车上，穿街而过。这节日欢乐的景象让马丁叹为观止。这时候，他看见一个男人独自站在离他不远的地方。是悉尼那个警察弗兰克·马龙。即使最无聊的胡思乱想也不会让你想到能在此时此刻碰到此人。他有点拘谨地朝他招了招手，走了过去。

"起初我不敢确定是你，"马龙说，"你来这儿多久了？"

马丁正好也想问这个问题。

"你在这儿做什么呢？"马龙颇有点穷追不舍。

"是官方查问吗？"

"天哪，我只是问问。去喝杯啤酒怎么样？"

马丁建议喝咖啡，他在前面带路，领他去他知道的附近一家咖啡馆。

---

① 四角广场（Quattro Canti）：意大利南部西西里岛巴勒莫的一个巴洛克式广场。

他们之间的关系有点紧张。马丁和伊薇为父亲治丧期间，这个马龙多次打搅，在某种意义上是对他们的玷污。马丁还记得在警察局办公室见面的时候，马龙指责诺亚有罪。

"你的情况怎么样啊？"去咖啡馆的路上，马龙问道。

这是一个马丁不愿意回答的问题。

"你该知道。"他回答道。

进咖啡馆的时候，谈话停了下来。

"一定很难。"马龙说。

马丁无法相信他正在做一次这样愚蠢的谈话。和一个警察。在巴勒莫。

"见到你我很惊讶，侦探。"

"叫我弗兰克。"

"弗兰克。"

马丁招呼服务员过来。这位服务员名叫基诺，马丁知道，他有个堂兄在悉尼。基诺和马丁聊了几句，没搭理和他一起来的这位先生。看见弗兰克困惑不解，马丁不由得有几分得意。基诺送上他们点的意大利浓缩咖啡后，他们终于可以谈话了。

弗兰克解释说，他来这儿是半公半私。"楼上"那些家伙不资助他旅费，可他想从已然乱成一团的婚姻中出走两三个星期。于是和他们达成协议，他来"跟进调查"，不付工资，但给他一点补助。他说，西西里宪兵文化遗产保护局负责接待他，但对与澳大利亚的联系毫不在意。

"尽管如此，他们都希望有机会到悉尼玩玩。这就好比，你给我挠挠脊背，我也给你挠挠大腿。"

马丁想，这家伙真是个投机取巧的混蛋。玩世不恭，自由散漫，也许还行贿受贿。

不过他还是把自己发现的那点线索告诉了弗兰克·马龙。跟他说说这些没什么不好。他描绘了和安东尼奥、朵拉见面的情形，意识到那些所谓线索实在派不上多大用场。

"这么说，你认为诺亚卷入了这个案子？"

"朵拉说没有，安东尼奥说有。我找不到别的线索。我是画画儿的，不是侦探。"

弗兰克问安东尼奥的联系办法。"他是关键人物，"他说，"旁观者有料。"

马丁微笑着。是这个家伙回悉尼那个家的时候了。一位固执的警察，说些愚蠢的话。他觉得很可笑。看来他的兴趣根本就不是父亲这个案子，而是想看一个情节曲折的故事。"不。"他说。

"不？"

"不，我不认为诺亚卷入任何案子。完全是美术界的谣言。谁都有可能听到点儿小道消息。我父亲死了。一座雕像丢了。还有什么呢？难道你想把罪责强加到我父亲头上？你想讨好上司？你想得一枚奖章？"

弗兰克看起来有点懊悔，就像一个受了责备的小学生。"天哪，我们说点儿别的好吗？"

他也许很孤单，在意大利处于一种兴奋的状态。"悲哀。"马丁心里想。这个词好像是专门给侦探弗兰克·马龙定制的。

"这里的天气变化多端，是吧？"弗兰克没话找话，指了指突然之间由阴转晴的天空。一个写着仙山露①字样的遮阳篷在窗外轻轻飘拂。这不是弗兰克·马龙所期望的意大利假日。

马丁不由得生出几分怜悯，决定请马龙一起吃晚饭。他要给他介绍正宗的西西里菜肴。然后看看有没有布鲁斯·威利斯②新

---

① 仙山露（Cinzano）：一种意大利的苦艾酒。
② 布鲁斯·威利斯（Bruce Willis，1955—）：生于西德的美国演员。父亲是驻德美军，母亲是德国人。

演的电影。如果有，就找个放映原文影片的电影院，就可以看到"原汁原味"的演出，忽略下面的字幕。弗兰克·马龙看起来非常高兴，就像从泰坦尼克号上拉下来的一位乘客。马丁仿佛看到他身为警察，危难时刻想要逃跑，却不能如愿的尴尬，现在能像普通老百姓一样被人对待，如释重负。他意识到，他们俩在这一点上有共同之处。都是满载着熟悉的危险，试图逃离某种情感上的东西。都被解释和相互理解的可能性怂恿着、诱惑着。

他隔着桌子看了看，在心里琢磨，弗兰克为什么会坐在这儿？事实上，他烦躁不安。父亲完全有可能上当受骗，做了什么事情，没法对他们讲出实情。或者只是他自己的原因，和所有当爹妈的人都一样，对已经成年的儿女也神神秘秘，若即若离。现在，父亲已经去世，留下一片空白，无可挽回。马丁心里生出一种被侮辱的感觉——就这样对父亲做有罪推断，就这样眼看着这个侦探在父亲死后，依然穷追不舍。但他也想知道真相。尽管这会威胁到父亲的名誉，他还是想知道到底发生了什么。

和弗兰克·马龙分手之后，马丁继续向海港走去。三个男孩儿从他身边走过，拿塑料瓶子当足球踢着玩儿。他们像发射一枚亮光闪闪的导弹一样，把瓶子向他踢过来。马丁接受挑战，用膝盖接住瓶子，然后，朝上一抛，一个"头球"，把瓶子朝他们顶回去。男孩子们齐声喝彩，表示祝贺，然后蹦蹦跳跳扬长而去。他对自己笑了笑。他们的天真无邪。他们的和谐共处。海风在高天吹着。他深深地吸了几口气，把脑海里残存的那场车祸的情景抛到九霄云外。

27

飞往东京的飞机上，诺亚心里很不爽。朵拉坐在中间，飞机翅膀上。他坐在最后面过道那边，蜷缩在不停颤抖的黑暗中。后面那排坐着几个乘务员，有的看杂志，有的闲聊，打发密闭的空间里难熬的十二个小时。她们不时从黑暗的"藏身之地"站起来，亮起手里的小手电筒，给乘客送去一塑料杯水，或者放在托盘里的一点食物。在那一束亮光中，很难看清她们的面孔，只能看见仿佛深陷在黑暗中的眼睛和一团头发。这是孩子们把手电筒放到下巴底下，制造出来的那种吓人的效果。他前面的小屏幕上播放描绘僵尸的系列电影，没有一个人在看。他仿佛早已忘记自己的身体，不能阅读，也不能思维。他觉得眼球突出，既需要抗酸剂，又需要阿司匹林。这是 21 世纪给他的感觉：与自然对抗的长途跋涉，疲惫不堪的另一个世界，锁闭了的天空带来的悲伤体验。

他看见朵拉站起身，在小小的卫生间前面排队。估计她大部分时间都在睡觉。她在什么情况下都能睡得很沉，好像体验死亡。有一次，他在床上使劲摇晃她的肩膀，担心她出了什么事，就像人们摇晃一个婴儿或者小孩儿。她一个激灵醒了过来，他无法解释他是心里着急才搅了她的好梦。她立刻又进入梦乡。那时候他的感觉，就像现在一样，为她这种轻而易举就能逃避现实的本领而生气。

　　他们乘坐不同的航班到达罗马。朵拉提前一天离开。事先约好在什么地方交接手提行李。她用一个新手机告诉他相关细节，之后扔了那个电话卡。她带来了那个"拉古萨"，她说是安东尼奥·多蒂贿赂博物馆门卫好多钱弄到手的。诺亚拿着一个和她一模一样的包，里面装满了她的衣服。"拉古萨"需要帆布行李袋装，普通拉杆箱装不了。那座雕像即使没有底座也很重，而且引人注目。朵拉在巴勒莫的联系人告诉她，她的行李过安检时不会有任何问题，也不会遇到麻烦。但必须在某一个时间到达安检入口，找到某一个人。那人给她打某种手势，她站在他指定的那队往前走就万事大吉。总之，巴勒莫很容易过关。但罗马机场比较困难。她必须算好时间，找到正确的队伍，在那个被贿赂的人换班前五分钟碰头。

　　诺亚听了他们的计划既害怕，又无法相信。朵拉提醒他，意大利走私艺术品没什么稀奇。机场工作人员只要得到丰厚的报酬，你拿什么东西他们才不在意呢。所以不会有危险。在罗马过了安检之后，他们俩交换行李袋，神不知鬼不觉。然后朵拉到免税店买点东西，把行李袋塞满。他们俩互相不说话，也不让任何人在任何地方看到两个人待在一起。朵拉乘坐中转航班前往札幌，在别人眼里，好像还带着那个"拉古萨"。在札幌见到接头人之后，打开行李袋，惊恐万分地发现雕像不翼而飞。巴勒莫和罗马那两个被收买的人都可以做证，证明她确实带着雕像出关了。她可以编一个在东京什么地方被抢劫的故事。与此同时，诺亚转机飞往悉尼。

　　"我的手提行李在东京不会被扫描吗？"

　　会的，朵拉说。可是没有人会怀疑他。他们会认为是一个澳大利亚人带一件纪念品，一件不值钱的艺术品。除非有人从巴勒莫报告失窃的消息，他绝对没有麻烦。到了悉尼之后，他就可以带着笨重的行李，大大方方走出机场，平安回家，过他的老日子。两个星期后，往她家里打个电话。

诺亚起初对此表示怀疑。如果她交不了货，毫无疑问，维托就不可能脱离危险。是有风险，朵拉承认。可是现在已经骑虎难下。维托一直催她按计划行事。他希望骗过那几个黑手党小头目。维托对她说过，他比家里大多数人都活得更长的意义就在于，他要知道，如果他死了，对那些杀死他的人是多大的损失。朵拉不愿意说这件事对她个人有什么危险。她能把握住自己，她说。她担心的是安东尼奥·多蒂。她不太信任他。为了堵他的嘴，她把大部分积蓄都给了他。

诺亚没有特别注意她都说了些什么。他一直在心里琢磨维托，意识到维托可能考虑他死了之后会发生什么事情。侄女会代他受过，而他已经去了遥远的、充满不幸的天堂。他已经成了比他本人更重要的某个计划的一部分，就像在包括他哥哥惨死在内的大屠杀那天发生的事情一样。

诺亚在飞机上觉得自己的心仿佛被掏空了一样。莫名其妙就卷入一个犯罪计划，尽管他认为自己只是替朋友办事，希望因此而改变整个事件的性质。诺亚连那个雕像见都没有见过，虽然现在就藏在头顶的行李箱里。他只在朵拉家里见过她画的一幅素描。那是一个虔诚、温柔的日本女人——文森佐·拉古萨的妻子埃莉奥诺拉的雕像。她的和服滑落下来，露出肩膀和乳房，表现出被爱人亲吻肩膀前那令人销魂的时刻。现在，她藏在黑暗中，面朝下，就在他的头顶，仿佛等待一个亲吻。

想到她就在那儿——一个心怀歉疚、富有魅力的人——他仿佛受到惊吓。一个生活在意大利的日本女人，盼望回到家乡，但为情所困，或者因为顺从，或者因为父母之命，或者是拉古萨对她的生活起了决定性的作用。这是诺亚第一次认真地想象这位艺术家的生活。她的作品、她的"形象"，被他举起来，颤颤巍巍地放到头顶的行李箱。艺术家的生活，他们在真实世界里对美术作品精益求精、执着认真的精神，被偷窃，被倒卖，被崇敬，或者被销毁。他对自己说：文森佐·拉古萨，埃莉奥诺拉·拉古萨。这两个人的跨国婚姻以一种他几乎无法承认的方式赋予了他某种责任。

诺亚想到被发现、审判、耻辱、监狱，心里充满恐惧。他不允许自己以这种假设的方式推动因果关系向前发展。这是一个虚构的现在时态。飞机的震动，按照空气动力学，在气流中俯仰、翻转，围绕半个地球飞行而不偏离航线。这些都是容易得多的、可以客观冷静地去思考的问题。如果没有想到不远处坐着的朵拉，他也许会注重这种自我否定，注重他对她的那种感觉的否定，以及他对自己不想放手的那些东西的否定。他将对自己的孩子，已经成年的孩子，隐瞒这些想法。

诺亚沿着过道走到卫生间，再走回来，只是为了看看正在睡觉的朵拉。她戴着眼罩。对于这个世界，她已然死去。他对自己说：朵拉·卡塞利。

到达成田机场后，朵拉没有回头看他。他看见她从头顶行李箱取下提包，放在靠近过道的座位扶手上，然后跟着大家从飞机左边走下舷梯。

等他走进通道的时候，她已经走了。机场大厅人声鼎沸、灯光明亮，拥挤的国际旅客中，没有朵拉的身影。诺亚知道，他们都要到二号航站楼，然后从那里分别转机。也许在那儿还能看到她。他按照指示牌的指示，快步走着。在机场紧张地搜寻，东张西望，诺亚越发感觉到袋子的沉重、肩上的重任。他往左走，往右走，由原路返回，再从另外一条路走过去。望穿双眼，还是没有她的踪影。

第四部

28

从安吉拉的公寓望过去，是一片很大的草坪。小孩儿和狗在
草地上跑来跑去。草坪周围有一条自行车道，旁边有一条小路。
所以，总能看到骑自行车的人和步行的人络绎不绝从那儿走过。
远处，蓝色的海港遥遥在望，水面上游弋着星星点点的游艇。不
论天气如何，这里都是一片热闹景象。从一丛丛灌木和无花果后
面瞥得见渡船码头。从安吉拉家的窗口伊薇觉得看得更远、更清
楚。银光闪烁的水面上，几乎看得见远处渡船上人们的一张张脸，
看得见草坪上野餐的人们忙忙碌碌的情景。

"又是那个男孩儿，"伊薇说，"那个被大风吹下自行车的男
孩儿。"

安吉拉走到她身边，说："他总在这儿，那个男孩儿。一个人
待着。整个周末都骑着自行车玩。"

上次他似乎走进空想的时间隧道，一半是伊薇，一半是象征
性的什么图标，被扫过水面的狂风从自行车上刮了下来。现在，
他是个孤独的男孩，挺直身子，两手撒把，胳膊平举，骑着自行
车转来转去。有时候，他会抓一下车把，大多数时候，伸开双臂，
努力保持身体平衡。骑着自行车做白日梦，两条腿好像长在别人
身上。大风天，他也许一直就这样玩命骑车，希望被风吹倒。

妮娜站在鱼缸旁边，用手指敲玻璃。两条金鱼大张着嘴，摇头摆尾很傲慢地游走。她弯下腰，吸引它们的注意力，咿咿呀呀发出一连串表示爱意的声音。鱼缸里有个塑料小人儿——潜水员，极小的百宝箱和吐小泡泡的管子。伊薇意识到小妮娜是和那个塑料小人儿说话，不是和金鱼唠叨。这几条鱼和所有的小金鱼一样，看起来那么虚幻。妮娜把胳膊伸到水里，捞出"潜水员"，亲了亲，又把它摁回到水底。她弄湿了袖子，回转头看见伊薇在看她，举起直滴答水的胳膊，耍赖似的叫了一声。

"植耳蜗之后，她就会交更多的朋友，"安吉拉说，"希望她能和别的孩子在一起玩儿，而不是用她的'语言'和塑料玩具说话。"她拿起一块毛巾朝妮娜比画了一下，小家伙扭动着，不让妈妈给她擦胳膊上的水。"马丁认为我夸大其词。事实上，她确实越来越内向，太像一个把自己完全封闭起来的孩子。"

"她看起来很快活。"伊薇小心翼翼地说。

"马丁就是这样说的。是不是他让你这样说的？"

"当然不是。她看起来很快乐，就是这么回事。"

安吉拉坚持认为女儿不快活，太孤独。她特别强调，一个孩子长时间一个人玩很不正常。

好像故意和妈妈对着干，妮娜抓住伊薇的手，把姑姑拉到她的卧室，扑通一声在芭比娃娃的房子前面趴下。这座"房子"是马丁到意大利前留给她的。伊薇现在看到马丁曾经看到的情景：拱门和凉亭的布局可能激发创作一个故事的灵感，人物的摆放也特别注意相互之间的比例。那种简洁特别像诺亚有一次为了讲解透视法而给他们画的画儿。妮娜开始用她那种呜哩哇啦的"语言"说话。当然是冲伊薇说的，但也传达出她的芭比娃娃屋的魅力。伊薇想，这样一个花里胡哨的玩具在孩子心中创造出整个世界。

过了一会儿，她们坐在豆袋坐垫上吃无籽葡萄干。两个人你一颗我一颗地往对方嘴里塞。从长相看，妮娜更像妈妈，不大像马丁。但是有一种难以言传的东西——也许是她的好奇心和喜欢恶作剧从根本上看更像马丁的孩子。伊薇很惊讶自己会这样想。童年时代，听了太多关于圣家庭的故事①，探寻过太多围绕父母失踪的秘密，父亲太过关注他们，承担着母亲的责任，希望他们无所不知。她弯下腰，噘着嘴亲吻妮娜。妮娜高兴地叫喊着，两手捧着伊薇的脸，小嘴噘得像鱼唇一样，吻了姑姑一下。

喝茶的时候，伊薇给安吉拉描绘她给人家讲电影的活儿，没怎么提她对本杰明的吸引。她推心置腹地对安吉拉说，准备和马丁谈谈，是不是把父亲的房子卖了。是的，房子很好。可是她不想在那儿住。安吉拉给她讲了现在的房价、土地税和内郊区的中产阶级化。她对这个话题颇为熟悉，说起来头头是道，津津有味。伊薇想，悉尼人这种谈话真让人无法忍受，总是离不开产权、什么地方房子更好之类的话题。也许全世界都是这样，把想象中的生活融入对所有权的幻想之中，把拥有属于自己的房间作为物质财富的梦想。她烦透了这一套。她们停下话头，看妮娜掰碎一块饼干，用小碎块儿在盘子里围成一个圈儿。

"你不能总是这样过日子，"安吉拉警告道，"没个正经工作。没有一点儿财产。"

真不知道从哪儿冒出这么一句话。伊薇没有回答。财产。什么是财产？

伊薇离开的时候，安吉拉冷冰冰地站在旁边，妮娜从窗口向她招手。她又一次感觉到自己的爱飞向这个小姑娘。她站在高处。是的，很快乐。妮娜蹦蹦跳跳，招手的时间远比伊薇想象得长。孩子们让这样的时刻变长。他们知道自己真正的价值。

---

① 圣家庭（Holy Family）：指圣婴耶稣、圣母玛利亚、圣约瑟等。

安吉拉终于把女儿拉走的时候，伊薇继续穿过微风习习的椭圆形草坪。到处都是跑来跑去的孩子和狗。她又看见那个男孩儿，骑着自行车从她身边一闪而过。这次，他带着一个女孩儿，比他小几岁，坐在前梁上，裙子塞在短裤里，两条白皙的腿耷拉着。他们俩看起来特别像，一望而知就是兄妹俩。所以，安吉拉错了。他不是一个孤独的男孩儿。他还有个小妹妹。

没有正经工作，没有财产。但是港湾的下午，充满瑰丽的色彩。这是另外一种财富。伊薇又开始列表：azurite（蓝铜矿），carmine（紫红色），cerrusite（白铅矿），cinnabar（朱红色），cobalt（深蓝色），galena（方铅矿），graphite（石墨），gypsum（石膏），haematite（赤铁矿），indigo（靛蓝），lapis（青金石），lazuli（天青石），limonite（褐铁矿），malachite（孔雀石），Naples yellow（鹅黄色），orpiment（雌黄），realgar（雄黄），smalt（青蓝色），ultramarine（佛青色），umber（焦茶色），vermilion（朱砂红），zincite（红锌矿）……这是父亲教给她的 15 世纪画家用的颜料。她喜欢这些词汇和它们之间的联系，喜欢回忆父亲讲人物形象的可塑性、光亮度以及所用颜料的矿物成分。他用手指指着一幅画的局部，从眼镜上方或者透过镜片看画面的样子历历在目。

古老的大英图书馆手稿室的情况怎么样呢？诺亚让他们看那些描绘天使的拜占庭风格的画稿。这些画稿保存得很好，朱红色和佛青色的长袍色泽依然鲜艳，边儿上的涡卷形装饰和精美的钢笔画清晰可见。可是天使的脸都变得漆黑。诺亚开始"讲课"。他解释说，19 世纪图书馆的煤气灯释放出硫化氢，和肉色的脸发生化学作用，生成硫化铅。不是颜料，而是一种化学物质。那是一种不可逆的黑色，于是粉红的脸变得漆黑。

那天，她特别高兴。马丁站在一旁，心情不好，用手指堵着耳朵，不停地说："大黄，大黄，大黄，大黄①！"淘气，伊薇想，还有点自以为是。

诺亚很生气，但是故意不理他。他抱起女儿，让她离玻璃柜子更近一点，解释罗马人光谱学的要点，测定年代的程序和鉴别真伪的办法。

"瞧这儿，"他说，"这是金叶子，这是青金石、天青石，这是孔雀石。"

他或许会朗诵一首诗。伊薇仔细看那些很小的人、鸟、变黑了的脸、曲里拐弯的外国字。马丁还在用嘲笑的口吻不停地念着那个词起哄。她讨厌他，也意识到爸爸为她的兴趣而骄傲。感觉到他压低嗓门儿给她讲解时，脖子上热乎乎的气息。他紧紧地抱着她的腰，好让她看得更清楚一点。在手稿室昏暗的灯光下，在散发着一股霉味儿的深褐色大厅里，她感觉到父亲的爱，决心记住他给她讲的这一切。

现在去游泳还不晚，大海就在眼前。伊薇打算坐渡船和公共汽车先回伊丽莎白港，然后换另外一辆公共汽车，经过一座座摩天大楼，到邦代海滩。带着满脑子渴望、房地产、小孩儿和难以言传的记忆，穿过向外无序扩展的城区，脱掉衣服，跑向大海。她要游得很远，游到看不见人的地方。黑幽幽的深水像海底巨兽一样从身下滑过。然后再回到浅水区，看到清洁工人向她走来时，再拍打着层层浪花，潜入水中。她将发现自己的另外一面，像水生动物一样，伸开四肢，舒腰展背，漂浮在水上，望着天空，排列一首颜色组成的"诗"。漂浮着，想象脸在阳光下变黑。

---

① 大黄（rhubarb）：演员模仿人声嘈杂时重复说的一个词。

29

　　二号航站楼，拿着沉重的"拉古萨"，诺亚浑身冒汗，心里很急。他一直急匆匆地走着，连头也没回，喉咙卜卜跳动，知道这是皮疹发作。他发现一张椅子，坐下来休息一会儿，把行李袋放到两腿之间，强忍着拉开拉链，打开包看看雕像是否还在里面的冲动。他坐在那儿，等待着。

　　他想到高血压和心脏病，想象自己或许会在一束光的照耀下，昏倒在一排排天蓝色椅子中间。一个办事高效的女人跑来救助他。一个头戴帽子、身穿黑色笔挺套装的男人走过来，发号施令，让人们抬走他的尸体。混乱中，某位好心人提起行李袋，发现很沉，打开一看，发现了这尊被盗的雕像。诺亚的一位情人曾经管他叫"灾变论①者"，指责他总是密切关注灾难性的后果。那时候，他特别讨厌她对他的这种评论，现在那"妇人之见"却又以一种闪光的洞察力回到他的身边。

　　一位身穿大红和服的日本女人——促销员——端着一盘闪着亮光的样品向他走来。诺亚拿起一小杯，谢过那个女人，一饮而

---

① 灾变论：一种理论，认为地球在过去曾受到突然的、短暂的、剧烈的事件的影响，这些事件可能发生在世界范围内，与均变主义（有时被称为渐进主义）形成了鲜明对比。

尽。女人鞠了一躬，准确地说，只是点了点头。然后端着托盘，拖着脚向他旁边另外一个人走过去。她只给男人，无人拒绝。在机场这一幕宛如戏剧服装和免费饮料的展示中，她无疑是一个颇受欢迎、颇有吸引力的角色。诺亚看着她从一个男人身边走到另外一个男人身边，微微点头，用非常快乐的声调说话。他纳闷，埃莉奥诺拉·拉古萨是否也是这样挺直腰板，踏着碎步规规矩矩地走路。宽宽的腰带几乎把身体分成两截，白色短袜，趿拉着结实的木屐。埃莉奥诺拉·拉古萨——清原玉——回到家乡，在成田机场为人们服务。她穿过时间隧道，死而复生，走过来送给他一杯饮料。

那会是令人毛骨悚然的歇斯底里，可也是一种罪过。诺亚知道，自己看起来一定非常歉疚。每次有穿制服的人，哪怕飞行员，从他身边走过，他都会吓出一身冷汗，一双眼睛不知道该看哪儿。朵拉，那么坚强勇敢，倘若看见他这副德性，一定为他羞愧。诺亚希望再多喝点日本清酒，考虑考虑自己的悲惨处境。

他突然听到周围响起熟悉的"乡音"。飞往悉尼的航班：澳大利亚人。很快他就会混迹于旅客的洪流，走进机舱里那个临时小"社区"。乘客们都带着沉重的手提行李，大声交谈假日结束后的"心得体会"，都表现出一副在国外旅行的天真无邪的快乐神情。只有诺亚，从罗马起飞开始，脑子里就一片空白。现在，在完全可能落入圈套的背景之下，更是一片茫然。他想念朵拉，感觉到她就在不远处的什么地方，可是遍寻不得，只有难言的焦灼折磨着他的心。很快他们就各飞东西，呈 V 字形，飞上一碧如洗的蓝天。

那个穿和服的女人又向他走来，托盘已经空了。不知怎的，看见这个女人，那种许久以前就有的愧疚又涌上心头。凯瑟琳死后，他经常给马丁喝雪利酒①。妈妈的死让马丁痛不欲生，夜不

---

① 雪利酒（sherry）：西班牙产的一种烈性白葡萄酒。

能寐，失眠几乎把他折磨得发疯。诺亚便每天晚上给他喝雪利酒，直到儿子脑袋歪在枕头上，闭上醉意蒙眬的眼睛，发出沉重、缓慢的呼吸声，就像大海吸吮辽远的天空。他现在明白儿子经历了所谓青少年的"精神崩溃"，可是他没有带他去看医生，也没有找心理专家咨询，而是给他喝酒。如果有人问他为什么这样干，他会为自己辩护，他的心情也一团糟，彻夜难眠，全靠酒精催眠。然而，这是不可原谅的、灾难性的决定。后来，马丁沾染了化学物质和不良的生活习惯，痛苦沮丧的时候就靠麻醉剂麻醉自己，直到吸食海洛因。幸运的是在戒毒所的帮助下，总算戒掉了这些恶习。他是一个很优秀的艺术家，但从根本上讲，精神状态不稳定。所以和安吉拉的婚姻解体，也就不足为奇了。

诺亚计算了一下，现在是东京时间早上 8：54，在罗马应该是凌晨 1：54。罗马人显然还在梦中，他疲惫不堪的身体此刻本该也处于睡眠状态。他已经穿越了一条条经线，又朝与地球旋转相反的方向飞行，不再"顺行"，没有角速度。空中旅行，简直是人对身体的一次"施暴"，宛如在太空中投掷自己。诺亚觉得自己仿佛是用霓虹灯组成的一个耀眼、易碎的东西，轻轻闪烁着，充满了电和气体，拍一下就会碎。他觉得自己是被制作出来的一个物件，而不是活生生的人。很快就会又进入漫长飞行的隧道，让自己的身体变得更加混乱。很快就又要在空中飞行，变得麻木不仁，埃莉奥诺拉的雕像再次在他的头顶休息。他把负疚和羞愧藏在一个角落，努力走进梦乡。朵拉在很远很远的地方。

那个送清酒的日本女人又出现了。托盘里又摆满了酒。她尽管认出诺亚，还是朝他走过去，请他再品尝一杯。诺亚拿了两杯。她面带微笑，并无不悦。诺亚坐在那儿，两只手一手拿一个塑料杯子，就像一个贪婪的孩子。然后，一口一杯，灌下刺痛的喉咙。酒精仿佛在他的体内冒着小泡，发出嘶嘶声。女人继续干她的工作，好像她的职责只是为了叫醒那些转机的男人。她像参加什么典礼一样，慢慢地、十分优雅地走着，把商业行为演化成一种仪式。

她转身离去的时候，诺亚从后面看过去，女人身穿和服的背影让他想起凯瑟琳怀伊薇时穿睡袍的样子。这可是"风马牛不相及"的联想。他凝望着那个日本女人，她和凯瑟琳的形象不停地重叠、互换，一种出乎预料的"转喻"、不曾想到的关联。为了庆祝第二次怀孕，凯瑟琳买了一件天青石色睡袍。她穿上之后，诺亚看了立刻想到皮耶罗笔下怀孕的玛利亚。在《圣母玛利亚》①那幅画里，玛利亚的长袍在隆起的肚子上稍稍敞开，一只手放在肚子中间，保护她的秘密，另外一只手叉在腰间。诺亚认为，这是画家笔下最不常见的圣母玛利亚。只有她一半高的天使站在两边拉开帷幕，仿佛宣布：瞧这儿，最神奇的怀孕。

凯瑟琳听了他的妙论，笑了起来。她心情很好，嘲笑他这种比较纯属艺术家的多愁善感。但是那种想象，那种充满抒情色彩的惊愕依然存在。他凝望着她——站在厨房里，两只手端着两杯茶——被一种莫可名状的感觉控制。他想象，这种感觉是他个人的，也是一代又一代男人体验过的。他不敢向她描述这种感觉：知道妻子怀孕时心灵的颤动，或者说，不仅仅是一种普通的为人之父的骄傲。

日本女人回转身，早已去世的凯瑟琳的影子骤然消失。此时此刻，他是一种什么样的心理状态？凯瑟琳的影子附着在这个日本女人身上出现在眼前，仿佛就是为了切断他对朵拉·卡塞利的欲念。诺亚能够感觉到的全是一团糟。空中旅行把他搞得十分沮丧。仿佛在沙漠里迷了路，渴。如果看到镜子里的自己，他一定

---

① 《圣母玛利亚》(Madonna del Parto)：皮耶罗·德拉·弗朗切斯卡的一幅壁画，创作于 1460 年左右。皮耶罗·德拉·弗朗切斯卡用了七天的时间完成了这件作品，使用了一流的色彩，包括由威尼斯从阿富汗进口的天青石所获得的大量"蓝色"。

奇怪这是哪儿来的一个老头？拿着那么重的行李，挣扎在错误的时区。他站起来，摸索着找登机牌和护照。

过安检的时候，诺亚的行李袋被拿到一边，放在一辆金属手推车上。安检员让他打开行李袋，拿出里面的东西。诺亚吓得浑身颤抖，好不容易打开"埃莉奥诺拉·拉古萨"。这是诺亚第一次看到已经和他相伴一路的雕像。朵拉那幅素描和这尊雕像相比，不足挂齿。这张脸显得很特别。诺亚凝视着，意识到自己嘴里一股清酒味儿，看起来一定是一副犯了罪、被人现场抓获的狼狈相。一双手像两只小翅膀，瑟瑟抖动。

机场一位官员，衣冠整齐，短小精悍，满脸严肃，用手指敲了敲雕像，翻转过来，举到脸前，好像那是施洗约翰①被割下来的脑袋。"漂亮，"他用英语说，"非常漂亮。"

那个人也算个文物鉴赏家。他让诺亚把雕像包好，一直把他送上飞机。什么问题也没有了。没有灾难，没有刑事鉴定。原先诺亚设想的种种危险都没有出现。"是的，"他确认，"是的，非常漂亮。"

上了飞机，诺亚还在浑身颤抖，不由得闭上眼睛。他必须保持镇静，设法重新控制局面。成田机场一定是个召唤幽灵的地方。怀孕的凯瑟琳。丧失亲人、痛苦万状的马丁。他又一次看见喝醉的儿子头发蓬乱的脑袋和沉入梦乡的样子。看见他眉头紧锁的脑门儿、被痛苦扭曲的小脸。看见他在酒精的作用下"飘飘欲仙"，起初一声不响，然后慢慢下沉、下沉。一张脸很平静，最终遥不可及。

---

① 施洗约翰（John the Baptist）：《圣经》人物，耶稣基督的表兄，在耶稣基督开始传福音之前在旷野向犹太人劝勉悔改，并为耶稣基督施洗。同时他也是伊斯兰教的先知。

30

  巴勒莫当然也是一座超级市场、体育场馆、影剧院、服装连锁店一应俱全的大城市。和别的任何一座大都市一样，这些设施都处于现代化的涡流中。一个汽车展厅正在展示一辆新款菲亚特。税务局大楼的玻璃幕墙闪闪发光。像意大利大多数城市一样，郊区高楼林立。这些高层建筑都涂成浅黄色，好像在回忆建筑史的黄金时代。笨重的空调机像壁虱一样爬在外墙上。这些玩意儿都是六七十年代的产品，早已属淘汰之列。

  马丁住的巴勒莫则是另外一番天地。那是断壁残垣的旧区，无法逃避的凄凉之所在。他喜欢那些乱七八糟的涂鸦，摇摇晃晃的脚手架，肮脏的通道，狭窄的小巷。他喜欢 dilapidation——"破损""崩塌"。偶尔有一袋水泥撒在建筑工地上，也不会改变马丁那种"诱人的废墟依然存在"的感觉。Le chiese sconsacrate[①]仍然感动着他那颗不信教的心。每一次从"东方三王教堂"旁边走过，看到用水泥封死的窗户，他就希望教堂重新开放，里面坐满做礼拜的人。一辆马车出现在车辆来往穿梭、行人熙熙攘攘的大街上，马儿吓得眼球凸出，脖子上青筋毕现。他突然觉得这仿佛是过去的一个"截图"，往事历历在目。

----

① Le chiese sconsacrate：意大利语，"被亵渎的教堂。"

他对自己说，可以允许外国人有这样的误解。他对这座城市的历史一无所知，或者对这个地方真正意味着什么，不甚了了。和伊薇不同，她什么都懂，他却只会画几幅安慰人心的画儿，只懂得构图、布局，色彩与空间的关系。在他看来世界变得越来越简单，处事越来越容易。有一天夜晚，从巴格里亚①坐公共汽车短程旅行回来，他坐在路灯下，看车灯汇成一股洪流，在雨丝雨线中游动。他觉得巴勒莫仿佛笼罩在一层膜里，什么也没有显露。

弗兰克·马龙的话让马丁这样看问题。弗兰克对他说，除了食物和酒，巴勒莫让人非常失望。他本以为这个地方会像罗马，或者至少像博洛尼亚②。马丁听了十分不屑，忍不住抽了抽鼻子。他俩顶着毛毛细雨，步行到普雷托利亚喷泉——马丁答应带他看风景。路上话题转到诺亚身上。弗兰克坚称诺亚的事是个"案子"。

"看起来诺亚比那个女人，那位朵拉·卡赛迪，晚一天离开巴勒莫。"

"朵拉·卡塞利。"

"对。他跟她一起到了东京，事实上同一个航班。"

"我父亲从来没有去过东京。"

"意大利航空公司可不是这样说的。"

"问安东尼奥·多蒂，他能说清楚。"

"安东尼奥联系不上，大学的人说他请假走了，谁都不知道上哪儿去了。"

"问朵拉。"

"她拒绝回答我的问题。我没有权利强迫她做任何事情。当

---

① 巴格里亚（Bagheria）：意大利西西里岛巴勒莫省的一个小镇。
② 博洛尼亚（bologna）：意大利艾米利亚－罗马涅大区首府，举世闻名的贸易中心。

地的警察绝对不肯帮忙。早些时候他们讯问过她，结果一无所获。我这次可是完蛋了。惨了！"

他看起来又一脸冷酷。马丁没注意听他说的那些话。他想起 *pentimento* [①]——诺亚教给他的一个词。他在想 *abbracci*，*baci*。脑子里一片混乱，纳闷弗兰克·马龙怎么会以这样一个经不起推敲的借口来巴勒莫旅游。

他们绕过博洛尼亚广场，在一辆装满水泥和碎石的大卡车后面走着。马丁抬起头，看见旁边一座楼上高高地挂着一个装饰华丽的大理石牌匾。他停下脚步，在心里默默地翻译。

"那是什么？"马龙问。

"上面写着，1860 年 5 月，加里波第曾经在这里睡过两个小时。"

"加里波第？"

"统一。"

"没错。"马龙停了一下，"你以为我不知道加里波第是谁，对吗？"

弗兰克·马龙听起来很受伤害。他的"案子"压根儿就不存在，没有罪犯，没有理由待在巴勒莫。马丁几乎有点可怜他。他对着那个大理石牌匾拍了一张照片。伊薇会喜欢的。只两个小时。这种对人会筋疲力尽的认可以及对人类脆弱和时间流逝的感慨令人感动。

"两个小时，"马龙自言自语，"会是多大一笔交易？"

马丁不知道弗兰克·马龙这种陪伴他还能忍受多久？他想，可以一起再吃顿饭。游览之后吃午饭，然后他想画画儿。他想一个人待着。他的速写本和照相机芯片很快就满了。他现在下定决

[①] Pentimento：一种绘画上的改变，通过之前作品的痕迹可以看出，画家在绘画的过程中改变了对构图的看法。这个词在意大利语中是悔改的意思，来自动词 pentirsi。

心，不再掺和诺亚的事情。他要认认真真画两个星期的画儿，最多三个星期，然后就回悉尼。他想念妮娜。她一直打手势问爸爸什么时候回来。他想告诉她一个具体时间，好让她在日历上标出来。孩子们需要有这样一个日子期盼。他想，也许他自己也需要。这种限制不但会约束你的思想也会约束你的行动，不至于天马行空。此外，他也想念伊薇。现在，他们又建立了联系，他的生活因此而增加了新的内容和色彩。现在，他更容易打开记忆的闸门，他的自我意识和她不同寻常的权威仿佛被一条条明亮的线连在一起。现在，他只是把她当作成年人瞥上一眼。兄弟姐妹之间要用多少年才能真正相互了解？也许——他几乎不敢想——如果诺亚还活着，他们彼此不会靠得这样近。

马龙戴着一顶帽子。此刻尽管潮湿、乌云密布，他还是戴上了墨镜。化装，弗兰克·马龙等于给自己化了装。弗兰克把自己打扮成旅游者，实际上变成另外一种目标。他弓着腰，一副唯唯诺诺的样子，举手投足全无警察的风范。普雷托利亚喷泉周围空无一人，只有他们两个游客。广场那边有一两个人晃来晃去，但是没有游客在这座用栏杆围起来的喷泉前面驻足停留。那座水淋淋、滑溜溜的纪念碑在昏暗的光线下灰蒙蒙，往日的辉煌早已褪尽。一条黑狗正在睡觉或者已经死去，静静地卧在喷泉下面湿淋淋的石板上。

弗兰克一脸迷茫，面对五十座裸体大理石雕像——全都搔首弄姿、嬉戏玩乐——不知道该朝哪儿看。"太过分了，不是吗？"他轻声说。

"他们管这个地方叫'羞耻的喷泉'，"马丁回答道，"太多的 *ignudi*，太多的裸体雕塑。文艺复兴盛期。16世纪中叶。不要问我是怎么知道的。"

诺亚曾经告诉他和伊薇美术史上一些具有里程碑意义的作品。五十步开外，他就能辨认出那是卡拉拉①大理石。那些雕塑非常漂亮，有怪兽、女神，还有一个强壮的狄俄尼索斯②。他虽然胖但不乏阳刚之气。有一两个引人注目的女人，故作端庄地把脸转向一旁。弗兰克虽然有点不好意思，还是想站在喷泉前面拍张照片。

"那个。"他说。

他从那一群充满阳刚之气、千奇百怪的雕塑中指出一个女人的雕像。她好像是在那些公然作恶的魔怪中预先给自己找好一个位置。马丁此前没有注意到这个女人。她摸着裸露的乳房，小脑袋转到一旁，似乎满脸通红，看她的私处。他猜弗兰克一定像个十几岁的男孩儿，阴茎已经偷偷勃起。警察取下墨镜和帽子，站在女人旁边，面带微笑看着镜头。

马丁从照相机取景器里看见托马索·萨尔沃。他在广场一个角落徘徊，在圣凯瑟琳教堂旁边停下来，朝这边张望，但是没有走过来。马丁朝他招了招手。托马索一脸不安和歉疚，看了他一眼，赶紧溜之乎也。那副模样让马丁觉得这位托马索一定一直跟着他们。马丁想和弗兰克说这事儿，但话到嘴边儿又咽到肚子里，又给他照了一张像。弗兰克看起来不像成熟的大男人，更像一个鲁莽的小青年，没有安全感，又希望留下点对这座城市的印象。能来一趟意大利，他很高兴，虽然只是短暂的快乐。这张照片便是最好的证明。

他们绕着喷泉转了两圈儿。天又下起雨来，马丁建议早点吃午饭，还说他下午有事。他们俩的游览索然无味。那条黑狗像一

---

① 卡拉拉（Carrara）：马萨－卡拉拉省（意大利托斯卡纳）的一个城市，以在那里开采的白色或蓝灰色大理石而闻名。
② 狄俄尼索斯（Dionysus）：古希腊神话中的酒神，他是宙斯的私生子，出生时历经艰辛，成年后赫拉仍不肯放过他，使他疯癫，到处流浪，受尽折磨。

团影子，看到掉雨点儿就站起来，迈开四条一定是因为患关节炎而僵硬的腿，找地方避雨去了。马丁舒了一口气。他心里一直不得劲儿，不愿意自己拍的照片或者视野的边缘有一条死狗。那条狗好像迷惑不解，颤颤巍巍走到一个雨篷下面停了下来，四条腿在身体下面吃力地弯曲着，卧了下来。

吃午饭的时候，他们有一搭没一搭地闲聊，都是讲悉尼的事，足球、橄榄球、房地产。两个人都吃得很多，先是开胃小吃，然后头盘主菜，第二道肉类主菜，甜点。两个人都在使劲儿吃，好像食物填补了缺失的东西。弗兰克拿起酒瓶，朝他这边偏着，辨认上面的商标。他叹了一口气，还是没看明白。马丁烦得要死。也许因为喝了酒的缘故，弗兰克突然毫无来由地笑了起来。马丁也跟着笑了几声，心里想起诺亚。

31

伊薇发现 Skype 有一种永恒的魅力。听见马丁的电话铃声，在家里便可以和他视频。卫星传来清晰的信号，他们很快就出现在屏幕上。她想象光束穿过太空，以巨大的 A 字形将他们连接起来。马丁往后坐了坐，这样他的脸就不至于扭曲变形。兴致勃勃地游泳之后，伊薇的四肢柔软灵活，全身放松。

"伊薇，我想让你见见我的好朋友维拉玛尼。"马丁说道。

马丁身子往后仰了仰，伊薇看见屏幕上出现另外一张脸。一双眼睛闪闪发光，小心翼翼地微笑着。

"认识你很高兴，维拉玛尼。"

"伊薇小姐，你哥哥是个非常棒的画家。真正的第一流画家。"

"我给他两个可爱的孩子画过画像。"马丁解释道。

维拉玛尼摇了摇头。"那画像，真是第一流的！认识你很荣幸，伊薇小姐。"

然后，他就从屏幕上消失了。马丁往前凑了凑。伊薇看见他挤在狭小、昏暗的小分隔间里。那里面一定到处都耷拉着电线，电器嗡嗡嗡地响着，散发着热气。她应该再次建议他搬到有 Wi-Fi 的旅馆里去住。

"你都好吗？"

"我已经预订了回家的机票，这很重要。现在能好好地干点活了，妮娜会很高兴的。17 号，还有两个星期。"

"我今天见妮娜了。我们一起吃了小葡萄干，玩她的玩具房子。"

"哦，那座芭比娃娃的小屋。"马丁说，面无表情，高深莫测。伊薇等待着。"我昨天又见那个侦探了。"他一本正经地说。

这正是他叫她 Skype 的原因。他前几天给她发过一个邮件，说马龙到巴勒莫了。伊薇寻思一定是那个侦探发现了什么秘密，马丁拖延着不想马上跟她说。也许是什么让人难以接受、无法忍受的事实真相。她害怕，这个消息会让她两手捂脸，连头也抬不起来。

"有什么事吗？"

"没什么新鲜事。那个家伙是个卑鄙小人。他什么也没发现。这也是一种解脱，伊薇。我们可以不再想这事儿了。"

这事儿。伊薇无法忍受哥哥说话的那种口气。轻描淡写，似乎和他没多大关系。他把这个世界的层层迷雾和道德上的难解之谜都用一个不足挂齿的"这事儿"一言以蔽之。她觉得这真是一种无情无义和不成熟的表现。她从一开始就觉得"这事儿"没那么简单，里面一定有一个曲折复杂的故事，和侦探办案无关，也没有惊悚悬疑小说里的情节，但是父亲在意大利待的那段时间一定发生过许多不为人知的事情。还有那个名叫朵拉·卡塞利的女人，那座丢失的雕像。伊薇不知道该和哥哥说什么，既然"这事儿"无关紧要，既然他已经惹她生气。她第一次觉得当初应该跟哥哥一起去意大利。握着他的手，站在他身边。

"我刚给你发了一张挺有趣的照片。是个牌匾，"马丁说，"挂在一座房子外面的墙壁上。上面写着 1860 年，加里波第曾经在这里睡了两个小时。"

这种一本正经的表述听起来很怪，但也亲切。马丁想听她怎么说。但她觉得此时此刻讨论加里波第在哪儿睡过觉实在没什么意思。在这种情况下，他觉得很有必要维护他们之间的关系。

"两个小时。"他连忙说。

伊薇意识到哥哥只想听她说话，不想聊天。她不明白，他为什么对加里波第那个牌匾感兴趣。他也许一直在想时间的流逝，记录这座城市的标志，记录民族主义者的奇思妙想。这样的奉献，虽然微不足道，但也流芳百世。

"是睡过了头，还是没有睡过头？"马丁问道，意在鼓励她把谈话进行下去。他也许一直在恳求她。

他的问题让伊薇吃了一惊。哥哥简直变成哲学家了。她看见屏幕上的他，仿佛有一缕光从身后照射过来，脸笼罩在阴影之中，好像穿着修道士的蒙头斗篷。想到他追求独立的艺术，赞赏自己的女儿，疯狂地追寻父亲的足迹，伊薇拿定主意，一定要学会正儿八经地对待他，不能再把他不当回事。在这里，在两个时区之间这个开放的空间，他们可以见面。

"让我想想看。这是个好问题。我首先想到的是，没有意识就没有时间。"

马丁等了一会儿。"还有一件事。"

"什么事？"

"你还记得 abbracci，baci 吗？"

就像一阵风扑面而来，差点儿把她吹倒。"当然记得。那是我们的歌。你怎么想起这事儿来了？"

"我看见这两个字印在一个女孩儿的连帽衫上，闪闪发光的装饰。看到这个女孩儿朝我走来之前，我把小时候唱过的这个歌忘到了九霄云外。"

不是怀旧或者伤感，而是一种让人困惑不解的认可：她由此意识到，被她称之为"短暂的文化"——儿童的文化已经深深扎根在心里。伊薇想起小时候常说的玩笑话，这些话对他们也产生了很大的影响。她想起诺亚开车穿过翁布里亚一座座小镇浓荫覆盖的小巷，她和马丁坐在后排座说笑打闹。诺亚满头灰白的头发，两手紧握方向盘，旁边副驾驶的位子空着，让人看了心酸。她记得诺亚回过头来，大声呵斥，让他们别闹。兄妹俩安静一小会儿便又肆无忌惮地唱了起来。小孩子总是这样，令人讨厌，活力无限，一次又一次去做那些恼人的事情。等到终于连自己也烦得不想再唱的时候，两个人便开始大声争吵。然后不一定是谁，爬到前面的空座上在父亲身边坐下。父亲便开始考他们意大利语，让他们背诵圣人生平故事中那些不可信的细节。

伊薇说："最近我又想起皮耶罗画的那些画像。《乌尔比诺公爵和公爵夫人肖像》。你还记得那幅画让你多么着迷吗？公爵被剑划伤的脸，看不见的那只瞎眼，鼻梁上的豁口。诺亚给你讲了他们的故事。你就想找一张从另外一面画的肖像——眼睛瞎了的那面。"

马丁没有回答。现在轮到伊薇等待了。她想到她曾经和哥哥提起过本杰明，把他纳入他们的视野。

"那时候，我是个挺讨厌的小家伙，对吗？"

他想起那件往事。她说得没错儿。他们和诺亚一起在乌菲兹①，与眼前那两幅《乌尔比诺公爵》和《公爵夫人》肖像画呈三角形观赏。这是父亲创造的一种让图像活起来的办法。现在成了他死后的影响和"后遗症"。

游泳池突然传来水花泼溅的哗啦声，然后是柔和的、有节奏的划水声。这次不是一个小孩儿在水面嬉戏，而是有人在夜晚游泳。水流声结束了他们的谈话，把他们说的字字句句冲到远方，仿佛打破了一道符咒。

---

① 乌菲兹（Ufizzi）：美术博物馆，佛罗伦萨最有名的旅游点之一。

32

时间膨胀[①]，这就是所谓时间膨胀。马丁感觉到了这种"膨胀"。伊薇在悉尼已经安定下来准备度过夜晚了。他在心里描绘着，地球那边，父亲的公寓里，她从椅子上站起来，光着脚向卧室走去，一副泰然自若的样子。她会拿着一本书，打开灯，靠在诺亚那张床的床头，翻到她要读的那页。一张表：也许她又要按字母顺序排列一张什么表。马丁嫉妒她的精明和沉着。她明智而系统地运用自己的知识，总是能找到一种隐藏在背后的秩序。而他们无序的生活需要的却是这种不协调——她的表，他的画，她的沉静、忍耐，他的喧闹、叛逆。现在他看到，她那个神秘空间的通道，一步一步地用字母表示；而他的内心世界仿佛一个个房间，两边都敞开着。尽管如此，他们还是可以很好地"组装"在一起，可以互补。

这些抽象的想法渐渐远去，但她依然存在。黑夜。伊丽莎白港。永远的悉尼港。窗外是纠结在一起的灌木丛，盛开的热带花木，但在夜幕下，颜色褪去。马丁想起那个游泳池。最近它常常出现在梦里，波浪起伏，宛如大海。细碎的浪花，深不见底的湛蓝。

---

① 时间膨胀（dilation of time）：在相对论中，时间膨胀是两个事件之间经过时间的实际差值，由相对运动的观察者或与引力质量位置不同的观察者测量得到。

他不再寻求进一步的联系。巴勒莫还是白天，漫长一天开始不久。维拉玛尼给他倒了一杯茶放在旁边。马丁朝他点了点头，表示谢意，装作一心一意写邮件。尽管他告诉伊薇 *abbrraci*，*baci* 之后，听到她的惊讶，知道往事的回忆又出现在她脑海之中，他还是觉得没能和妹妹很好地交流。这本来是一个很好的机会和她说说那天亲眼看到的那场车祸，那个葬身于车轮下的三轮小货车司机。事实上，他就是为了和她说这事儿才找她视频的。可是，他竟然像个傻子，只字未提。将来，回悉尼之后，他会告诉伊薇，一个人的生命怎样在他面前戛然而止。告诉她那些不断鸣笛的汽车以及它们在潮湿的天空下造成多么大的混乱。告诉她，虽然那个人和他素昧平生，但他的死对他产生了可怕的影响。那是放大了的诺亚之死在他心中造成的痛苦，唤起了恐慌和对命运的屈从。虽然那么遥远，但车祸中丧命的司机宛如无法抗拒的情感的纽带，让他又看见父亲的尸体，痛不欲生。

马丁不相信过于夸张的反应，不愿意承认这个世界充满戏剧性，充满毫无根据的悲剧。他仍然需要相信，人总是眼见为实。

加里波第睡觉。诺亚会喜欢这个话题。乌尔比诺公爵，头戴一顶可笑的红帽子。伊薇提醒他，公爵的脸曾经被剑砍过，但皮耶罗没有画那毁了他容貌的剑伤。马丁想起在乌菲兹，诺亚给他们讲那两幅肖像画，时间、背景。他还说，妻子的脸之所以那么苍白，是因为那幅画是她死后画的。诺亚那天关于美术的主题是隐藏。他告诉孩子们，隐藏也是艺术的功能。

33

　　该开灯了，伊薇想。她关了笔记本电脑，打开屋里的灯。灯光骤然照亮诺亚的公寓。他仿佛仍然住在这里，而她自己存在的"证据"少之又少。除了沙滩浴巾搭在椅背上，手提包和太阳镜放在衣帽架上，这地方仍然是他的。到处都是父亲的"遗迹"，他留下来的东西原封不动放在那里。马丁答应，如果她一个人清理不了父亲的遗物，等他回来一起干。但是现在，公寓仿佛被时间凝冻，谁都无法挪动诺亚放在这里的任何一样东西。

　　除了图书和几幅圣像，没有什么值钱的东西。他对印度靠垫情有独钟，靠垫上绣满各种图案，已经磨损，还有镜子似的小亮片，不少已经开裂。在她看来，继承父亲留下的"物质遗产"很不爽，但伊薇还是打算要这几样东西。不值钱，平平常常。它们似乎都是东方某种猩红的色调——也许是朱砂——就像他从土耳其买的那块图案华丽的地毯。这是诺亚和他们的母亲对两个人共享的嬉皮士岁月的让步。那时候他们家快乐、幸福、和睦。

　　伊薇知道，自己很像母亲。诺亚总那么说。阿德莱德的外祖父、外祖母也这样说。记得他们凝视着她，目光里充满怜惜和怀念。他们坚持说，她和妈妈简直是一个模子刻出来的。现在，在父亲的房子里，她又想起母亲凯瑟琳。

游泳池传来的水声让她心里不安。站在窗前，温暖的夜色中，她不由得打了个寒战。伊薇又关了刚刚打开的灯。黑暗笼罩她的双肩，又漫进房间。她听着那个游泳的人在水中搏击的声音，在黑暗中冥想。树影婆娑，宛如流动的磷光在对面的墙壁上摇晃。远处灯光闪烁，游泳池里星光点点，涟漪层层。

在父亲家，伊薇睡得很踏实，没有了时间概念。甚至下午在浩渺无际的太平洋里游泳也融入属于她的黑暗之中。没有梦，或者做了梦也不曾记得。没人打搅。如果有人还在游泳池游泳，她也听不到他或者她发出的响声。如果港湾发生了什么悲惨的事，或者隔壁在为什么喜事庆祝，她都一概不知。天亮了，伊薇知道巴勒莫此刻天黑了。她在晨曦中起床，默默地、真诚地祝远方的哥哥晚安。

她穿着睡衣，站在小煤气炉旁边，用父亲的壶煮咖啡，倒到他的杯子里，用他的勺子轻轻搅动，坐在他喜欢坐的那张很舒服的椅子里，出奇地镇定。她注意到新的一天斜射进来的阳光。门口一只猫喵喵喵地叫着。伊薇把咖啡放到一边，让斯特罗兹进来。太阳把它的皮毛晒得热乎乎的。它一声不响，浑身上下散发着善良的小动物的气息。伊薇摸着它的面颊，揉搓着它的下巴，喂了它一罐金枪鱼。它被她摸得打了个滚。没有迹象表明"我是你真诚的朋友"。

"这是第一天，"伊薇对本杰明说，"我觉得轻松了许多。少了负担。我想说，是因为昨天晚上和哥哥马丁谈话的原因。我们分享了往事的记忆，虽然都是些小小不言的事情。起初聊得并不好，没有真正沟通。可是后来，我也不知道怎么回事，聊得轻松起来。"她心里真正的想法是，这种轻松不会长久，是人们常说的那种"虚假繁荣",就像那首儿歌，*Abbracci，baci*。

天气晴朗，一碧如洗。他们坐在公园里。"石头"在他们前面独自嬉戏，为自由而疯狂。像拉布拉多[①]，一会儿跑过来向他们示好，一会儿吠叫着飞奔而去。跑回来，再跑走，再跑回来，再跑走。伊薇知道，自己一反常态，说出这么多平日里根本不会跟别人说的"私房话"，是对本杰明感情的一种展示。可是他看不见她是如何凝望他。她对自己说，他并不知道她真正的感受。这样说自然也是一种自我保护。

"石头"朝一个慢跑锻炼身体的人兴致勃勃地跑过去，打乱了那个人跑步的节奏。他转了一下身，差点儿摔倒，朝他们愤怒地叫喊着，指责他们不给狗拴链子。

"对不起，老兄。"本杰明说。他朝"石头"喊了一声，狗老老实实跑了回来。他们开始回家，伊薇挽着本杰明的胳膊。狗在前面跑着，东嗅嗅西嗅嗅。狗的这种精神给人一种轻松愉快的感觉。小时候她和马丁都特别想养一只宠物，譬如养一个像斯特罗兹那样的小猫，老实温顺，或者像"石头"那样不好管束、吵吵闹闹的狗。

走进莫顿湾无花果树投下的浓荫，本杰明说，他知道已经离开阳光照耀的地方。皮肤不再感觉到阳光照射的温暖，黑暗程度的变化也告诉他这一点。伊薇想，他是另外一个世界的东道主。在那个世界里，任何东西的比例大小，都不是一成不变的。有的东西可能撞到他身上，有的东西则可能退避三舍，或者它们的存在只是为了让他触摸。一切都是看不见的表象，都是可能造成忧惧的原因。她意识到自己是在理想化本杰明被剥夺的视力。她觉得这是一种赞赏，而这赞赏近乎于爱情。

他们爬上一座小山，向他家走去。拾级而上的时候，两个人

[①] 拉布拉多（labrador）：一种纽芬兰猎犬。

的身体和步调完全一致。伊薇挽着本杰明的胳膊，两个人身体相依，腰肢摩擦，感觉得到相互的体温。他步伐坚定，充满自信，更感觉到一种新的亲密。他的手臂和她的手臂之间形成一个三角，既亲切又暗示着什么。一段不长的攀爬似乎已经让他们达成某种共识。到了家门口，本杰明问道："进屋待一会儿？"她觉得口干舌燥，皮肤却充满活力，回答道：当然。她当然要进屋待一会儿。他们把狗关在后院儿，留了好多狗粮，不让它打搅他们。

伊薇先给本杰明脱衣服，吻他衣领里的脖子时，他一动不动地站着。然后解开扣子。两个人都慢慢放松，她扯下他的衬衫，把滚烫的面颊贴在他的脖子上，感觉到那咸咸的味道。她不必找他的腰带和拉链，摸索着便脱下他的裤子，然后弯下腰帮他把裤子揪扯下来。他自个儿脱下内裤，不慌不忙，但有点羞涩。让她羞愧的是，她想起了另一个男人。他说："闭上眼睛。"可她没有，也不能。她继续看着。

伊薇还在全神贯注地看，本杰明伸出手摸索着，拉开她裙子的拉链。她觉得后背洞开，连衣裙从高耸的胸和俏丽的臀飘然而下。她迈开修长的腿，跨过落在地板上的裙子，自己解开乳罩，他跪在地上，脱下她的内裤，一边脱，一边把脸贴在上面。雄姿勃发，充满对她的渴望，手停留在她大腿间的隐秘之地。他们一起倒在床上，被一种巨大的宽慰和轻松包裹。他的呼吸和她的呼吸交融。他把拇指放到她唇边：不要说话。往昔的印记已经消失，现在他已经开启新的大门。这是本杰明第一次抚摸她的脸，但她看到他紧张、迷茫，自己的脸仿佛离得很远。他闭上一双失明的眼睛，摸索着进入她。

事后，他们俩都平静、安详，谁也没多说话。伊薇站起来，一丝不挂在屋子里心安理得地走来走去，倒了两杯冷饮，然后回到床上。他们背靠床头，默默地坐着。刚才屋子里还云翻雨覆，激情四射，春声迭起，现在却一片寂静。伊薇偎依着本杰明吻他，本杰明吸吮她的指关节。是的，她得走了。是的，她会打电话。

暴风雨正在逼近。她轻轻地关上门，离开那幢房子，抬头向天空望去，看到天气变了，雷雨云越过海洋，从东边飞驰而来。天空闪耀着古色古香的纹章的色彩，红色、紫红色，还有一抹蔚蓝，增加了这场"情感戏剧"的效果。伊薇在吃晚饭前离开本杰明。她需要一段时间恢复自己那种无忧无虑的感觉，需要把自己从突然之间变成的"一对儿"中剥离出来。她异常兴奋，但也有点害怕。很镇静，但也不安。平常，她总是有点羞怯，可是此刻办起事像个男人。本来应该再多待一会儿，跟本杰明聊聊天，可她就这样走了。

大雨即将来临，她决定冒雨步行回家。现在她要思念他，但要努力做到不需要他。女人如水，既可以冲散，又可以包容。她似乎应该进去，表示她完全沉浸在他的世界里。她裹在风雨中，大步向前，看着周围的一切。

34

　　他们的计划是，上午晚些时候，一起乘公共汽车到朝圣者山，这样一来，玛丽亚就误不了中午到圣罗莎莉亚教堂做弥撒。他们从斯特卓广场坐 812 路公共汽车。玛丽亚做完弥撒坐公共汽车回家，马丁自己步行下山回城里。他把速写本、照相机装进双肩包，把那一对儿还包在纸巾里的小银耳朵装到侧面的小口袋里。早晨他就觉得没有什么好兆头，寻思和伊薇说说那个车祸中丧命的人的事儿或许好一点。可是闲聊了一会儿之后，出乎意料地感到心里轻松了许多。是他们共同回忆起 *abbracci*，*baci*：在汽车后排座大声歌唱，互相扔樱桃核玩。用小孩儿会的那几句意大利语瞎嚷嚷，大睁着眼睛朝同一个方向张望。

　　阳光明媚。玛丽亚觉得，她应该在这个好天儿和马丁郑重其事地谈一谈。她说，这么好的天气是个好兆头。圣罗莎莉亚一定会答应他代表女儿提出的请求。她像平常一样，穿着寡妇们穿的黑色长裙，但是围了一条年轻姑娘喜欢的桃红色花朵的围巾，背了一个红色漆皮小包。这个包马丁以前没有见过。她挽着他的胳膊，让马丁大为感动。两个人像一对母子，走出家门，向公共汽车站走去。

　　玛丽亚先停下脚步，敲了敲对面那幢房子的门。门开了，玛丽亚从包里掏出一罐腌金橘，递给开门的妇人。两个人很友好地聊着，马丁估计她俩一定是老朋友了。他听见房子里传来咯咯咯的笑声，看见亮着一盏瓦数很低的灯泡，挂着一块块多种颜色交错的塑料布。门廊放着一张苫着橄榄绿厚毛呢的摇摇晃晃的牌桌。他一直对这个妓院里面到底是什么样子好奇，这一眼瞥过去，没觉得有什么色情的东西，平平常常，什么特别的东西也没有映入他的眼帘。这一瞥也是一种放松，那令人烦恼的欲望瞬间化为乌有。

他们坐在公共汽车上，一路颠簸，盘旋而上。一缕缕阳光从树木间照射下来，落在地上，装饰着公路，又向上升起，和落下来的阳光融合在一起。没有雨，马丁心里想，啊，没有雨。他们经过乱石丛生的荒野，经过一片片冷杉树林和一株株巨大的仙人掌。汽车向上行驶的时候，穿过一条沙石小路，再穿过公路。巴勒莫在他们身后变成一幅全景画，遥远、安静。

玛丽亚好几个星期都沉默寡言，今天心情舒畅，话格外多。她说她婚后不孕，曾经把一个微型纯银子宫供到圣罗莎莉亚的神龛，结果就生下了托马索。后来她又一次次供奉，可是没有再生一男半女。有个儿子就是上帝的恩赐了。圣人太忙，那么多来祈祷的人都得安抚，没法再让玛丽亚生个孩子了。她说，她先后供奉了六个银子宫，直到丈夫去世。那以后，她便明白，必须把全部的爱都给一个孩子。生下托马索就足以让她信仰不变，至于那五次的失败她早就忘到脑后了。

好几个星期，玛丽亚给马丁做饭，换刚洗过的床单、浴巾。他出去的时候，她给他打扫房间，拿走垃圾、瓶子，还在一个小花瓶里插一枝花，但是觉得跟他没什么好说的。现在她却毫不犹豫地和他讲子宫的事儿。小心谨慎、缄口不语都不复存在。她跟马丁说话，好像他也是个老太太，一个意大利人，同龄人。她跟他总结自己这一生。

他俩不看彼此，都直盯盯望着前面的路。但是在一闪而过的缕缕阳光和高低不平的上坡路上，在公共汽车嘈杂的人声中，他们是完美的伴侣。

汽车在简陋的停车场停下。停车场两边都是卖纪念品的小摊儿。卖的都是诵经用的念珠、明信片和罗莎莉亚的塑料雕像。还有挺吓人的T恤衫，上面印着和《教父》有关的内容。丝印上去的马龙·白兰度①的头像变成可怕的死人脑袋，眼眶深陷，一片阴影，一个颇具特色的颅骨。旅游者很少，还没到旅游旺季。从汽车上下来的人都沿着一溜儿台阶向教堂走去。玛丽亚还挽着马丁的胳膊。马丁搀扶着她向山上爬去，感受她身体的重量和存在感。不管是因为忠于职守，还是突然生出信任之感，玛丽亚允许这个外国人扶持步履蹒跚的自己。他则喜欢那种慈母般的感觉和她对他的信任。

他们在山顶停了下来。教堂建在峭壁之上，给人的感觉好像选错了地方。整个教堂都镶嵌在仿佛本来应该是岩石的地方。马丁想，这好像人们在梦里看到的错误，外观和内里看起来永远都不匹配。这是反透视法的杰作，好像向后折叠。有一会儿他想，父亲是不是也来看过这座教堂，站在这儿，像他一样，对这些各不相同的角度迷惑不解。

爬上这一溜儿高高的台阶，玛丽亚已经累得上气不接下气。她靠在马丁身上歇了一会儿，用当地的方言抱怨膝盖疼。"*O Gesù biniditto*！"

然后，他们走过一块块石板，走进教堂。她说："岩洞里的水是圣水，如果滴到你的身上，你就是幸运的。"

---

① 马龙·白兰度（Marlon Brando，1924—2004）：美国演员、电影导演。他为电影表演带来了扣人心弦的现实主义，并被广泛认为是有史以来最伟大和最有影响力的演员之一。曾主演《教父》。

马丁朝她微笑着。他知道，这是她对上帝恩赐的诠释。马丁不想暴露自己是个不信神、没信仰、空虚、时髦的后工业化的自由主义者。他看到她为自己被带到这个地方，非常高兴。他看到她非常感谢他在公共汽车上一路陪伴，又扶他走上一溜儿台阶。她紧握他的手，喃喃自语。

走进教堂之后，玛丽亚变得非常安静，好像把马丁完全忘记了。她在胸口画十字，行屈膝礼，慢慢走过明亮的前厅，走进神洞那古怪的亮光之中。前厅特别明亮，那位迎接香客的圣人异常健壮。马丁看惯了身穿淡蓝色长袍、衣服的皱褶宛如深浅不同的沟壑、颜色一片片剥落的圣母玛利亚的画像。圣罗莎莉亚的雕像让他大吃一惊。她更像商店里的服装模特儿，或者30年代的影星。她上过漆，化过妆，波浪形的头发梳得溜光，头上戴着玫瑰花做的花冠和星星做的饰环。她身穿黑色长袍，系着腰带，就像托钵僧，右手高高举着十字架，左手拿着一本《圣经》，上面放着一个很大的乳白色头颅骨。

墙壁上挂着一排排白银打制的人体器官模型和人们捐赠的身体各部分的标本。分门别类展示数以百计的人体器官：乳房、眼睛、肾、内脏、仿佛跳动的心、呼吸的肺，排列得像一朵朵花。是的，还有子宫，像小罐子一样生发出一对儿郁金香似的卵巢。都闪烁着希望的光芒。他们的审美情趣很容易使人着迷：程式化，复制，微型化；肉体庄严的技巧和它所渴望的救赎。

马丁环顾四周，找了为了治好妮娜的耳朵，供奉那对小银耳朵的地方。他看见一个角落有一座比较小一点的罗莎莉亚的雕像。雕像前面堆满了人们供奉的东西。一张张许愿、祈求的纸条，小孩衣服，钱和一束束鲜花。他从背包里掏出"耳朵"，打开小包，放到那一堆东西上面。没有什么特别的感觉，没有神秘的震颤，也没有神灵显现。如果有什么一闪念的话，只是寻思会不会放错了地方。他告诉自己，此举并不虚伪，只是为了亲爱的女儿。事实上，是为玛丽亚，这也是为玛丽亚。

马丁向四周张望，人们正走进这座岩洞教堂做弥撒。没有人注意他正俯身向前，读那些字条。有一张请求圣罗莎莉亚帮帮他患小儿麻痹症的孩子，另外一张几乎用亵渎神明的话要求不忠实的恋人赶快回心转意。马丁希望他们都能如愿以偿。现在，除了Skype或者对讲电台，很少有什么地方可以表达这样的诉求，可以倾诉心声，在绝望中传送话语。

在那一大堆祈求者留下的东西上面，有一块大理石牌匾。和那块介绍加里波第曾经在什么地方睡过觉的牌匾不同，这一块说的是，沃尔夫冈·歌德 1787 年曾经访问这座教堂。Wolfango（沃尔夫冈）是意大利语对德语 Wolfgang 再造后的模样。正如他的名字 Martin（马丁）可以不无浪漫地叫作 Martino。

马丁走过铁制的拱门，从一片阴影笼罩的空间走到另外一片阴影笼罩的空间。教堂本身是潮湿的凿空的岩石，水从岩洞顶滴到镀锌排水沟，所以除了偶然滴到什么地方的几滴水之外，圣水不会流失。教堂后面还有一座罗莎莉亚的雕像，沐浴在蓝光之中。那颜色让马丁想到游泳池。一种闪着荧光的海蓝色流泻下来，头顶一片黑暗，只有几盏小小的聚光灯从高高的、十分隐蔽的岩缝里照射下来，照亮一座小雕像，或者一个木头十字架。

会众不多，但也挤满了教堂。马丁看见玛丽亚站在人群中，听见神父用拉丁文做礼拜仪式。声音在宛如一口大钟的洞穴中回荡，更令人印象深刻。远远地只能看见他的一个侧影。马丁在暗影中等礼拜结束，在玛丽亚坐公共汽车回城之前和她道别。

信徒们鱼贯而出，他拍了拍她的胳膊，招呼她。她看起来有点意乱情迷，就像在精神错乱时与神灵结合。感觉到他拍她的胳

242

膊，她吓了一跳。"耳朵，"她说，"你供奉了吗？祈祷了吗？"

"当然。谢谢你，玛丽亚，*cara Maria*①。"这话，一半是真的，一半是假的。

她看起来特别高兴，好像这是她自个儿的"业绩"。马丁扶着她的胳膊肘，吃力地走下台阶，向汽车站走去。她又倚靠着他。他又被她带他来这座教堂做礼拜感动。告别的时候，她踮着脚，两手捧起他的脸，凑过去，在面颊上响响亮亮地亲了两口。

山上空气清洌，阳光耀眼。没有云，也看不出有下雨的迹象。马丁找下山进城的路标，找到之后竟有点沾沾自喜。他避开旅游者爱去的小摊儿，一头扎到树林里，从并不多见的冷杉和仙人掌的"混搭"中走过，感受光与影斑斑驳驳的交错。为那些慢跑的人和他们坚定有力的脚步而高兴。

这是一条陡峭的小路，也是对前来朝拜圣罗莎莉亚的人们绝佳的考验。他们手足并用，爬上山崖，累得精疲力竭，考验了信仰与忠诚。远处的城市时隐时现。马丁不知道现在海拔多高，巴勒莫看起来居然那么平坦，看不出哪里是高楼大厦，哪里是低矮的建筑，更没有什么东西能让你脑电波震颤。他心里想，看不到全景也是一种悲哀。

马丁沿着佩莱格里诺山那条陡峭的小路大约走了五分之一之后，觉得有人在跟踪他。他停下脚步，回转身。那两个人也停下脚步，看到他看他们，便走了过来。

"澳大利亚人？"其中一个问道，听起来很友好。只是问候。他把正抽的香烟扔到地上，用脚踩灭。

"是，澳大利亚人。"他们怎么知道的呢？

紧接着，他们便用粗鲁的西西里话对马丁叫喊起来，似乎和

———————————
① cara Maria：意大利语，"亲爱的玛丽亚。"

他索要什么。马丁听到"拉古萨"三个字，立刻明白这下子完蛋了。"在哪儿？"他听到他们说。那种胸有成竹让他胆战心惊。现在，那两个家伙已经开始号叫，言语中不乏嘲弄和威胁。他们居高临下，越发长了志气，逼迫马丁就范。

有一会儿，他们相互对视，谁也不说话，空气紧张，似乎都在掂量下一步会发生什么。他们看起来像农民，凶狠的人，田地里的工人，和他年纪相仿，但一望而知，日子过得艰难。两个人都戴着帽子，身上的衣服都是便宜货。

其中一个猛扑过来，差点儿在石头小路上滑倒。马丁被打之前，看见他的靴子打滑，扬起尘土。随后发生的事情自然猝不及防。个子小一点的那个家伙也猛扑过来，举起铁拳，朝马丁的喉咙打了过来。一阵剧痛，马丁觉得他的气管已经爆裂开来。他喘着粗气，倒退几步，心存幻想或许是他们搞错了。就在他倒下来，看到头顶的树枝朝后退去的时候，依然寄希望于那两个人能扔下他，走自己的路。可是第二个人站在他身边，朝他的肋骨猛踢过来。马丁伸手去抓那只靴子，但是毫无用处。他碰到了鞋帮，以为得手，但是靴子从他手里滑落。那一刻，他意识到右手已经被打断，疼痛难忍，比喉咙挨的那一拳还要疼。他意识到，根本无法还击，保护自己。躺在地上，动弹不得，疼痛把他折磨得要发疯。

又是一脚，朝他的肚子猛踢过来。马丁浑身僵直，担心生殖器被踢坏。他不想被活活打死，拼命蜷缩着身子，想让自己变得小一点，希望被打击的目标小一点。他紧咬牙关，好像这样就能变得更小。脑子里只有一个念头，不要被打死。让自己缩小，缩小，再缩小。活下去，活下去。两个暴徒还不肯住手。

大个子男人还在猛踢。一根肋骨在靠近脊柱的地方咔嚓一声被踢断。他在抽搐，他在碎裂。他用意大利语喊了一句什么，让自己重新成为一个男人，而不只是被他们攻击的目标。他最后的记忆是他们朝他的脑袋踢了一脚，眼前金花四射，脑袋耷拉到后面。满嘴都是血，口水流到脖子上，被撕裂的耳朵滚烫，惨不忍睹。天空变成一片黑暗。

维拉玛尼弯着腰跪在他身边。维拉玛尼不停地说："哦，天哪！哦，天哪！"维拉玛尼满怀柔情，把他抱起来，放在自己的腿上。

35

飞往意大利的飞机上，伊薇坐卧不安，无法入睡，无法看书，什么事都理不出个头绪。仅仅十六个小时前，她和本杰明做完爱回家。正如天气预报说的那样，她在色彩诡异的黄昏，向伊丽莎白湾走去的时候，天下起瓢泼大雨。像有些恋爱中的傻瓜一样，她任凭雨水把自己淋得像个落汤鸡，还在想象他们脸紧紧贴在一起，慢慢摩擦时的喜悦，回忆对身体的自信恢复时的甜蜜。这是一种世俗的、人人都应该享有的快乐。知道，并且恢复了这种快乐是多么美好的事情！

她擦干自己，吃了一片面包、一个香蕉，拿着一本书高高兴兴在父亲的床上躺下。雨还在下，窗玻璃颤动，发出咔哒咔哒的响声。她觉得空气在几个屋子之间流动，像呼吸一样。屋外，大雨如注，闪电穿过百叶窗发出耀眼的光。游泳池像一面大鼓，水花泼溅，发出更大的响声。

她一直在做梦，梦见坐着一艘远洋客轮旅游。突然电脑 Skype 的铃声响了。起初，那铃声仿佛在她梦中的船舱回响。她在滚滚波涛的喧嚣中大声喊："有人吗？接电话！"可是从梦中惊醒之后，她发现是真的有铃声在响。她像水手一样，一骨碌从船上爬起，踉踉跄跄去开灯，嘟囔着骂马丁忘了时差。他显然是计算错时间了。铃声还在夜色中不屈不挠地响，仿佛一道严肃的命令。

伊薇在电脑屏幕上看到那个名叫维拉玛尼的人惊慌失措的脸。他看起来焦急不安，非常紧张，满头大汗。她睡意蒙眬，过了一会儿才意识到前一天她见过这个人，他满脸微笑，夸马丁是"第一流的画家"。他告诉伊薇，马丁被打，正在医院。马丁要他通知她，所以告诉了他上网的密码——freely。维拉玛尼想尽量宽慰她。

伊薇听了这个消息，目瞪口呆，万分恐惧。那是对失去又一个亲人的恐惧，对一种无法解释的伤害的恐惧。这种恐惧与生俱来，因为我们知道，生命何其脆弱，没有灾难的生活稍纵即逝。一切都变得那么简单，她想知道，事情发生在什么地方，什么时候，因为什么？

在巴勒莫这个阳光明媚的下午，维拉玛尼向她解释，他去了圣罗莎莉亚神殿。他虽然是印度人，信奉印度教，但也常常到基督教教堂，因为那儿也是神圣的地方。毕竟神无处不在。有许多神，许多许多神，哪儿都有。而在巴勒莫，他最喜欢去的教堂是圣罗莎莉亚神殿。因为他喜欢上山下山。因为这让他想起小时候跟妈妈到湿婆①洞的情景。那自然是很久很久以前的事情。他尽管不是每次都爬山去神殿，但是去过神殿之后，几乎总是步行下山。

伊薇迷惑不解，不明白他为什么对她讲这些。

维拉玛尼在教堂没有看见马丁，他继续说，不知道他也在那儿，一点儿也不知道。可是和常去网吧的一位老乡沿着那条小路下山的时候，看见两个坏蛋正在打他的朋友。他是和平主义者，他很严肃地说，永远都不会打他们。他意识到马丁被打成重伤。"哦，伊薇小姐，伤得非常厉害。"他和朋友把马丁背到山上。救

---

① 湿婆（Shiva）：梵文：Śiva，意思是"吉祥"，也被称为摩诃提婆（"大神"），是一种流行的印度教的神。湿婆被认为是上帝的主要形式之一。他是 shai 派中的至高神，是当代印度教三个最有影响力的教派之一。

护车来了之后，他们不让维拉玛尼和马丁一起去医院。"有色人，你瞧，在他们眼里我们连陪朋友去医院的权利也没有。"他不得不雇了一辆电动三轮车，跟在救护车后面到医院。这样，就能知道他的朋友被送到哪里，就能去看望他，帮助他。

伊薇看着屏幕上维拉玛尼微微闪光的脸，泪水迷住眼睛。

她想起那一对儿要祭献的耳朵。马丁一定是到圣罗莎莉亚神殿去供奉那两只银耳朵的。完全是机缘巧合，在他被人袭击、命在旦夕的那一刻，被他的朋友维拉玛尼碰上。维拉玛尼不知道是谁袭击他，为什么袭击他。

"真是不可思议，伊薇小姐。为什么一个人平白无故打另外一个人呢？"

他一本正经地说着这些让人听了心碎的话。伊薇感谢他把这个消息告诉她，感谢他的好心相助。她果断决定，立刻到巴勒莫。她对维拉玛尼说，她要到哥哥身边。

"那会是极大的安慰。"维拉玛尼说，告别之后，屏幕上那张脸便消失了。

伊薇坐在电脑前，凝望着墙壁，竭力让自己镇静下来。他们家，悲剧接踵而来，仿佛完全处于一种错误的状态，或者成为不幸的中心之地。比失去母亲的悲剧更加悲惨，比他们兄妹之间若即若离、磕磕绊绊度过的岁月更加凄凉。那是类似儿时的恐惧：意想不到的浪涛把她裹挟而去，呼吸困难、向水底下沉，渴望阳光。

维拉玛尼提供的信息一点儿都不精确。伊薇意识到，她还不知道马丁的伤情到底有多重，有没有生命危险。不过他告诉了她那家医院的名称，她找到地址，拨通了电话。接电话的人告诉她，他们确实收治了一位名叫马丁的病人，但是电话里不能详细告诉她伤情。伊薇说，她是马丁的妹妹，是不远万里从澳大利亚打来的国际长途。对方不无怜悯地叹了一口气，过了一会儿才回答她的问题。"情况稳定，"那人很简短地说，"他的情况被列为稳定。"

她得赶快订机票，打点行装，收拾衣服，准备护照，更重要的是让心情安定下来。维拉玛尼就像天使加百利①，报告了一个让人瞠目结舌的消息之后，便在黑暗中消失得无影无踪。没有喜讯，只有噩耗。想到这里，她简直要发疯。焦急压迫得她连气都喘不过来。父亲尸骨未寒，她还没有做好迎接第二场灾难的准备。

伊薇订了机票，又在床上躺下，大睁着一双眼睛，想着马丁。暴风雨已经过去。现在几点？夜空变得十分安静，仿佛蒙上一层透明的薄纱。整个悉尼，人们都在睡觉。西部郊区，北部海岸，辽阔的平原，绵延的山岭。东部，大海掀起浪涛拍打着高高的沙石山崖。离天亮还有几个小时。做梦的人，梦游的人，辗转反侧的沉重的身体。精力旺盛、梦中抽搐的孩子，四条腿缠绕在一起的夫妇。胳膊搭在爱人胸口的恋人。伊薇想象着，整个城市都在休息，仿佛中了符咒。屋外，被狂风撕扯过的灌木丛，漫天飘零的落叶，虽然曾经袭击、搅扰过水面，但此刻游泳池平静得像一面镜子，映照着辽远的夜空。

上午十点。她中午离开悉尼。到了机场，伊薇才给本杰明打电话。他说了所有应该说的宽慰话。不要急，慢慢来。哥哥需要她的陪伴，他希望一切顺利，马丁很快就能康复。电话是他们之间一条黑色的通道。她希望他能压低嗓门儿说几句绵绵情话，一起回忆仅仅是昨天发生的事情——迫不及待地宽衣解带。可是她听到的只是颇为老练的自我保护。本杰明说："多保重。"她讨厌这话里的轻薄，好像对他们前一天的柔情蜜意不屑一顾。小心谨慎，一丝不苟，不带感情色彩，听起来好像一个很有耐性的人。但是她知道，他已经迫不及待地等着她回来了。

---

① 加百利（Gabriel）：替上帝把好消息报告世人的天使。

断断续续想起的往事令人无法忍受。伊薇听到一个声音，仿佛是从宽敞的机场上方传来的叮当声。在那里，人们的情感向上翻滚，撞到金属天花板上，折射到指示牌、自动扶梯和拖着行李的旅客长长的队伍上。机场里的声浪似乎总是把什么东西都席卷到半空。伊薇又想到按字母顺序排列。这样一想，让她感到一丝宽慰。字母表是她思想的脉络。对事物分类便于理解。不幸事故引起的混乱，遭受威胁的环境和全球性的不公正。失去的母亲，已故的父亲，受重伤的哥哥。所有这一切都屈从于有条有理的排列。

空中飞行，伊薇心里充满焦虑。在那个难眠的下午，她系着安全带，以每小时八百八十五公里的时速，一路飙升到地球的上空。她信手翻着《科学美国人》，又开始"列表"。她接过一小盒黏糊糊的饭菜和一小塑料瓶红葡萄酒。吃喝完之后，闭上眼睛，一定迷迷糊糊睡着了。因为被坐在旁边摇她肩膀的人吓醒了。那人要到过道。飞机里光线昏暗，乘客们都在睡觉，一个个疲惫不堪。有的像小孩儿，蜷缩在座位上，大张着嘴，或者紧紧地抓着一条毯子，好像那是什么宝贝。屏幕上显示飞行路线，现在已经在印度北部上空。那是经过计算的路线，通往目的地的必经之路。

曾经有过这样一则新闻报道：2000年9月4号下午6：09，一架飞机离开珀斯，飞往西部大沙漠的矿业小镇列奥诺拉。但是，飞机没有在预定机场降落，而是拉着长长的弧线，飞过大陆。所有乘客，包括飞行员因为缺氧，在飞机里饱受折磨，不知不觉中失去了生命。飞机却以不变的速度和高度"飘浮"在空中，直到耗尽燃料。八个人从天上掉下来，摔死。谁也无能为力。没有一个人得救。这次无望的飞行一直被雷达跟踪，直到在卡彭塔里亚湾附近坠毁。

伊薇还记得这条新闻在收音机里广播时的情景。她许久无法忘记那场可怕的空难。那个承载飘荡着的灵魂的"容器"，机器时代关于坚持不懈的引擎和对人类功能否定的寓言。第二天，报纸上刊登了一张澳大利亚地图，那条"鬼航班"划出的弧线横贯大陆。这个故事她丢在脑后已经好多年。现在突然想起，心里很是不爽。她从座位上站起来，在飞机黑暗的过道走来走去。她需要走动，需要停止对悲剧重演的假设，停止对命运的象征无处不在的思索。马丁会康复的，他们将一起回到澳大利亚，继续他们的生活。也许和本杰明一起，和妮娜一起。可是她回座位坐下，系好安全带，又想起那架"鬼飞机"——像锡箔一样闪着银光，超出预定航线，八人意外身亡。那条弧线以穿过一个孔洞的精确划过蓝天，就像一个孩子，一边走路，一边一丝不苟地划。

36

从医院高高的窗户看得见这座城市的布局，几条主街，已经变成废墟的老区，右边的港口和大海。远处高高屹立的佩莱格里诺山宛如一堆硕大无朋的巨石，黑色的剪影面向北方。伊薇对这些地标性的建筑毫无兴趣。她不想到市区，更不想在大街上闲逛。她的关切全在这个病房里，在平躺在病床上一动不动的哥哥身上。马丁被打得面目皆非，血色全无。他们说，他颅骨骨折，被打断四根肋骨，脾脏已经被摘除，被打坏的手需要做显微外科手术。

马丁的脸开裂，肿得一塌糊涂，难以辨认。他简直被打成一堆肉酱。五脏六腑，所有到目前为止还奇迹般地待在那里的东西，都已经移动变形。伊薇没有哭泣，也没有大吵大闹。她头脑灵活，动作敏捷，在一堆表格上签字，和医生交流，得心应手。她的意大利语一般般，但会好多医学术语，而且运用自如。她的知识面给医护人员留下很深的印象。他们很快就乐呵呵地管她叫 dottoressa[①]，然后不由分说，拿她当医生，和她一起研究马丁的病情。实际上她只是从澳大利亚来探望哥哥的妹妹。

起初，她想象，对于马丁，她只是幻觉，是灯光下斜长的身影。她知道，他在努力确认她已经来到身边。有时候，他睁开眼

---

① Dottoressa：意大利语，"医生。"

252

睛，斜睨着她，然后又闭上。当他看见她从无边的黑暗与寂静中浮现出来，肿得老高的嘴唇翕动着，轻声说："*Ciao，bella.*[①]"

伊薇把脸贴在马丁的枕头上，在离他很近的地方，悄声说，她来了，就在他身边，他会好的。只要需要，她会一直陪着他，然后带他回澳大利亚。他又闭上眼睛。身穿挺括的白大褂儿的医护人员出出进进。弗兰克·马龙提着一袋橘子来探视。看到马丁的伤势，他显然大吃一惊。他对她说，当地的警察告诉他，有个澳大利亚人被袭击。马丁一直没露面，他便猜出了八九分。现在，这个案子也成了他调查的内容之一。维拉玛尼也来了。他静静地坐着，把圣罗莎莉亚的小圣像挂到床尾。两个人都和伊薇握了握手，似乎为自己活蹦乱跳地出现在身受重伤的马丁旁边而羞愧。

伊薇看书，等待。病房里的光线慢慢移动，渐渐退去。时光仿佛被拉长，慢得近乎冷酷。医院里的时间。她看见一片蓝色弥漫开来，像披巾一样铺满天空，然后又消失，变暗。她心里难过，不由自主地和陌生人谈起父亲的死，谈起马丁之所以来意大利是想寻觅他的踪迹。当然不会提和什么罪行有关，只是为了尽孝。一次满怀虔诚的旅行。这使得他们兄妹之间的关系更加亲密。伊薇想，医院里充满了好心和善意，甚至多得有点"泛滥"，可惜大多数善举不被承认。一定是处理尸体升华出这样一种高尚：擦掉病人身上的污物，清洁伤口，俯身在一张干扁的脸上，走向深沉的夜晚，直到细若游丝的脉搏变缓，呼吸减弱，发出刺耳的声音，或者一声叹息。

伊薇住的旅馆离四角广场很近。她像修女一样，仰面朝天躺在床上，希望不要做梦。清晨，她给本杰明和安吉拉写邮件。只给他们俩写。她知道，本杰明的电脑会把她的邮件用一个美国女

---

① Ciao，bella：意大利语，"再见了，亲爱的小美人。"

人的声音念出来。她的消息、她的柔情经过机器人的传输，听起来一定怪怪的。洗完头发之后，她在淋浴喷头下面站了好长时间，然后用插在浴室墙上镜子旁边的吹风机吹干。这样一来，她就无法避免地看到父亲的死和哥哥的"半死不活"对她的影响。她的头发里已经出现几根银丝，眼睛下面一对月牙形的暗紫。她想，自己看起来要比三十九岁老。

伊薇每天晚上到附近一家快餐店吃饭，虽然还算舒适，但也不无沉闷之感。因为她是外国人，又是独自一人，便引起人们格外的关注。他们问她是不是旅游者，她对服务员漫不经心地说起自己现在的处境：哥哥住医院，她一天到晚都在陪床。人们听了都善心大发，怜惜之情溢于言表。工作人员把自己的名字告诉她，她渐渐地知道了他们生活中那些鸡毛蒜皮的小事，也知道他们都在背后悄悄议论她，说她的故事。她知道，他们可怜她，一个未婚女人，刚死了父亲，连个安慰她的孩子也没有。马丁身上也一定发生过这样的事情。一个外国人掉进闲言碎语的漩涡之中，并且因此而被人"诠释"。

有一天晚上，厨师维托里奥从厨房走出来，给伊薇看一张他死去的妹妹的照片。那是一张黑白照片，因为经常拿出来看，已经皱皱巴巴。照片上的女人大约十七岁，戴一顶钟形女帽，圆盘大脸阴影斑驳。维托里奥把一瓶家酿的餐后酒放到桌子上，开始和她聊天。他们用小酒杯慢慢呷着。维托里奥估计有七十五岁，胖得像个酒桶。因为做饭，身上的围裙油渍麻花。他轻声细语地讲起妹妹和他们共处的时光。他们就是当地人，家住科里昂①附近一个小村庄。妹妹一副金嗓子，教他唱他们那个地区古老的民歌。她还会做最好的橄榄油。小伙子们都追求她。*Guarda！Che*

---

① 科里昂（Corleone）：意大利西西里岛巴勒莫省的一个小镇，大约有 12000 名居民。

bella！^①

伊薇伸出手，摸了摸老人家的手背。维托里奥没有注意这是她内心柔弱的表现。那是一个温柔的时刻。她已然走进一个充满悲伤的世界。在这个世界里，陷入困境的人们相互倾诉，或者夜间忏悔，或者在医院昏暗的灯光下低声披露医疗信息，也会有醉酒后糊里糊涂的时光。马丁曾经多次和她讲过这座城市的悲凉，不过也许和别的城市并无区别。也许，医院的等待让人进入一个感觉被完全忽视的世界。维托里奥和伊薇道晚安的时候，她差点儿因为悲伤、疲惫而摔倒。她跌跌撞撞回到旅馆。听了这个她压根儿就不认识的老人的故事，她发生了某种变化。老人则认为，他的谈话对她是一种支持。

早晨，护理马丁的护士听说伊薇和一个厨子喝酒，然后一人回旅馆，十分惊讶。护士警告她，城里坏人很多，他们都有刀。在巴勒莫，一个有理智的女人绝对不会半夜三更独自外出。印度人和尼日利亚人都很危险，她说，还有邪恶的土耳其人。所有的男人都只为一件事儿，她补充道。一张灰黄的脸上浓云密布，虽然出于善意，但说话的口气不无威胁。伊薇很有礼貌地感谢她的忠告。

马丁第一次完全清醒之后，哭了起来。他以为他会死。后来发现，他躺在维拉玛尼怀里，疼痛难忍，奄奄一息，但是已经得救。他觉得自己被抬起来，担架有点歪斜，但最终还是送进一辆正在等候的救护车。医生为了给他减轻颅骨损伤对大脑造成的压力，对他施行了"诱导性昏迷"，他便完全失去知觉。直到伊薇的脸让人难以置信地出现在眼前，而且离得那么近。

伊薇看到哥哥不停地哭。她知道，这是一种感情非常复杂的哭泣，包含着异国他乡差点儿被人打死的悲伤，皮开肉绽的痛苦，

---

① Guarda！Che bella！：意大利语，"瞧，多漂亮！"

走向死亡的记忆以及对艰难恢复的展望。黑暗已经过去，斜长的亮光在眼前升起，难熬的、让人烦恼的等待。这当儿，身体在慢慢修复。

他说，他讨厌身上插着的这些管子和医院里那股味儿。看到画画儿的那只手缠满绷带，像丑陋的、了无生气的拳击手套，搁在病床上，犹如身外之物，他心里充满绝望。金属床就是一个囚笼。周围都是喧闹声，种种打扰，没完没了的检查。一位护士进屋的时候，伊薇朝她挥挥手，让她出去。她不想让别人看到哥哥痛哭流涕的样子。

那天晚上回旅馆的时候，伊薇选择了新的路线。她发现正面对这座城市著名的大教堂，明亮的灯光下，壮丽的景观尽收眼底。光滑的石头和闪光的树叶在黑暗中闪着幽幽的光。她停下脚步，站了一会儿，估计父亲一定来这里参观过。他会带着笔记本和照相机，记录下教堂里面的艺术品。对作品创作的日期和其他细节吹毛求疵一番。她经常看到他这样辛辛苦苦地工作：借着教堂的灯光，俯身在笔记本上，一丝不苟地做着记录。这是伊薇第一次真正想象诺亚在巴勒莫会做些什么。想到不久前，他或许就站在这里，眺望眼前这座教堂，她心里非常难过。

教堂的庭园里有一条木船，船头伫立着圣罗莎莉亚的雕像。他也许给她拍过照片，把她编入他的意大利圣徒生平目录。如果她曾见过父亲的灵魂，那一定是一位头戴光环、神情专注、在边缘狭窄的弧光之下流连忘返的学者。白色的灵气笼罩那座雕像。伊薇心想，那一切不过是空气里的尘埃，或者由朦胧的水汽变化而来。

伊薇有点儿害怕，匆匆忙忙走过大街。她不想进教堂。教堂里灯光明亮，虽然已经很晚，但还没有关闭。对面的商店卖基督教会用品：绣花斗篷、法衣、圣体匣和十字架。再往前走，一家商店的橱窗里摆放着一组真人大小的《圣经》人物。石膏做的耶稣基督淡紫、血红，身穿灰色长袍，"暂时"死在母亲怀里。按照传统，面目慈祥的玛利亚看起来和儿子年龄相仿，与其说是母亲，更像姐姐。

伊薇满脸通红，脚步不稳，赶快离开那个橱窗，被自己的厌恶吓了一跳。但她还是无法忍受——橱窗里，那个受尽折磨的人的尸体。这是形象化了的信仰和粗犷的演绎。这种展示虽然充满虔诚与尊敬，但鲜血淋漓的尸体还是让人害怕。

不知怎的，她突然想起悉尼那个男孩，那个骑自行车的男孩。匆匆离开橱窗的时候，他像一团雾，从她身边旋卷而过。也许真的有个男孩，一个西西里男孩骑着自行车从她身边驶过。她凝视着那个朦朦胧胧、渐渐远去的身影，对男孩的存在有了信心。仿佛他是一个幻象、一份礼物，给一个在颓丧与忏悔中耐心等待的信徒。但是很快，那个身影就被茫茫夜色吞没。骑自行车的男孩，未经证实，消失得无影无踪。

37

诺亚早上六点到达悉尼机场。他提着箱子和手提行李过了海关，几乎目不斜视地向前走着。他没有告诉马丁或者伊薇回来的日期，所以走过人声鼎沸的到达大厅时，不注意别人，也没谁注意他。别的旅客都四散开来，投入正在机场等候的亲戚朋友的怀抱。他像一个被遗弃的人，在惨淡的阳光下踽踽独行。心头一阵冲动，真想坦白自己的秘密。等到那一股情感的浪涛退去，只剩下疲惫不堪。他需要沐浴，刮脸。他觉得自己很卑鄙。前面是一家租车公司的招牌。诺亚想起他已经订了一辆车，可以自己开着回家。他喜欢开车。现在终于又可以自己掌控自己的生活，又可以"自我指导"了。速度会使他从那种松弛的感觉中恢复过来。

一个高个子女人除了头发烫成撒切尔夫人的发型之外没有任何修饰，她戴着一枚橘黄色徽章，上面写着：租车请问我。

"我已经在网上订了。"诺亚温顺地嗫嚅着。

他已经感到严重的时差反应，大厅好像在周围旋转。

"姓名，信用卡，驾驶证。"

女人面无表情，一本正经地说。诺亚看得出，她对他那副失魂落魄的样子无动于衷。刚下飞机的人一定全都跌跌撞撞，看起来不适合开车。他希望她没有注意到他脖子上的疹子。

他摸索着找皮夹子，拿出里面装着的几张卡。驾驶证上邮票大小的照片仿佛向他献殷勤。那是一张大头照，或许会配上红色的文字说明，出现在晚间新闻。正在吃方便食品的电视观众抬起头，心里想：呀！真是个大骗子！

那个女人连正眼都没瞅他一眼，更没有公司员工那种礼节性的问候。她把他的信用卡插到一个机器里，让他用电子笔签名，然后给他一张收据和一串钥匙。就那么简单，没有问任何问题。

"那辆红色丰田花冠，车牌号 bay H10。全州三十三个租车点，在哪儿还都可以。"

"谢谢。"

保持礼貌。不要给人留下不好的印象。回家的路上要克制自己。

诺亚觉得好像有什么放射性药物在身体内翻腾。"大萧条玻璃"连成的绿色溪流让他不寒而栗。他把自己看作是一个由内部通道和管道组成的系统，由心脏输出和输入的管道、各种筋腱、孔洞连接的系统。或许这个女人让他想起母亲，想起"大萧条玻璃"。但是她的存在和他这样想象自己的身体并无关系。错综复杂，好像做完核磁共振看到的图像。一种莫名的恐惧淹没他的心。

"废了"，没错，就是这个词。此刻，他觉得自己"废了"。马丁在戒毒所曾经用过这个词。诺亚和他争论，他抱着儿子，对他说，没有谁会"废了"，永远不会。我们都是永恒的，都是潜在的艺术。

其实就是那时，他也不怎么相信自己说的话。马丁斜倚在床上，耷拉着嘴唇，沉默无语，神情恍惚，目光散乱，整个人仿佛被掏空了一样。可是诺亚必须这样说，必须鼓励他。为父者的歉疚折磨着他。他需要坚持大众心理学反对儿子那些自我毁灭的屁话。他苦口婆心地给儿子讲生命的意义，大谈视觉艺术的伟大传统从人物形象体现出来，并且带来一股奇妙的浪潮。但是说什么也没用，马丁把脸转过去，充耳不闻。只有妮娜带着她的塑料恐龙来看他，让那个家伙在父亲的胳膊上默默地爬上爬下的时候，他才露出笑脸。

诺亚提起"埃莉奥诺拉·拉古萨"，好像比以前都重。他拖着箱子，沿着水泥路，向那辆红色丰田花冠走去。现在，回到澳大利亚，几乎到家了。至少从天空落到地上。他发动汽车，向四处张望。各种字体写的路标都指向通往悉尼城区的路，但是他不由自主作出一个决定——到蓝山住一天一夜。他不想马上回家，想在高山之巅，面对壮丽的景色，远离尘世，舒舒服服休息休息。

诺亚离开城区，驶上高速公路。他似乎是在完全无意识的情况下开着车。双车道的公路在车轮下面延伸，那辆租来的漂亮的小轿车发出嗡嗡声，让人昏昏欲睡。诺亚不是在开车，而是在睡意蒙眬中任凭那辆汽车带着他往前走。直到汽车突然转向，把他颠醒，才意识到必须停车。

诺亚把车开到路边，发现早就过了"站"，已经开到离布莱克希思①不远的地方。他离开高速公路，驶上一条小路，左拐右拐，驶进一条丛林小径。几幢房子隐约可见，一片片屋顶遥遥在望。周围大都是高高的桉树、纠结在一起的灌木和蕨。万籁俱寂，只有乡野的风轻轻吹，树叶发出沙沙沙的响声，看不见的鸟儿在枝头鸣叫。现在，诺亚已经抵挡不住巨大的睡意，他把座椅放倒，从阳光明媚的白天骤然坠入天鹅绒般温柔的夜晚。他睡得那么沉，那么死，那种感觉就像轰然倒塌、消失在魔术里的什么物体。

一个过路人拍打车窗。诺亚吓了一跳，睁开眼睛。一张红扑扑的脸，就像一块生肉，紧贴在车窗玻璃上。天已黄昏。他一定

---

① 布莱克希思（Blackheath）：澳大利亚的一个郊区，位于新南威尔士州卡托姆巴和维多利亚山之间的蓝山最高点附近。

260

睡了八个小时左右，倘若还在意大利，应该第二天晚上才能醒来。诺亚摇下车窗。

"我只是来看看，伙计。我今天早晨从这儿路过，看见你在睡觉。晚上回来，看见你还在这儿，担心会不会出了什么问题。"

他的这番话完全是出于好意。

诺亚很感动。"我坐了很长时间的飞机，"他解释说，"在天上飞了好多个小时。"

他估计那人一定纳闷他到底在这儿做什么？明明坐在汽车里，怎么会说坐飞机？诺亚自己也纳闷到底在这儿做什么？他觉得自己像个白痴，一时冲动跑到大山里，看起来那么不合逻辑，没有任何目的性。

"你夜里怎么办？"那人问道。

诺亚意识到，他必须让自己清醒一点儿，说出来的话才合乎逻辑，让人觉得真实可信。

"去卡托姆巴，一家汽车旅馆。谢谢你。"

"那是另外一条路，伙计。你可真是累坏了。另外一个方向，离这儿大约十一公里。"

诺亚谢过那个陌生人。他已经回转身，向那辆破旧的卡车走去。驱车而去的时候，朝诺亚乐呵呵地挥了挥手。家里会有一个可爱的妻子等着他，还有牛排、土豆。年龄不等、干瘦的孩子们排着队，从楼梯上走下来。诺亚看也没看，用手摸了摸放在副驾驶座位上的那个"秘密"。

他发动汽车，兜了一个圈儿，向卡托姆巴驶去。市郊，暮色苍茫，光线越来越暗，转弯时速度太快，汽车差点儿侧翻。驶下坡度很大的公路，诺亚拿不定主意是否还要去汽车旅馆，便径直向前驶去。肚子饿了，他已经完全清醒。商店、广告牌、电线杆一闪而过。他想，可以一直开着汽车走下去，可以掉转车头，翻越连绵逶迤的山岭，一直驶向大陆中部。

诺亚在服务区买了个肉饼，太热，他蘸着调味汁，三口两口就吞了下去。现在，脑子清楚了。他立刻意识到自己太傻。回家，当然应该回家。想什么来着？就这样，旅行的第三个夜晚，他改变计划，向悉尼进发。

行驶在弯弯曲曲的盘山公路上，他觉得有点冷。在一个车辆稀少的地方，他停车，下来撒尿，抬起头，仰望南十字星。这是属于他自己的明亮的夜空。这一段公路旁边没有几幢房子，所以夜色更浓。一个个星座清晰可见，思维的节奏放缓，变得散漫。闻得见桉树的气味和自己好几天没有洗澡的体味。冷风习习，吹过山坡，带着一股水汽流泻在岩缝和沟壑。

他从后排座拿出外套，虽然没有什么特别的原因，但还是又站了一会儿。现在他彻底明白自己几乎到家了。被周围的景物包围着，才觉得是真正的生活。他觉得自己年事已高、身体衰弱，但欲望犹存。他还没有老到完全没用的地步，没有。他还没有老年痴呆，没有穿着病号服，在医院走廊里步履蹒跚走来走去。阳刚之气尚存，还能把他造就成一个男人。在这夜色浓重的夜晚，在一座山上，他还能一丝不挂，站在朵拉凝视的目光之下。

几辆汽车从身边飞驰而过，多普勒效应①扰乱心头的平静，让他产生一种时间本身在后退的感觉。又一股冷风吹来，他往紧裹了裹外套，连忙回到司机的座位上，继续他的旅程。

刚结婚不久，他曾经和凯瑟琳在福特·普里菲克特牌轿车里

---

① 多普勒效应（Doppler effect）：该效应的意思是声波、光波等按声源、光源等相对于观察者的传播方向的变化而变化。该理论以奥地利物理学家克里斯蒂安·多普勒命名。

做爱。他很惊讶她居然同意这种不会太舒服的姿势。她身上一股烟味儿和薰衣草味儿。他抓着她的肩膀，设计出许多绵绵情话，想给她留下深刻的印象。他虽然笨手笨脚，但她依然兴奋得上气不接下气。之后，她走进冰冷的夜幕，背靠汽车，戴着手套的手指夹着一支香烟。他想看到她的温柔，听到她的笑声，但她看起来却满脸讥诮，显得冷漠。他用手掌擦干净玻璃上的雾气，看到她脸朝外，背对着自己，仿佛在一个被黄色车灯照亮的雾蒙蒙的世界，难以企及。

他记得坐在车里，不知道该怎么办。等待着，等她抽完那支似乎永远不会抽完的烟，不知道她是否会同意留下来，奇怪她在想什么，觉得她还是个陌生人。

现在，他想起朵拉。嗡嗡嗡的汽车马达声中，她是他的希望，新的精神支柱。他希望，黑暗中开车的时候，她就坐在身边。

第 五 部

38

在医院里待了那么久，能到大街上溜达溜达，恢复"移动的生活"、正常的"时间节奏"，真是求之不得。马丁伤痕累累，一动不动躺在病床上，浑身插满管子，和一台机器连在一起。机器一天到晚嗡嗡嗡地响着，咔哒咔哒记录着他身体的各项指标。看到这一幕之前，在伊薇眼里，他就像一个任性的小弟弟，事事需要提醒。可是现在，他自然而然老了许多，离死亡近了许多。小时候，他们俩都喜欢吵闹，在父母眼里简直就是难解之谜。她常常觉得自己比哥哥还大。十几岁的时候，时不时做出些出格的事，拒绝把自己打造成阿德莱德一个循规蹈矩、文雅端庄、聪明伶俐的小姑娘。从某种意义上讲，她想让自己变成马丁，像他那样天真幼稚，忽而掩嘴窃笑，忽而噘嘴生气。马丁吸海洛因之后，她甚至也想尝尝那种飘飘欲仙、忘乎所以的感觉。在戒毒所，他看起来像个被斥责的孩子，粗暴无礼，感情吝啬，对自我毁灭毫不畏惧。

太阳出来了，但还不暖和。中欧的寒流是造成寒冷和不合时宜降雨的原因。和父亲一样，伊薇也怕冷，穿着厚重的外套，围着羊毛围巾。她发现，当地人也不喜欢气温低。她想起头天晚上在电视里看到的那些难民，蜷缩在亮光闪闪的橘黄色毯子里，因为害怕，也因为得救，眼睛睁得老大。叙利亚人、厄立特里亚人、尼日利亚人、苏丹人。有人从汹涌的水流中抱起一个孩子。一个男人伸出僵硬的胳膊，说那是他的女儿。有一条小船在波峰浪谷间颠簸，一双双手摸索着求救，海水打湿的脸闪闪发光。一位从锡拉库扎来的女人说："他们是我的兄弟，她们是我的姐妹。"伊薇听了泪流满面。

这座城市没有马丁描述的那种乌七八糟、破破烂烂的景象，但是一股悲怆之气吹向被毁坏的空间。她看到关闭了的教堂，没有叶子的棕榈树。看到什么东西都覆盖着一层薄薄的灰白的尘土。看到没精打采的乞丐，街头流浪的孩子，拖着破旧的泡沫床垫的男人。她看见一群人在大街上徘徊。他们一定是乘船来的，生活在阴影之下，被认为是社会公害。他们不是每个城市都会有的受苦受难、无家可归的人，而是刚刚被剥夺了一切的人，因为希望化为乌有，绝望中便无所顾忌。她紧紧抱着胳膊肘，想把目光移开。

还有更多——空气中飘荡着的哀伤。仿佛有什么东西和明媚的阳光，和逐渐变小的云彩，和她早些看见的放在汽车后备厢里出售的圆面包抗争。她也感觉到了那东西的存在，让人不安而又亲近。你能感觉到历史吗？会有与过去的"通灵"，或者古老地方的暗示吗？现在，她更容易受到反理性主义假设的影响。她想，她又倒退回小孩子的轻信。

一行涂鸦写道：*Aprire tutte le gabbie*！意思是：打开所有笼子。

伊薇推开一扇沉重的木头大门，走进朵拉那座公寓的院落。她心里没底，不知道会发生什么事情。通电话的时候，朵拉的态度还算热情，但她没怎么问马丁被打的事。一谈到那事，她就立刻改变话题。伊薇想，至少在这件事情上，她的态度很冷淡。

她向四周张望，院子中间有一棵柠檬树，挂满了这个季节最后一批疙疙瘩瘩的果实。四周摆着几个很大的陶瓷花盆，花盆里盛开着肯定不合季节的大红的天竺葵。

朵拉站在一楼阳台上朝她招手，让她上来。从远处看，和蔼可亲，一点儿都不陌生。推开门，伊薇又一次被那种熟悉的感觉打动。似曾相识的言谈举止仿佛一团明亮的火焰，照亮了她。朵拉披一条用钩针编织的黑色镂空披肩，奋拉到胸口。她身体微微前倾，吻了吻伊薇两个脸颊。"我一直想见见你，"她说，"诺亚经常提起你和马丁。"

她拿着伊薇的外套和围巾，领她走进很雅致的客厅。客厅里摆着几件老式家具和高高的、摆满图书的书橱。地板上堆着一堆报纸，读书用的放大镜放在一本倒扣着的书上。低矮的茶几上放着一盘意大利脆饼、两个小杯子。伊薇闻到一股现磨咖啡的味道。

"等一下。"朵拉匆匆走开，回来的时候，端着一把很大的银壶。

她们面对面坐着，正式谈话前，朵拉给伊薇倒了一杯浓咖啡，还把意大利脆饼送到她面前。

"现在，"她说，"现在我们可以聊一聊你父亲，诺亚。"

她们俩都在心里评估对方。只几分钟，伊薇便明白，这个女人曾经是父亲的情人。她虽然说不出什么，但是心里有了这样一种看法。那双手和它们表现出来的坦诚；那一颦一笑和它们显露出来关切；她抚平衣服和挺起肩膀的样子，都让她相信自己的判断没错。马丁就没看出来。卡拉瓦乔，他说。她是研究卡拉瓦乔的专家。可是只这么一会儿，伊薇就看到诺亚曾经在这个女人身上看到的东西，并且明白他爱她。尽管朵拉常常欲言又止，但她摇头晃脑，说出他的名字时微微点头的样子，都显示他们之间的亲密关系。伊薇心里想，人们哪怕是默默地坐在一起喝咖啡，举手投足也会"吐露真情"。她低着头。茶几上放着精致的瓷杯，柄上刻着佛罗伦萨风格图案的古旧的银勺，刚去掉玻璃纸包装、摆成扇形的意大利脆饼。

"请原谅，我应该先问问你哥哥的情况。"

"马丁在慢慢地恢复，很快就能走动了。然后我们就回澳大利亚。不过医生说，他的手还得做第二次手术。"

朵拉什么也没说。伊薇本来指望她会说："太可怕了。听到他被打的消息，我简直目瞪口呆。"可她只是低着头，心事重重，手指捻着饼干渣。伊薇立刻意识到，作为爱情的象征，朵拉只想说她的父亲，也只想听她说她的父亲。

"就是她吗？"伊薇问道。餐具柜上面挂着埃莉奥诺拉·拉古萨的画像。那位侦探曾经让他们看过那尊雕像的照片。这一定是那幅最初的速写，比伊薇见过的照片更诱人。那张脸渴望亲吻，上衣完全脱落下来，露出乳房。

"显然，那尊雕像被人从博物馆偷了出来，"朵拉主动说起这个话题，"可谁也不知道是谁偷走的。安东尼奥·多蒂说了什么话我都知道，可是这个人总说假话，不能当真。"

朵拉说话的口气好像在做结论，告诉你，这个话题没有什么好说的了。可是这种态度总让人觉得她在掩饰什么。她歪着头喝咖啡。于是，本来就很不自然的谈话演变成闪烁其词、感情压抑、态度生硬的表白。

"请你原谅，朵拉。我父亲已经撒手人寰，并且被人泼了满身脏水。我哥哥差点儿被人打死。"她意识到自己的请求颇有点喜剧色彩。她是坚持自己的"知情权"，希望朵拉给她一个说法。

朵拉的脸上掠过一丝忧虑，似乎想否认什么。她一只手奉拉在身边，另外一只手抓着围巾。"我叔叔维托也死了，"她说，"我不想再谈这件事情，不想再让任何人受伤害。"

她站起身，走到窗口，点燃一支香烟，努力让自己镇定下来。

伊薇很有礼貌地等待着。她思绪万千，想到自己被剥夺了知情权，非常生气。她可能永远都不会知道父亲究竟在西西里做了些什么，不会知道他卷入什么案子，招致杀身之祸。事情的逻辑在她面前渐渐消失，在这个美术史家的房间里——和她父亲的房间一样——摆满了小玩意儿，纪念品，布满黄褐色斑点的印刷品，复制品，美术大师沉甸甸的作品集。谁是这个维托？他扮演了什么角色？

"请原谅。"朵拉说。

这样的回答让人无法理解。伊薇本指望她能说出事实真相，可是她什么也没有说。她突然想到，父亲也许曾经坐在她现在坐的这把椅子里，凝视清冷阳光下站着的这个女人。十字窗棂被阴影笼罩，对面的公寓清晰可见，最右面的角落有一小片晴空。她仿佛看到父亲的目光又回到这里，心在颤抖。

"我们本来要谈一谈，诺亚和我，安排我们的将来，"朵拉说，"可是我不得不离开。你该明白。我不得不去找维托叔叔。"

虽然话说得不明不白，但也算是一种解释。伊薇感觉到朵拉的固执，可不明白她的意思。

"你爱我的父亲？"

"是，我爱你的父亲。"

"我本打算跟他到悉尼，"她说，"对未来，我们已经有个计划。"

伊薇心里想，诺亚回来之后可没有提起过你。一次也没有。一次也没有提到一个或许会和他有"未来"的女人。一个意大利女人。可是看到她紧紧抓着围巾的黑魆魆的身影，和她绝不吐露真情的那副决绝的样子，她又不由自主生出怜悯之情。朵拉也失去了亲人。她是一个特别能克制自己的女人，不能自由发表看法，也许连哭的自由也没有。

"谁是维托叔叔？"伊薇问。

"可以说，维托叔叔就是我的父亲。"

她说话的口气好像又是在做不容置疑的结论。对一种特殊关系的宣示消失在黑暗之中。

"柠檬树长得不错，"朵拉说，"雨水多。"

她还是没有放松，保持着警惕，弯下腰，把刚吸了几口的香烟掐灭。又坐下，俯身向前，倒了第二杯咖啡。这一次，烦躁不安，修长的手微微颤抖。什么地方传来一条狗拉着长声嚎叫，紧接着又是一阵刺耳的吠叫。

"这条狗被独自留下，锁在屋里，"朵拉解释道，"每天都有那么一会儿，实在忍受不了孤独寂寞，就这样嚎叫起来。我在家工作的时候，经常听到这叫声，不胜其扰。"

她们都不再说话，静静地听着。那声音钻心刺耳，不容忽视。伊薇觉得无法忍受。朵拉看见她皱了一下眉头，起身去关窗户。

"希望我们能成为朋友，"朵拉说，好像要重新开始谈话，"我想去澳大利亚。我需要去澳大利亚，去看看他生活过的地方，看看他的家。这对于我很重要，尤其现在。"

"你能告诉我到底发生了什么事情吗？"

"不，我不能告诉你。在这儿，这座城市，知道就是危险。我们已经习惯了充满歉疚的沉默。我本想警告马丁，让他尽快离开此地。可不知道为什么，他竟待了这么长时间。"

伊薇大口喝着咖啡，又吃了一块饼干。她这样连吃带喝，只是为了不去思想，不去感觉。诺亚死了，哥哥残了，爱过父亲的这个女人毕竟不是没有感情，而是由于性格和需要固执己见，不肯把她的故事讲出来。

"明白我们多悲惨了吧？"朵拉苦笑着说。

这是试图调节一下气氛的淡淡的幽默，是得不到安慰的无奈。伊薇真想大哭一场，为她没有说出来的那一切。那条心神狂乱的狗的嚎叫声还能听见，那叫声完全可以成为更令人心碎的配音。

"我们会再见面的。"朵拉说，言外之意她该走了。不必再提问，也不会再有答案。"换个环境再聊。那时候，或许能说出点重要的事。"

她面色苍白，有一种神秘色彩。伊薇心里想，就像一位年老的电影明星。她用略带意大利口音的英语，说让她一个人待一会儿。

"你们澳大利亚人真直爽。"朵拉补充道。

这话听起来像是表扬，又像是指责。不管怎样，伊薇心领神会，起身准备离开。她拿起外套和围巾，走下那一溜儿台阶，走过那棵还算枝繁叶茂的柠檬树，走出大门，走上大街。天气干冷，空气中的浮尘看得更清楚了。那尘埃覆盖万物，均匀地洒落在这座城市。千百年来，这里是人们的栖息之地：暴力，做爱，节庆，罪恶。伊薇想，人类的皮肤也一定在这尘埃中飘浮。暴力磨损，或者性摩擦。周围一定有法医解剖过的遗骸。可这完全是一个疯女人的狂想，她想；卑鄙，一钱不值。

伊薇在一道拱门的阴影之下不由自主停下脚步。她觉得好像刚刚看望了诺亚的遗孀。这倒是她不曾预料的。如果她早就认识她，如果她们是早就有交往的成年人，如果时间和死亡以一种不同的方式分开，她对朵拉的感情，就会像对自己母亲的感情一样。她又一次感觉到，这样想毫无意义。把心底的柔情分散出去，将每一个人都囊括到自己的忧伤之中，以至于她碰到的每一个人都属于孤独凄凉之列。

39

马丁第一次睁开眼睛，看到伊薇，以为自己已经回到悉尼。

伊薇，悉尼。

过了一会儿，才明白自己受了重伤，浑身肿胀，手抬不起来，身体缠满纱布，插着管子。每呼吸一次，断裂的肋骨就像被火烫一样地疼。对目前处境的重新认识本身就是极大的痛苦。他看到自己躺在医院里，一个人为的错误，一个"原笔再现"①的人物：扭曲变形，需要重新描绘。明白已经脱离危险之后，他长长地舒了一口气，开始给伊薇讲事情的经过。然后发生了一件事，这件事在他以前的诊所会被描述为"插曲"。他哭了起来，而且哭得停不下来。自从母亲去世，马丁还没有这样哭过。也许是为诺亚，或者为他自己。也许因为羞耻，或者因为悔恨。医院里一团糟，微弱的光线把一种病态的情绪传染给人们。发现自己被解救，救援，迟延性休克好像摆锤，"摇摆"回来，以令人天旋地转的力量打到他的身上。伊薇坐在床边，静静地等待着，俯身摸了摸他的脑门儿。他仿佛听见窗外海鸥在盘旋，不过也可能是鸽子。伤得

---

① 原笔再现：pentimento（复数 pentimenti）。是一种绘画上的改变，通过之前作品的痕迹可以看出，画家在绘画的过程中改变了对构图的看法。这个词在意大利语中是悔改的意思，来自动词 pentirsi。

那么重，稀里糊涂，究竟是什么，他弄不明白。

现在，康复中的马丁端坐在那里，连自己都无法相信，怎么会这样失态。不过他有把握，伊薇不会提这件让他丢脸的事情。她办事总是很稳重，在某种意义上，似乎是他的姐姐。弗兰克·马龙问他问题。马丁知道，不能随便乱说。一位意大利警官，乔尔达诺，和站在旁边的女护士眉来眼去。

"还有两件事情，"马龙说，"你说只有那个叫萨尔沃的家伙，"——他看了一眼笔记本——"托马索·萨尔沃，知道你上山。所以，他一定和这个案子有牵连。"

"不会，"马丁说，"托马索是朋友，他不会卷入这个案子。"

伊薇坐在马丁对面。马丁不无警告地看了她一眼。他知道，她也怀疑托马索，但又说不出缘由。她去萨尔沃家取马丁的东西，碰到玛丽亚。玛丽亚两眼哭得通红，为"失去两个孩子"而伤心：马丁住院，托马索失踪。老太太紧紧地拥抱伊薇，就像她是自己的女儿。她心痛欲绝，用方言飞快地说着什么。不过伊薇肯定听懂了"失踪"这两个字。玛丽亚捶胸顿足，诉说她对唯一的儿子的爱。为了他，她吞咽过寡妇保护神圣里达骨头上的尘土。她整夜跪着，向圣罗莎莉亚祈祷。马丁听伊薇讲她去玛丽亚家的情况，越听心里越害怕。他想象玛丽亚身体笨重，行动不便，跪在地板上，为他和她儿子祈祷的样子。换个环境那滑稽可笑、荒诞不经的举动——吃圣里达骨头上的尘土——竟然让他感动。对玛丽亚那种狂热他既赞赏，又感到歉疚。但是他无法想象，托马索——也许藏在什么地方——是不是也受了伤害。托马索不见了，失踪了。他像消失在影子里的影子。

"他失踪了，"弗兰克说，好像听到了马丁的想法，"我的宪兵朋友已经查明，他不知道躲到哪儿去了。一个小骗子，非常狡猾。"

意大利警官点点头，表示听懂了他们的谈话。

"这位乔尔达诺会去找他母亲了解情况。"弗兰克补充道。

"失踪说明不了什么问题，"伊薇说，"他也许屈服于某种压力，也许害怕了。"

"尽管如此……"

弗兰克没什么好说的。他是个没有案子可破的侦探。这件事情和失窃的"拉古萨"有什么关系？

"还有那个名叫维拉玛尼的家伙，"他坚持道，"他怎么碰巧从那儿走过。"

维拉玛尼正好来探望马丁，站在门口。

"这么说，你要找的就是我？"听见他的名字，他问道。维拉玛尼看起来非常气愤。伊薇也非常气愤。马丁想让弗兰克闭上他那张臭嘴。这位没有案子可查的侦探为了给自己待在巴勒莫找借口，盯上了这个可怜的移民。

维拉玛尼在门口走来走去，乔尔达诺要他出示证件。等待他审查，得出什么结论期间，气氛有点紧张。马丁用他那只好手和他那只缠满绷带的"坏手"露出来的几根手指，摆弄插在身上的管子。他行动不便，像个婴儿一样。

"请进来吧。"伊薇说，想缓和一下局面。

"想知道的话，我可以告诉你。我经常星期一去圣罗莎莉亚教堂。因为那天我休息。我总是徒步下山，可是经常……"说到这儿停了一下，"我去的时候，坐公共汽车。爬山太吃力，太吃力。"

维拉玛尼递给马丁一小塑料袋南瓜子。"这玩意儿对你身体有好处。"

"谢谢，伙计。弗兰克在这儿也没有什么正事儿。他只是个没事找事的浑蛋，对吗？弗兰克。"

这可是完全没必要的侮辱。侦探沉着脸，马丁心里想，看起来比平常更沮丧，更阴郁。

弗兰克合上笔记本。"我想，差不多谈完了。"他昂起头，目光尽量避免和别人接触。房间里的气氛紧张而不愉快。又来了一个护士，探头朝屋里看了一眼，又退了回去。"我不得不问这些问题，马丁。"

马丁意识到他说的话狠了点儿。弗兰克和他一起吃过饭，坐在他旁边看过电影，希望巴勒莫像罗马一样漂亮，还求他在普雷托利亚喷泉那座大理石女神前面给他照过相。他不是卡通片里的警察，而是一个被毁了的男人，和他自己一样。婚姻失败，工作无趣，还坦率地说，想念孩子。他两天之内就回家。

"好了，别生气，"马丁说，"回悉尼后我请你喝酒，好吗？"

弗兰克站起身，站在马丁面前，收好笔记本，犹豫了一下，伸出胳膊和站在床那边的伊薇和维拉玛尼握了握手。这只是试图弥补过失的姿态，也表明，正式问话已经结束，毕竟不是什么了不起的大事。

维拉玛尼很有礼貌地说："你提这些问题，自然也是分内的事情。"

弗兰克点了点头，不失警察的风度，匆匆忙忙离开病房。屋子里只剩下他们三个人的时候，谈话变得很不自然，谁也不知道该如何再毫无拘束地聊天。马丁看出维拉玛尼在伊薇面前有点忸怩，连正眼也不敢看她。过了一会儿，他就找了个借口走了，只留下他们兄妹两人。

"这些都没有意义，伊薇。"

"没错，一点线索也没有。"

"没有找到任何蛛丝马迹，什么情况也没有发现。"水里搅出个窟窿。

"现在说什么也没用了，"伊薇说，"好好休息，早日康复。"

他想说，自己这辈子活得真没有意义。感觉到的不只是现实生活中的错位，而且是精神上的错位。他和弗兰克一样，内心深处非常孤独。这种孤独也是许多男人共有的。和生活唯一相连的是他们的孩子。他想起躺在公园草坪上，妮娜从他胸口爬过。想起她自己听不见的怪怪的笑声。想起她生气时的尖叫，不被人理解时的沮丧。他喜欢她紧贴着他的脸时的那种感觉。

"我见朵拉了，"伊薇说，"她爱上了诺亚。"

"你能确定？诺亚从来没有提起过她，她看起来对他也是敬而远之。"

"是的，我能确定。"

"这意味着什么呢？会不会她犯了什么罪，把他卷了进去？"

"谁知道呢？她似乎在保护什么人，但避而不谈。她甚至在保护我们俩，或者我觉得她是在保护我们俩。"

"天哪！"

他俩半晌没有说话，一阵睡意袭来。值白班的护士出出进进。一个穿淡粉色工作服的大块头女人送来一杯淡咖啡。伊薇小心翼翼把杯子送到马丁嘴边，慢慢倾斜着，用手心接洒出来的水滴，伸出手指擦他的下巴。

"快让我离开这儿吧，伊薇。这玩意儿能把我弄死。"

他们渐渐放松，闲聊起来。伊薇给马丁讲那个厨师和他妹妹的故事，还有那张被他油腻腻的手指弄脏的照片。然后，她不无羞涩地向他透露了一点儿她和本杰明的关系。她说，没想到一个瞎子的拥抱，会让她心中的痛苦在肌肤接触的瞬间化为乌有。马丁意识到，这是一种表白，很高兴她能跟自己说心里话。

"你会喜欢他的。"她补充了一句，但似乎不愿意再说什么。

不知怎的，马丁突然想起在父亲葬礼上看到的那个很漂亮的女人。也许是一位研究生。他怎么能找到她呢？

服了镇疼药，他无精打采。有妹妹温柔的陪伴，他已然心满意足。马丁让伊薇告诉他诺亚关于绘画与时间关系的理论。他说几年前，诺亚曾经在格莱内尔格[①]海滩实践过他的理论。

在医院空气闷浊的病房里，他听伊薇侃侃而谈。她讲的是画面上被折叠的物体和灵魂褶皱之间的关系。他听到的是"多样性"，而不是"一致性"。他听到的是"有限和无限的共存"。他听到她说，不停流淌的时光让位于条条曲线和弯曲的运动。他一句也听不懂。这也是一种"药物疗法"吗？直到她开始讲那幅被叫作《真十字架的传说》的系列壁画，他才多多少少明白了她的意思。一块木头在历史的长河消失又出现，它的来世化作数以百万计的圣像在世界各地流传，一个被重新塑造了的形象，在时间的长河中延续。

可他还是一头雾水，好像对过早痴呆的无端恐惧又发作了。伊薇的话仿佛掉进他思想的孔洞之中。那些东西正在消失，渐行渐远吗？不管怎么说，妹妹这番高谈阔论离题太远。因为他们都是"不信神的野蛮人"——诺亚有一次这样称呼这兄妹俩——不相信他说的那些话，从来也没有相信过。

"'折叠时间'的妙论说得够多了。"他用微弱的声音说。

伊薇脸上露出一丝微笑。"是的，说得够多了。我明天来看你。"

她吻了吻他的面颊，给他盖好被子，离开病房。

马丁一个人躺在病房里，想起弗兰克和伊薇，想起诺亚和妮娜，想起托马索和安东尼奥——这两个人都不见了。还想起那两个把他往死里打的人。他又想起维拉玛尼。亲爱的维拉玛尼。

维拉玛尼为妮娜担心，希望能给他出出主意，就给他讲了一个挺可怕的故事。莫卧儿王朝的阿克巴大帝在 16 世纪曾经做过一

---

① 格莱内尔格（Glenelg）：澳大利亚南澳大利亚州城市阿德莱德的著名海滨度假地，位于圣文森特湾中的豪德法斯特湾里。

个实验，想搞明白，人的语言能力是与生俱来的，还是后天学来的。他把二十个婴儿关在一个房间里，让聋哑阿姨照看。这些孩子从来没有听过别人讲话，当然没有一个会说话。长大成人之后，也不会说。

这个故事着实把马丁吓了一跳。他担心，他的朋友或许把他看作一个严酷的实验者，或者一个粗心大意的父亲。他应该告诉维拉玛尼供奉给圣罗莎莉亚那对银耳朵的事。更重要的是，他希望能给维拉玛尼一个好印象，希望得到他的尊敬。他想向这个品质非凡的人证明，他是值得被救的。

40

　　诺亚到悉尼的时候，也许刚晚上十点。尽管他觉得已经很晚。此刻，他睡意全无，头脑清楚，视觉也变得敏锐起来。他突然想到，时差反应可能让他完全"黑白颠倒"。他对夜晚的感觉还会继续下去。白天他都要睡觉，断断续续，时睡时醒，或许这实在算不上什么睡眠。现在，他的世界是反事实的。他违背了自然规律，来来回回地旅行，进入一个变化的领域。

　　在伊丽莎白湾，他开着那辆租来的车在形如贝壳的灯光下穿行。驶过那条两边开满鲜花的汽车道，驶进公共停车场，他想把车停在平常使用的车位。他在那儿发现自己的汽车。三个月前，他把车停在这里，开始了西西里的生活。现在，他竟忘了它的存在——把自己的车忘得一干二净。可它就停在那儿，一辆黑色"甲壳虫"小汽车①，挡住他的去路。诺亚不得不退回汽车道，再找一个车位。可是，夜半时分，大部分居民都已"归巢"，找车位并非易事。他在夜色中兜着圈子，好不容易才找到一个可以停车的地方。可是离他的公寓已经有两个街区远，他不得不提着沉重的行李，徒步回家。

---

① "甲壳虫"小汽车：一款大众牌小汽车。

装在袋子里的雕像现在觉得更重，行李箱也是个累赘，尽管四个轮子还算好使。最后一段坡度很大的车道几乎把他累死。好多个小时坐着不动，突然负重走了这么长的路，他的心怦怦怦直跳，很不舒服，觉得自己垂垂老矣，几乎和一具僵尸无异。前面是波光粼粼的游泳池，他从来没有在那儿游过泳。黑幽幽的水，平静清澈，一扇窗户的倒影和一轮仿佛一张脸的圆月，漂浮在池子中央。他满腹狐疑，但又被眼前的景象感动。那种匀称、和谐、幻觉和重新塑造的平凡完全是另外一个世界，真正的幽灵幻影。只有远处传来的救护车的鸣笛声划过夜的寂静，打破幽雅的、几近日本园林的风景。

走近公寓的时候，一只黑猫踮着爪子走过来迎接他。

斯特罗兹。

诺亚喜欢斯特罗兹，几乎把它当作自家的猫。他弯腰摩挲它的小脑袋，抚摸它的耳朵，挠它下巴下面发出咯咯声的喉咙。斯特罗兹蜷缩着，任凭他摩挲，它认出他，发出表示欢迎的咕噜声。

诺亚把行李放到门口，没有打开，而是去洗了好长时间淋浴，直到身体又充满活力。他觉得双手、胳膊和肌肉发达的腿以其与生俱来的"天赋"，给他带来无限的快乐。他拍打胸口，揉搓脖颈，捧起软绵绵的阴茎和阴囊，两只脚交替着清洗脚趾。仰着脸，闭着眼，任凭温热的水瀑布般流下。他腰间缠着一条浴巾，打量镜子里的自己。他看到的这个人和三个月以来那个经历风花雪月的人似乎不可同日而语。有些东西毕竟已经恢复，而且充满活力。他已经是当爷爷的人了，但是对声色犬马之乐的喜爱仍然在心中盘绕。他身体依然壮实，还能做爱，喝酒，在大海里游泳。只需一次淋浴，就能摆脱过去几天的恐惧。过了一会儿，他才想到，对于这样的情形，他应该称之为"感恩"，一种老派的"感恩"。

诺亚换了一件T恤衫和常穿的运动裤，煮了一杯咖啡，找到几块饼干。吃喝之后，顿觉神清气爽。睡觉是不可能了。他给朵拉写了一封情意绵绵的长信，尽管朵拉曾经对他说，回澳大利亚之后，至少两个星期内不能给她写信。他没有提东京之旅，更没有提拉古萨，只是向她描述了澳大利亚的夜色，游泳池映照的一轮明月，描述了斯特罗兹从黑暗中向他走来，表示欢迎。然后又记录了他们在一起度过的美好时光，和他对她深沉的爱。辗转难眠的时候，他是一个尽诉衷肠、充满感情的人。他在拽她回来，把她带到他的灯光之下，带进悉尼温暖的怀抱。

公寓里没有任何变化。他读书时喜欢坐的那把椅子、桌子上放的书和结婚不久买的那两尊圣像都还在那里。当初凯瑟琳嫌贵，不同意他买。可是他经不起那个自称来自俄罗斯的人的诱惑。虽然那家伙不会说俄语，也不知道圣像的出处。可是如果两件都买，他就给他一个优惠价。诺亚想，甚至那时，他就喜欢在黑市倒卖艺术品。画、圣像、雕塑转移到私人手中，而这些物品本应是公共财物或者留在家里为私人所有。他承认，圣母玛利亚和圣子那个圣像艺术价值平平，没有什么新奇之处，可是学者圣人圣杰罗姆[①]——著名的在孤独中翻译《圣经》的学者——完全是另外一码事了。那位老人的脸也许就是他的脸：有点长，眼窝深陷。他仿佛在买这尊圣像的时候就想到，就断定，自己老了就是这副模样。他是想买回自己。他怀着一种无法向别人解释的热情珍藏着这尊圣像。

诺亚拿起圣像，仔细端详着，然后又放回到桌子上。他用T恤衫擦掉上面薄薄的灰尘。所有的财物中，他最珍爱的就是这件。

随后的一个星期里，诺亚渐渐开始适应以前的生活。他在帕

---

① 圣杰罗姆（St Jerome）：早期僧院运动的著名代表，将《圣经》从希伯来文和希腊文翻译成拉丁文的第一人。

兹角②他最喜欢的一家饭馆和马丁一起吃了一顿意大利饭。过了几天又到儿子的工作室，对他画的一些素描提了点意见。他给墨尔本的伊薇打了个电话，告诉她最近对卡拉瓦乔的作品产生了兴趣。伊薇很高兴，又打回电话，继续他们俩的谈话。有一天上午，他去看妮娜，送给小孙女一个意大利木偶，还送给她一本科洛迪②的《木偶奇遇记》。这种木头玩具现在的小孩儿都不稀罕，可妮娜非常喜欢这两样礼物。她爬到爷爷腿上，紧紧搂着他的脖子，亲着他的面颊，用聋哑人特别的方式问候他、感谢他。每天夜里，诺亚都思念朵拉，焦急不安地等待着，希望再听到她的声音。

诺亚不记得最后一次感受与恋人分别的痛苦是什么时候。岁月如梭，于他而言，那种情感应该早不相宜。那是学校里男孩儿经历的或者想要模仿的情感纠葛。人注定要抛弃这种浪漫的激情，注定要成熟起来。成熟，就是这个字眼儿。可是他没有成熟。他满怀渴望，想要抚摸她。他的感情跨越星球，向她飞驰而去。

一个椭圆：皮耶罗，几何学大师。对他来说，一切都是千篇一律，他会管他的这种状态叫"椭圆"。

那个星期，尽管每天都忙忙碌碌，日子过得大同小异，诺亚的睡眠却没有恢复正常。他夜里出没，累得筋疲力尽，想象自己的脸扁扁的，像猫头鹰的脸。有一天夜里，他听见一只猫头鹰在叫，或者以为听见猫头鹰在叫，脸上不由得露出微笑。他后来告诉自己，那是一种几近疯狂的反应，幻想亲昵和认同。他现在注意到，夜晚到处都是拍打翅膀的声音。悉尼的鸟儿太多了。

他调整了吃饭的时间，一直到深夜还在听音乐：阿尔比诺尼③，

---

① 帕兹角（Potts Point）：澳大利亚悉尼市中心一个人口稠密的小郊区。

② 科洛迪（Collodi，1826—1890）：意大利著名儿童文学作家，著有世界著名童话小说《木偶奇遇记》。

③ 阿尔比诺尼（Albinoni，1671—1751）：意大利巴洛克作曲家。

福尔①；他看电影；清理炉膛；重新摆放唱片和书籍；煮咖啡。书是看不进去了。脑子里一片混乱，好像连一句话也组织不起来。整理东西的时候，看到孩子们留下的许多纪念品：照片，信件，伊薇小时候得的一个镀锡奖杯，奖杯双耳装饰着卷轴形图案。还有马丁大约十四岁时画的一幅粉笔画，画得毫不费力。那幅画画的是正在睡觉的伊薇。小伊薇的脸早已褪色，变成一片灰白，但头顶上用圆珠笔画的几朵云还清晰可见。那是伊薇睡梦中的云彩，马丁在旁边写了一长串"zzzzz"。诺亚捧着那幅画，手颤抖着，仿佛那是一个活物。他目光移开，一种情感猛烈地冲击着他的心。他几乎不能忍受这幅画引起的联想。那张脸宛如幽灵，正在消失。他凝视着那一长串充满神秘色彩的 z，又把画塞回到原先的地方——床下他那双格呢拖鞋旁边一个破旧的纸箱子里。他忘记了，自己一直睡在孩子们的东西上面。

尽管干这干那，夜还是慢慢地笼罩了他。在他被扭曲的思想之中，在那动荡不安的心海之上，他还是找不到足够的分散注意力的东西，阻挡那滚滚而来的潮水。他觉得很紧张，很警惕，也很尴尬。烦躁不安，满心苦涩，温和，反叛。模糊的注意力使他四面楚歌。但是也有那样的时候，他独自一人被夜色笼罩，百无一用的感觉烟消云散，又恢复了心灵的安宁，甚至还有一种崇高与庄严。他走出门，仰望星空。夜的穹庐宛若大教堂的穹顶宽敞而令人敬畏。一个声音在他耳边回响：圣玛丽亚·德洛·斯帕西莫②，Mary of the Swoon，巴勒莫一座没有屋顶的大教堂。没有马丁的冷嘲热讽和伊薇敲边鼓，他感觉到一种无可奈何的敬畏，就

---

① 福尔（1845—1924）：法国作曲家。
② 圣玛丽亚·德洛·斯帕西莫（*Santa Maria dello Spacimo*）：西西里唯一一座北部哥特式风格的建筑，它露天高雅的多角形后殿和细长高耸的中殿已经保存了好几百年。

像一个古代人试图解释天气的变化。

从某种意义上讲，诺亚明白自己为什么夜不能寐。他再也无法忍受拉古萨放在他的家里。那是一个罪证，也时时提醒他，朵拉不在身边。雕像近在咫尺让他觉得不堪一击，充满恐惧。他通过互联网，在市里找到一个安全的储物柜。这个储物柜在离中央火车站不远的一条后街。他根据拉古萨的名字设计了一个密码。万一他发生什么意外，雕像也不会被拿走。只有伊薇可以利用她对字母排列的癖好，解开那个密码。

在一个潮湿的星期六，诺亚坐火车到中央火车站。下车后，提着袋子步行到那个不起眼的店铺前面。广告上说的储物柜就在这里。他把埃莉奥诺拉·拉古萨的雕像放到一个很大的柜子里，输入他编写的那个难解的密码，如释重负。他几乎不敢相信，把它锁在这里，居然立刻觉得一身轻松。他提着空袋子回家，把"拉古萨"三个字和储物柜的地址，写在一张纸条上，塞到圣杰罗姆的圣像后面——硬纸板和这件木头艺术品中间正好有一条裂缝。万一他出了事，伊薇可以查看这座圣像，发现他藏在这里的秘密。她立刻就会明白，这些数字会破译那个名字。她会琢磨"拉古萨"这三个字，联想到他，然后顺藤摸瓜，找到放在储物柜里的埃莉奥诺拉·拉古萨，再找到朵拉，仿佛她是一位失散已久的母亲。他的推理也许因为睡眠不足而太过狂热，不切实际。但他了解女儿，知道她的思维多么与众不同。他知道，如果有人来找麻烦，必须保护自己。他有一种成就感。如果一切顺利，朵拉会来悉尼，他们将一起计划未来。

不无疲惫的推理到这里停下。将一起计划未来，这是他能想象出来的最完美的结局。尽管他对她彻骨地思念，却不能使时光倒流回到他们共处的日子。他无法想象朵拉的未来，无法把她从虚无缥缈的梦幻中拉出来，这使他备受折磨。

41

难熬的两个星期之后，诺亚在事前约定的时间给朵拉打电话。他急于和她联络，想象她的双唇对着电话翕动，因为离别和这些日子的磨难，面色苍白。她说话很谨慎，但依然亲密。诺亚想知道发生了什么，想听到朵拉和维托叔叔的消息，想知道他是否可以安排她来访，把雕像拿回去。可是没人接电话。

诺亚一遍又一遍地拨电话，然后又发了几封邮件。之后，整整一夜，每隔一个小时，就打一次电话。第二天，接着又打。现在是她的夜晚，他又拨了一次，就像朝波浪起伏的大海扔出一个救生圈，想在黑暗中看到一个信号，来对抗被吞噬的可能。他们在一起的秘密生活好像已经沉入一片虚无。

他也不能给安东尼奥打电话。朵拉警告过他，此人不可信任。除了他，诺亚在巴勒莫没有第二个熟人或者可以信赖的人。他和朵拉曾经达成共识，听到她的消息之前，不把他们之间的关系告诉儿女，或者寻求他们的支持。他曾经设想过许多可怕的场景——枪、拦路抢劫、半夜三更入室抢劫——可就是没有想过黑暗的房间里电话铃响着却没人接。无人回答的爱是多么艰难！没有消息的焦虑是多么难以忍受。他继续刮脸，洗漱，喂猫。他继续为人之父。但是能让他心气平和的回答始终没有来。

11 月下旬，夏天。诺亚听见风雨声从港湾袭来，然后消逝。气压忽高忽低，给人一种不稳定的感觉。在漫长的等待中，他听见蓝花楹树的沙沙声，听见夜间活动的鸟儿的鸣啭——没有猫头鹰——和可能是从植物园飞来的蝙蝠拍打翅膀的声音。他让思绪飘逸而出，穿过朦胧的月光，飘过街灯照耀的汽车道，飘向港湾连天碧水，飘向远方。他仿佛看到太平洋，雷霆滚滚，万里无垠。他看到一浪连着一浪，就像一本书一页连着一页。他就停留在那里，在水上打瞌睡，休息，感觉到波浪在身下涌动，涟漪把他推回到岸边。成群的鸟儿在头顶盘旋，但不是海鸥或者别的海鸟，而是迷失方向、被风从家乡吹到这儿的鸟。

他睡了很长时间，梦到自己成了圣彼得，自认不配与主同样的死法，被倒钉在十字架上。诺亚歪着身子，被拉进卡拉瓦乔漆黑的画面，成了人们冷嘲热讽的对象。他觉得五脏六腑都颠倒过来，很紧张，也很绝望。他从睡梦中惊醒，眼前一片漆黑。既没能放松心情，又没得到休息。好像时间并未流逝，他还在想那间空荡荡的屋子里无人接听的电话。诺亚无法解释，为什么朵拉突然消失。喉咙发炎，他明白童年时得的疹子又复发了，自卑感油然而生，下巴变得僵硬，胸口憋闷。等待期间，对自己定义了一番。

他是个傻瓜，居然参与这样一次愚蠢、荒唐的盗窃。在成田机场离开她，又一次说明他是个傻瓜。他们从一开始就应该带着维托叔叔逃跑。怎么能听从她的安排，从一开始就注定不会有好结果。

她在巴勒莫的房间，装着框格的窗户，院子里的柠檬树。树上盛开的小花，闪烁着星星点点的白光。

夜深了，诺亚又试着拨了一次电话，可还是无人接听。他又想起从蓝山回来时，在一片朦胧中开车的情景。公路旁边的电线就像起伏的波浪，一波连着一波，通向远方。除了起起落落的电线，没有别的什么和外面的世界相连。

现在，他也是起起落落，向她而去。他们之间是辽阔的、灾难性的大海。在那里，险象环生，充满恐惧和毫无用处的抗争。他想像鸟儿一样飞翔，昂首挺胸，端庄而自信。可事实上，他精疲力竭，陷入感情纠结的大网。

诺亚慢慢呷着麦芽威士忌，一个毫无希望的、等待中的男人。他手指刺痛，胳膊像灌了铅一样沉重，几乎张不开嘴巴，呷杯子里的酒。他想思念家人和锡拉库扎旅馆房间里的朵拉。他想考虑自己生活中的福报和所有那些鼓舞人心的东西。但是，心里充满忧虑，难以把握，控制不了自己的思想。

首先回到脑海里的是弗朗西斯，他喜欢过的那个男孩儿。在那些充满英雄主义的故事里，他把他描绘成一个"贱民"。他把弗朗西斯当作自己难以启齿的怯懦的"挡箭牌"。他心里充满忧伤，深知这种耻辱延续了一生。他还想不起弗朗西斯叔叔的名字。那人手里拿着一顶毡帽，出现在父亲的葬礼上。此刻，他仿佛又出现在眼前，就站在他视线的边缘。这个人叫什么名字呢？吉普车里那个男人，记忆的守护者，带着一团橘黄色的扬尘，飞驰而去。诺亚绞尽脑汁，可是他疲惫不堪，脑子里一片混乱，怎么也想不起来，不知道如何才能减轻心中的愧疚，也不明白为什么这个时候会想起这个人，而且挥之不去。现在，一幅幅画面出现在眼前：约书亚的大手，像圣母玛利亚一样的凯瑟琳，黑天鹅，一个向高处飞翔的影子。

一个婴儿——不是马丁，宝贝儿马丁刚出生那会儿，他们对他的爱近乎狂热。是伊薇。她面色青紫，差点儿淹死，被马丁紧紧抱着，连气都喘不过来。他的心是怎么落入那张大网，又是怎样被那张网拉向他们的？

我的儿子，我的女儿。

他扑过去救她。两个孩子尖叫着，浑身精湿，手足无措，反倒被他的恐惧吓得够呛。马丁站在他旁边，挣扎着去抓伊薇。诺亚记得用浴巾把两个孩子包好，出于本能，觉得那是他最亲爱的人。他无法掩饰怕失去他们的恐惧，胳膊颤抖着，脸因为害怕而扭曲，但心里在想：得救了，他们得救了。

他也许打了个盹。周围一片漆黑。他感到胸口开始疼的时候，心底又升起另外一种柔情。究竟是什么样的感情，起初捉摸不透。他的手仿佛托起什么，轻轻拍打着什么，感觉到一种细密的东西任凭他抚摸，光滑顺畅，还有一种很快的、轻微的咔哒声。他的手抚摸着一个脑袋瓜儿，微妙而准确。他想起给儿子理发的情景。这种感觉的真谛是一种启示，好像这是他生命中最重要的东西。摩挲着马丁的脖颈，感觉到儿子脑袋轮廓分明，轻轻吹掉细碎的头发渣。想起这些，诺亚心里充满喜悦，仿佛一缕缕头发在他手指间缠绕，头骨的曲线似乎在他手上勾勒出一个倒扣的摇篮。

诺亚似乎听到斯特罗兹在后门，喵喵地叫着想进来。他挣扎着站起来，觉得两只脚很重，仿佛被另外一个身体压迫着，又像披了一件厚重的斗篷。推开门，只看到茫茫夜色。雨已经停歇，滴答的水珠突显了夜的宁静。诺亚向外面张望，看到树影重重，一片朦胧。恍惚间，水珠从蓝楹花树枝头落下，晶莹剔透。水花溅起，发出微弱的响声，然后又是一声。如果摇晃一下能够得着的树枝，他也会制造出自己的雨。

他又听见喵喵喵的叫声，觉得是从前面传来的。回转身，穿过攀爬的藤蔓和旋卷的烟雾，跌跌撞撞往回走。诺亚推开前门，眼前是那个游泳池。那是他看见过的最美的景象。满池星斗，月亮映照在铁蓝色的水面之上，让人联想到时间的尽头。

诺亚向前走去，胸脯仿佛被挤压着，疼痛难忍。他终于向前倒下，倒在一片星光之中。胳膊很沉，动弹不得，没法儿自救。他那么疲惫，无力挣扎，更无力站起身来。那个多出来的躯体压得他喘不过气来，下沉，下沉……

42

窗户在一阵狂风中轻轻颤动。

妮娜手心贴着窗户，像一个瞎子，感觉玻璃的震颤。整个世界都在颤抖。她与周围的电闪雷鸣和有声世界的嘈杂纷扰作斗争。

她万分沮丧，用小拳头打妈妈的脸，脑袋撞床架，把玩具朝墙上扔。那乱飞的物件儿，显示出白噪声①制造的混乱。这就是现在的世界，魔怪咆哮。爷爷走了，他那蹭得你直痒痒的下巴颏儿，他的礼物，他用她的蜡笔画的画。他把大拇指藏起来，好像丢了一样。可是他知道，她知道，他知道她知道，他十个手指一个也不少。然后，砰！双手伸到眼前。可是现在，一切都一去不复返了。砰！因为这是死亡。妈妈说，一切不会再回来了。令人悲伤，但爷爷永远不会再回来。

隆隆的响声向她袭来。她的舌头笨重，像黏糊糊的鼻涕虫。一个女士早晨来，教她学说话。她张开嘴，告诉她发音时舌头的位置。她把妮娜的手指放到她布满皱纹的喉咙上，让妮娜感觉说话时声带的震颤。像伊薇，像爸爸，这个女士和她的关系变得密切。她的眼睛和妮娜一样闪闪发光，皮肤像细密的网。妮娜想跟

---

① 白噪声（white noise）：一种具有平坦频谱的信号或声音，亦可指用以掩盖令人心烦的杂音。

她说话，但只能发出含混不清的声音。她那鼻涕虫似的舌头一点儿也不灵活，好像被什么东西堵着，说不出话来。她吞过泥土，噎得像婴儿一样流泪。说话比什么都难，她是个小不点儿，傻乎乎的小娃娃。她是个呜哩哇啦却无法表达自己意思的小宝宝。她讨厌说出来的话，就是这玩意儿把她毁了。

妮娜站在窗前，等那个骑自行车的男孩儿出现。这是星期六早晨，他肯定会来。她等啊，等啊。男孩儿进入她的视线之后——连车把也不抓——她跳着脚朝他招手。妮娜招着手，叫喊着。可是小男孩儿没看见她，也听不见她的喊声，只是在玻璃窗那边继续向前骑。他变得越来越小，渐渐消失。一阵呜咽从胸中升起。妮娜用手指敲打着窗户，好像看一个巨大的水族玻璃柜里另外一个世界。

妮娜孤零零一个人。孤零零一个人想着爷爷。想起他慢慢地给她系上羊毛衫的扣子。他的手那么大。他就在那儿，跪在她面前，用钳子似的手指给她系扣子。把纽扣一粒粒塞到扣眼儿里。那是多么好看的纽扣呀！亮闪闪的硬塑料，花的形状，有许多刻面，像一粒粒钻石。她将永远记着他的一双大手慢慢地、充满爱意地给她系扣子，直到生命的终点。

在漫长的悲伤中，朵拉被重塑为一个寡妇。

在这个世界上，她再无人可爱。她总是与灾难相伴。熟悉她的人一眼就能看出她的变化：说话颠三倒四，思路混乱，做什么也精力不济。一个穿黑色长袍的老奶奶在大街上看到她，说："祝福你！"老奶奶同病相怜，出于本能，一眼就看出她的不幸。朵拉总是尽量避开城里穿黑衣服的女人。她穿浅褐色长裙，围花围巾，设法让自己看上去更年轻一点。但是那些女人知道——她们是一个"秘密团体"——在黑色长袍的庇护下活动，说话时犹如轻柔的耳语。她们谦卑礼让，几乎拥有一股迷信的力量。她有点怕她们，不知道怎么就让这些女人把她当作她们中的一员。①

小时候，维托带她去看一年举行一次的 *Presepi*①。她喜欢看站成半圆的人们，俯身看还是婴儿的耶稣基督、圣母玛利亚、没用的约瑟夫和三个外国国王。她喜欢牧羊人肥大的手和熟悉的面孔。他们和羊站在一起，摆出古怪的姿势。她想知道谁是谁，在故事中各自扮演什么角色。维托蹲得像她一样高，给她详细讲解每一个人物。这些泥土制作的小雕塑，是民间艺术，他从小就特别喜欢。他们从一座教堂到另外一座教堂，做比较。她握着叔叔的手，任凭他牵着自己往前走。为什么在丧失亲人的时候，会想起这些往事？

"不要眨眼。"维托开玩笑说。现在，她想闭眼。

朵拉站在窗前，目无所视。她吸气，呼气。到了这一步，仅仅是生命的延续，真正的苟延残喘。她发现自己像患精神病的女人，用手拂着裙子，或者在广场遛弯儿，听见诺亚或者维托的声音。她累了，觉得自己老了。一条狗在嚎叫，香烟发出刺鼻的气味，心像灌了铅一样沉重。这样沉重的日子，她已经忍受很久。

这样的情形已经多久？她已然没有时间的概念。维托，诺亚。澳大利亚的版图像一片云从她心里飘过，却不肯飘走。那座岛屿，向她招手，不无焦虑与担忧。诺亚把澳大利亚推到她的面前。他说，要带她去见他的儿女和孙女。她将在那里建立一个家庭，那将是她的安身立命之地。可是维托的死把事情搞复杂了。维托，亲爱的维托，更像是父亲，而不是叔父。

听到自己这样宣称，她心里清楚，说过那么多谎话之后，只有这句是真的，准确地诠释了心中的悲哀。她因此而确信，自己永远不会离开巴勒莫。她需要乌贼墨画的幽灵，因为只有它们与

———————————
① Presepi：意大利语，指耶稣诞生的景象。

她为伴。她需要这座古老的城市和笼罩它的秘密与狡黠的光环。

朵拉想起拉古萨，想象它藏在黑暗中的什么地方。现在她不再需要它，可是曾经把它看作一切，崇拜它，珍惜它，认为那是稀世之宝。这是她出于希望，或者预感，对由爱创造的艺术的看法。诺亚理解她的想法。可她害了他们俩——诺亚和维托。她应该立刻逃走，而不是拿灵魂去冒险。

电话铃响着，朵拉没有理睬。她不合情理地认为，那是诺亚在死亡之地呼唤她，但还是没有理睬。

啊，可是他的声音……她曾经那么爱听他的声音。

伊薇躺在本杰明身边，仿佛听到"abide"那个词。睁开眼睛之前，那首古老的圣诗在脑海里萦绕盘桓。等那诗句消失，只剩下这个词：*Abide* [①]。它在召唤父亲。她有点期待看到诺亚在光明中复活。一个以字母 a 开头的单词，abide。A 和 B 连在一起。如果她是一个有宗教色彩的人，一定认为它存在于此，在一个古老的词里保持活力，必有道理。

黎明，玫瑰色的光照进狭长的窗户里。晨光下，本杰明显得很老。他还在熟睡，五官凹陷而松弛。他的失明现在是一个真实的状态，而不是一种缺陷或损失。他的面孔告诉人们他在做梦。他眉头紧皱，眼皮轻轻颤动，沉浸于属于他的另外一个世界。他发出轻微的响声，就像一个孩子面对世界发出的呻吟。一种祈求或抱怨。她想，那声音和字母没有关系，但一定和某些形象有关系。她对本杰明还不很了解。但是他们在努力学习如何相处。学习如何一起与时间的流逝作斗争。

本杰明的皮肤"色调"偏暗，伊薇觉得很撩人。相互吐露心声、分享电影、因悲伤而沉默无言之后，她依然惊讶，为什么那

---

① 此处应为圣诗 Thou who changest not，abide with me（恳求不变之神，与我同住）。

么容易就和他一见钟情，成了恋人。在巴勒莫，她还想，他们俩的关系只不过是一段风流韵事，可是回来之后，她意识到，她不是为了悉尼，而是为了他，才踏上这块土地。他站在机场，扬着下巴，听她的呼唤。拥抱的时候，他把她抱得很紧，她闻着他身上那股麝香味儿，觉得那是家的味道。马丁站在旁边，等她介绍。哥哥用他那只好手握了握本杰明的手，随口说了一句问候的话。两个人都不大自然，相互之间都不信任对方。

伊薇从床上爬起来。她租了一套最便宜的公寓。前途未卜，这一段"中场休息"可以帮助她做出最后的决定。她不想和本杰明住在一起，希望能从旁观者的角度进一步了解本杰明。她的这点"财产"足以维持生活了：衣服、书、父亲留下的几样东西。她睡意蒙眬，光着脚到厨房煮咖啡。可是鬼使神差，竟走到窗台上放着的圣杰罗姆的圣像跟前。

她拿起来仔细端详。刹那间，仿佛看见了诺亚。她以前就发现诺亚的脸和圣杰罗姆的脸很像，可是现在，一种非常特别的力量攫住她的心。她差点惊讶得叫起来。眼泪顺着面颊潸潸留下，然后嘴角现出一丝微笑。她的这种仪式或者纪念增添了新的内容，那就是对死者的赞颂。伊薇转过来看圣像背面，发现木头雕像和后面的硬纸板中间有一张叠成三角形的纸。伊薇揭开硬纸板，从那个隐蔽之地取出这张以前从来没见过的纸，仔细读诺亚留下的密码，几乎立刻就破解了其中的秘密。那纸条里有怀疑，也有安慰——有他的信念：她会明白他的意思。

马丁的内心痛苦挣扎。父亲的秘密让他无法忍受。几个月来他费尽心机，想找到答案，却以可怕的失败告终。他不明白自己为什么差点被人打死，也不知道谁是始作俑者。他不知道是不是父亲偷了一座雕像，是不是托马索出卖了他？或者是安东尼奥，甚至是玛丽亚。他浪费了那么多时间，现在，成了废人，觉得自己已经尽失阳刚之气，无药可救。也许将来可以恢复，但他受到的伤害是永久的——不只是画画儿的手。夜晚，噩梦中他掉进水里一个洞。

电话铃响了。是妮娜，像此刻的父亲，一个人正在拼命挣扎。每天给爸爸打电话是治疗聋哑的办法之一。不看对方的面部表情，锻炼自己的语言能力。他听出小女儿在荆棘丛中勇敢地跋涉。

"爸爸。"

她的声音怪怪的，说出这两个字的时候，嘴巴有点扭曲。

"妮娜，宝贝儿！"

电话那头，长时间的停顿。

"那个男孩儿。我看见他了。"

一个完整的句子。

"那个男孩儿？"

她想说出"bicycle"（自行车）这个字，可是说不出来。但他明白她的意思。

"Bicycle。"他帮助她。

父女俩在电话两端的喘息声清晰可闻。她又试了一遍，没有长进。他听见她因为又遇到挫折，不耐烦地哼着鼻子。

"Bi'cle。"她说，少了一个音节。

"真棒！"

可是她挂断电话，或者把电话扔到一边，或者从失望中走了出去。

马丁手里握着电话听筒，待了一会儿，才意识到妮娜不会再把电话打过来。寂静中，他明白她现在已经知道自己的残疾，说话让她着急害怕。女儿被这种痛苦折磨着，他却爱莫能助。

伊薇，亲爱的伊薇。他或许应该告诉她他的秘密。整理父亲的公寓时，他发现诺亚写给朵拉的一封信，看也没看就把那封信毁了。痛苦，烦恼，在绝望的驱使下，他不顾一切地采取了行动。现在，他很后悔自己做这种傻事。他在厨房水池子里烧了那封信。看着那一张张信纸化为灰烬，感到一种快乐。烟雾警报器发出尖叫声，见证了这一切。

马丁已经开始用颇具艺术色彩的词语描绘父亲：诺亚·格拉斯之死。他将这样做。他将把父亲归化为艺术，让他跻身于世界艺术之林。他将忘记皮耶罗，忘记芭比娃娃，忘记自己那些不着边际的奇思妙想，明天将是他的一个新起点。为女儿妮娜做些什么的新起点。

"我不知道，"伊薇回答他的问题时这样说，"*Non lo so.*"

她在看哥哥刚取掉绷带的手。伤疤隆起，皮肤上留下用线缝合过的痕迹和小螺丝拔出之后粉红色的小坑。这只手变得肥厚笨重。现在，他们都更臃肿了。马丁把手抬起来，慢慢转动着。他看妹妹按医生的嘱咐，轻轻揪他的手指，看筋腱怎样慢慢地伸展开来。有点疼，但他没有吱声。

悉尼已是冬日，但阳光明媚，风清气爽。辽远的天空闪着黄色的光，没有下雨的迹象。他们一起坐在葡萄架下。前不久，藤蔓间还挂满紫色的葡萄，现在，最后一片黄叶也已飘零到远方，但是弯弯曲曲的葡萄藤看起来依然美丽。

"我不知道。"她又说了一遍。